Gretchen Hilbrands

Erbarmungslos ahnungslos

Kriminalroman

© 2022 Gretchen Hilbrands

Lektorat: Inka Radtke

ISBN Softcover: 978-3-347-77168-0
ISBN Hardcover: 978-3-347-77169-7
ISBN E-Book: 978-3-347-77170-3
ISBN Großschrift: 978-3-347-77171-0

Druck und Distribution im Auftrag des Autors: tredition GmbH, An der Strusbek 10, 22926 Ahrensburg, Germany

Das Werk, einschließlich seiner Teile, ist urheberrechtlich geschützt. Für die Inhalte ist der Autor verantwortlich. Jede Verwertung ist ohne seine Zustimmung unzulässig. Die Publikation und Verbreitung erfolgen im Auftrag des Autors, zu erreichen unter: tredition GmbH, Abteilung "Impressumservice", An der Strusbek 10, 22926 Ahrensburg, Deutschland.

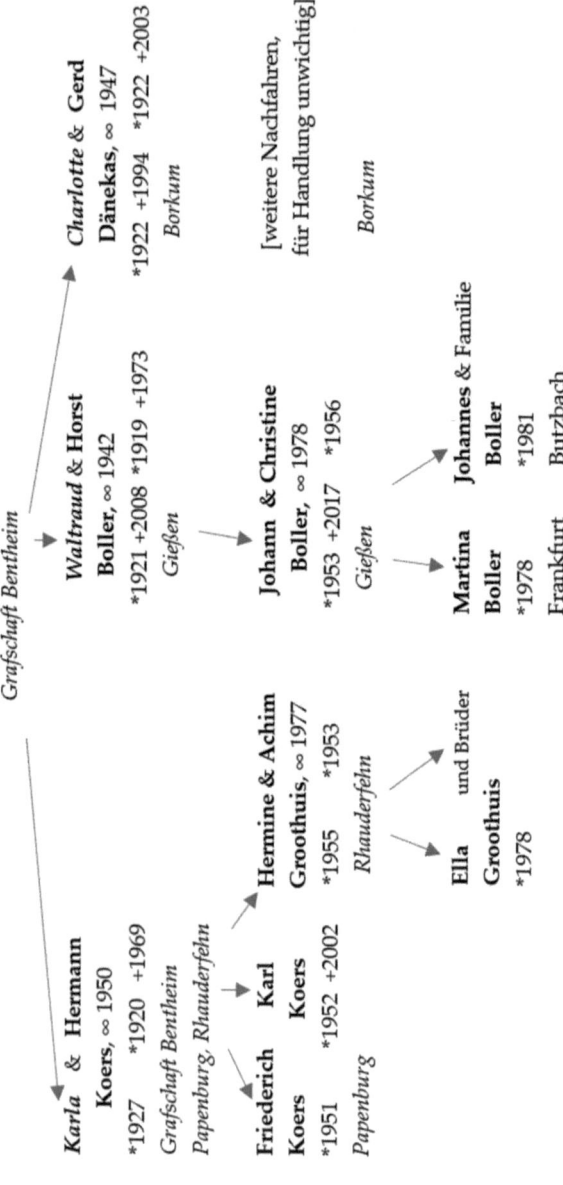

Gießen – Mittwoch, 16. März

Noch während der kleine Kaffeevollautomat zischend und sprudelnd seiner natürlichen Bestimmung nachkam und den heißersehnten ersten Latte Macchiato als Frühstücksersatz für Christine zauberte, wirbelte diese im Bad herum und genoss es, sich um kurz vor 6 Uhr morgens mal so richtig Zeit lassen zu können. Das Radio in der Küche plärrte in Konkurrenz zur Kaffeemaschine und verbreitete eine lautstarke und alles durchdringende Rockmusik. Erst jetzt wurde Christine bewusst, dass es noch vom gestrigen Tag auf voller Lautstärke lief. In Windeseile lief sie in die Küche, um es leiser zu stellen und den womöglich süßen Schlaf ihrer Nachbarn zu so früher Morgenstunde nicht zu torpedieren.

Genau in diesem Augenblick schaltete sich der Moderator ein: „Einen wunderschönen guten Morgen, für alle die, die jetzt erst zuhören. Wie Sie als treue Hörer natürlich wissen, informieren wir Sie den ganzen Vormittag mit den absoluten Top-News. Und hier ist sie auch schon, die erste noch brandheiße Meldung von der Polizei aus Gießen. Kaum eine Minute alt und schon ist sie auf dem Weg zu Ihnen, liebe Hörerinnen und Hörer. Aktueller geht es ja wohl kaum. Was sage ich, Sie sind genau beim richtigen Sender, nämlich bei uns."

Der Moderator hatte eine unglaublich attraktive Stimme mit einer faszinierenden Satzmelodie. Christine setzte sich mit ihrem Latte an den Esstisch und hörte begeistert zu. Nicht nur die Meldung an sich ließ Spannendes erwarten, auch die Art der Intonation seines Sprechens.

„Also, falls es eventuelle Zeugen gibt, die heute Nacht in Langgöns auffällige Beobachtungen gemacht haben sollten, melden Sie sich schnellstens bei der Polizei in Gießen. Aber nicht alle auf einmal, bitte." Nach einer gekonnt gesetzten kleinen sympathischen Pause und einem kleinen Lacher fuhr er dann auch schon fort: „Also zugehört und aufgepasst. Vielleicht werden Sie ja heute Zeuge des Tages. Erneut hat es nämlich in Hessen eine Geldautomatensprengung gegeben. Dieses Mal in Langgöns."

Christine horchte auf, Langgöns war nur wenige Kilometer von Gießen entfernt. Es war nicht das erste Mal, dass es in der letzten Zeit in Hessen und auch hier im Landkreis zu brutalen Überfällen auf Bankautomaten gekommen war. Und es war nur eine Frage der Zeit, bis es auch einmal in Gießen passieren könnte. Aufmerksam folgte sie den weiteren Informationen.

„Um 2.30 Uhr heute Nacht ist der Geldautomat der Sparkasse in Langgöns höchstwahrscheinlich mit einem Festsprengstoff in die Luft gejagt worden. Der Automat befindet sich laut Pressesprecherin der Gießener Polizei in einem Vorraum des Gebäudes und der ist wohl auch nachts zugänglich. Wie auch immer", der Moderator machte wieder eine kleine Pause und Christine lehnte sich entspannt zurück, um seiner Schilderung bis zum Ende zuzuhören, „es scheint ein sehr hoher Sachschaden *am* und *im* völlig demolierten Gebäude mitsamt zersplitterten Scheiben und Fenstern und zum großen Teil abgesprengter Fassade entstanden zu sein. Auch parkende Fahrzeuge vor der Bank sind wohl in Mitleidenschaft gezogen worden. Wie viel Geld erbeutet wurde, ist momentan noch nicht bekannt. Aber erste Anwohner haben laut Polizei von einem ohrenbetäubenden Knall und einer heftigen Explosion gesprochen, von der sie geweckt wurden, und von mindestens zwei Tätern, die sie noch kurz darauf gesehen haben wollen und die höchstwahrscheinlich mit einem dunklen Audi Avant wohl mit rücksichtsloser Geschwindigkeit aus Langgöns geflüchtet sind. Die Fahndung läuft auf vollen Touren. Also, wer etwas beobachtet hat, bitte unbedingt unter der folgenden Telefonnummer melden: 0641/7006 25 … Trauen Sie sich. Also, wer war noch so alles heute Nacht *in* und *um* Langgöns herum unterwegs und hat irgendetwas Ungewöhnliches in der Zeit so um rund 2.30 Uhr, davor oder danach, beobachtet?"

Christine schüttelte den Kopf, irgendwie hatte sie das Gefühl, dass die Welt immer verrückter und gefährlicher zu werden schien. Da es nun wohl zunächst keine weiteren Neuigkeiten geben würde, schaltete sie das Radio aus und zog sich an. Eine gute halbe Stunde später schwang sie sich voller Begeisterung aufs Fahrrad und genoss die Ungezwungenheit ihrer neu erworbenen Freiheit und somit jeden einzelnen Augenblick des noch kalten Märzmorgens.

Seit heute war sie Rentnerin. Wie sehr hatte sie diesem Tag entgegengefiebert. Endlich, endlich war er da. Aufstehen können, wann sie wollte, zu Bett gehen, wann es ihr gefiel, und nicht mehr vom Takt der Arbeit im Krankenhaus bestimmt zu werden. Keinen Schichtdienst mehr machen zu müssen, keinen Nachtdienst mehr, keine plötzlichen Anrufe mehr an den freien Tagen, die sie zurückriefen in die Tretmühle all dessen, was sie jahrzehntelang mit voller Überzeugung und Tatendrang geleistet hatte: ihre Arbeit als Krankenschwester.

Eigentlich hatte Christine Ärztin werden wollen und auch schon ein paar Semester Medizin studiert, aber dann hatte das Leben ihr dazwischengefunkt. Sie lächelte, als sie daran zurückdachte, dabei war ihr damals überhaupt nicht zum Lachen zu Mute gewesen. Egal. Heute war der erste Tag ihres neuen Rentnerlebens, das sie fröhlich und völlig ungebunden beginnen konnte. Oder musste, je nach Sichtweise. Christine trat in die Pedale. Komisch, warum nur kam ihr dieser melancholische Gedanke gerade jetzt? Seit Tagen hatte sie nicht mehr an Johann denken müssen, ihren so sehr geliebten Mann, ihren Seelenverwandten, der er nicht von Anfang an gewesen war, zu dem er aber im Lauf der Zeit ihrer Ehe mehr und mehr geworden war. Wehmütig dachte Christine zurück. Auch an den plötzlichen Tod von Johann, der erbarmungslos und ohne zu fragen ihr gemeinsames Leben beendet und Christines Alltag völlig aus dem Ruder hatte laufen lassen. Zunächst zumindest. Auch, wenn ihr die beiden gemeinsamen Kinder, Martina und Johannes, der nach seinem Vater genannt worden war, unter die Arme gegriffen hatten und Anke, ihre liebste und innigste Freundin, ständig für sie da gewesen war und auch einige ihrer gemeinsamen Freunde und Arbeitskollegen immer wieder angerufen hatten, vorbeigekommen waren und sich gemeldet hatten, so fehlte ihr Johann, der ruhige und bedächtige Fels in der Brandung ihrer Beziehung, sehr. Christine seufzte und wischte den Gedanken an den Verlust von Johann beherzt beiseite. Heute nicht, Johann, schob sie hinterher, heute will ich nicht trauern. Heute will ich mich freuen, dass ich nicht mehr zur Arbeit hetzen muss, heute will ich den Tag genießen. Diesen außergewöhnlichen ersten Tag meines neuen Rentnerdaseins.

Voller Kraft trat sie erneut in die Pedale, um kurz darauf an der roten Ampel anzuhalten. Nach Johanns Tod vor fast fünf Jahren war Christine in eine kleinere Wohnung an den Nahrungsberg gezogen. Jetzt, wo sie alleine lebte, reichte ihr der deutlich eingeschränkte Platz und es war ihr gelungen, ein äußerst gemütliches eigenes Reich zu schaffen. Klein, heimelig und mit all dem Komfort, den sie so liebte und brauchte. Schon sprang die Ampel auf Grün und Christine warf sich förmlich in den frühen Morgenverkehr, der hier für Gießen so typisch war. Warum, so schüttelte Christine den Kopf, bin ich auch nur so früh zum Markt unterwegs? Dass er ab 7 Uhr geöffnet hat, heißt doch nicht, dass ich gleich als eine der Ersten dort sein muss. Typisch ich, schmunzelte Christine, die

Frühaufsteherin, die sie ja eigentlich gar nicht mehr sein wollte oder musste. Auch etwas, was ich mir abgewöhnen sollte, nein, darf, grinste sie in sich hinein. Um diese Zeit an dem kalten Märztag war es doch irgendwie nicht wirklich ein Vergnügen, sich durch Gießen zu quälen, dabei brauchte man für die 1,2 Kilometer vom Nahrungsberg zum Lindenplatz mit dem Fahrrad eigentlich nur gut fünf Minuten. Wenn alles glatt lief. Was man vom heutigen Morgen nicht wirklich so sagen konnte. Christine sah um sich herum. Wo nur kamen all die Menschen her zu dieser frühen Stunde? Im Krankenhaus hatte sie um diese Zeit im Frühdienst schon mehr als eine Stunde gearbeitet und beim Spätdienst hätte sie noch geschlafen. Meistens zumindest. Oder immer wieder einmal. Auch das abhängig von der jeweiligen Lebenssituation.

Irgendwann gelang es Christine dann aber doch, die Ostanlage am Berliner Platz in Richtung der Straße Neuen Bäue zu überqueren. Auch hier war der Autoverkehr immens. Als Fahrradfahrer hatte man schon einige Kämpfe zu ertragen. Kaum hatte sie diesen Gedanken, da schoss direkt vor ihrer Nase von rechts kommend urplötzlich ein schwarzer Kombi aus einer kleinen Seitenstraße heraus und nahm ihr damit völlig unvermittelt die Vorfahrt. In quasi letzter Minute riss Christine laut schimpfend, was der Autofahrer weder hörte noch mitbekam, den Fahrradlenker herum und kam stolpernd zum Stehen, was ihr sicherlich einige blaue Flecken bescheren würde. Sichtlich wütend und

Dampf ablassend lief sie zunächst in Richtung Markt, um dann wenige Meter weiter doch wieder ihr Glück auf dem Fahrrad zu suchen.

Wie schön war es doch, in der Heimatstadt zu sein, wo alles so vertraut war, dachte Christine ein paar Minuten später und hatte den Vorfall mit dem Autofahrer schon fast verdrängt, während sie am Gießkannenmuseum vorbei direkt auf den Eingang des Botanischen Gartens zufuhr, um ihr Rad am dortigen Fahrradständer festzuketten. Wertschätzend sah Christine zum Alten Schloss und seiner neuen Fassade hoch. Wie gut, dass doch etliche Gebäude in Gießen nach dem verheerenden Bombardement vom 6. Dezember 1944, wobei 86% der Stadt mit ihren Stadtteilen zerstört wurden, wieder aufgebaut worden waren. Auch Gießen hatte eine schöne mittelalterliche Altstadt gehabt, wie auf alten Abbildungen zu sehen war, aber im Wahnsinn des Krieges war das dichtbesiedelte Stadtzentrum durch Bomben und Feuersturm nahezu ausgelöscht worden. Christine schüttelte unwillig ihren Kopf. Warum nur mussten Menschen sich immer wieder bekriegen? Wozu dieses sinnlose Zerstören und das Töten Unschuldiger? Wie grausam konnten Menschen sein … Wieder kamen melancholische Gedanken und wieder schob Christine sie beiseite. Heute war sie zum Genießen hier und nicht zum Grübeln.

Das Markttreiben hatte bereits begonnen. Bisher waren nur wenige Käufer zu sehen. Noch füllten die Marktbeschicker ihre letzten Waren auf an den imposanten Marktständen, die vom Lindenplatz bis zum

Brandplatz direkt vor dem alten Schloss reichten. Die Marktlaubenstraße, die beide Plätze miteinander verband und ihren passenden Namen von eben diesem geschäftigen Treiben her bezog, bestach mit ihren gelb-braunen Arkaden, die auf der gegenüber liegenden Straßenseite ihr bemerkenswertes Gegenstück fanden und dem Markt ihren besonderen Glanz verliehen. Riesige Sonnenschirme, direkt davor aufgebaut, beschatteten das feil Gebotene, von dem es eine breite Palette gab: von strahlend blühenden Blumen in Töpfen und Sträußen, buntem frisch geerntetem Gemüse und Obst über duftende Brot und Backwaren sowie ein ausgiebiges Wurst- und Fleischangebot als auch herrliches Käsesortiment bis hin zu Gewürzen, Honig, Eis, Kuchen und vielen weiteren warmen und kalten besonderen Leckereien zum Sofortgenießen oder Mitnehmen.

Was Christine sah und roch, es war ein Fest für alle Sinne. Sie genoss sie sehr, diese tolle Atmosphäre, die sich, je mehr Kunden kamen, noch steigerte und Umstehende wie Verkaufende in ihren Bann zog. Ich liebe es, frohlockte Christine und sog die noch kühle, aber duftende Luft genüsslich ein: Herrlich! Und sie nahm sich vor, auch am Samstag wiederzukommen. Alleine der besonderen Momente und des immensen Zeitvermögens wegen, über das sie nun verfügte. Immer wieder einmal grüßte sie jemanden kurz im Vorbeigehen oder wurde begrüßend erkannt. Ab und zu kam es zu einem kleinen Plausch. Christine wunderte sich selbst, dass sie bisher so gut wie nie auf diesem Markt gewesen war. Ob sie ihre Tochter Martina, die in Frankfurt wohnte und sie am Wochenende besuchen wollte, bewegen konnte, sie auf den Markt zu begleiten? Wieder musste Christine lächeln. Martina war morgens kaum aus dem Bett zu bekommen und würde sie mit an Sicherheit grenzender Wahrscheinlichkeit nicht begleiten. Aber das würde sie selbst auf keinen Fall vom erneuten Besuch des Wochenmarktes abhalten, dessen war sie sich sicher und sie machte sich auf die Suche nach erlesenen Köstlichkeiten, mit denen sie sich die nächsten Mahlzeiten und Tage versüßen wollte. Und Tulpen, die sie über alles liebte, einen schönen großen, edlen Tulpenstrauß, den gönne ich mir, nahm sich Christine vor und warf sich für die nächsten Stunden regelrecht ins Marktgetümmel. Und das, ohne zu bemerken, wie die Zeit verging. Welch ein berauschendes Gefühl, sich diesem nie gekannten neuen Luxus einfach hingeben zu können.

Kaum war Christine von ihrem Einkauf wieder zu Hause, klingelte das Telefon.

„Mama, wo um alles in der Welt warst du?"

Typisch Martina, immer mit der Tür ins Haus fallen, kurz und knapp und äußerst direkt, dachte Christine und musste schlucken. „Guten Morgen, liebe Martina. Wie schön, dass du anrufst." Christine legte eine kurze Pause ein, in der sie einen kaum hörbaren, gegrummelten Gegengruß vernahm. Beherzt fuhr sie fort: „Wo ich war? Auf dem Wochenmarkt. Was ist denn los, Martina?"

Martina arbeitete als Journalistin, lebte in Frankfurt am Main, war 42 Jahre alt und überzeugter Single. Anders als ihr drei Jahre jüngerer Bruder Johannes, der mit seiner Familie in Butzbach wohnte, hatte sie einfach keine Lust auf Mann und Kinder, was sie immer wieder lauthals betonte, seit Christine ihr vor ein paar Jahren in einem sich zufällig ergebenen Gespräch erzählt hatte, dass sie noch von weiteren Enkelkindern träumte. Seitdem verkniff sich Christine irgendwelche Hinweise in besagter Richtung. Und eigentlich war es vielleicht auch besser so, schlussfolgerte sie, Martina hatte schon eine gewisse Art von selbstsüchtigem Verhalten. Nicht nur Johannes hatte in seiner Kindheit immer wieder darunter zu leiden gehabt, auch Johann und ihr selber waren die manchmal doch ziemlich ausschweifenden egozentrischen Auswüchse sprichwörtlich auf den Wecker gegangen. Auf der anderen Seite konnte Martina aber auch wieder liebevoll und anhänglich sein. Trotzdem, wenn es darum ging, ihre Ziele durchzusetzen, reagierte Martina meistens unerbittlich.

„Na ja, ich habe schon mehrmals angerufen. Du warst nicht da. Und an dein Handy bist du auch nicht gegangen. Du …"

„Martina, also bitte. Heute ist der erste Tag meines …"

„Weiß ich doch. Also hast du endlich Zeit zum Ausschlafen und brauchst nicht mehr …"

Christine unterbrach sie. Sie hatte einfach keine Lust auf indirekte Vorwürfe und Anweisungen ihrer erwachsenen Tochter, die sich oft tage- und manchmal wochenlang nicht meldete. „Ok, schön und gut. Du kommst doch in zwei Tagen, oder? Also, was liegt an?"

„Ich kann dich nicht besuchen kommen. Mein Chef will, dass ich eine Recherche in Südspanien von einem plötzlich erkrankten Kollegen übernehme. Und zwar sofort. Heute am späten Nachmittag geht mein Flieger. Das ist eine Megachance für mich. Ich …"

„Na, das ist doch klasse, Martina. Versteh´ ich doch. Ich wünsche dir richtig viel Erfolg, mein Schatz!"

„Danke, Mama. Ich wusste, dass du es begreifst. Ich mache es wieder gut. Versprochen. Ich melde mich, wenn ich wieder da bin. Das kann aber vier Wochen dauern. Direkt im Anschluss, also ab Mitte April, habe ich Urlaub und wir können was Gemeinsames unternehmen. Okay?"

„Sehr gerne. Ich nehme dich beim Wort."

„Kannst du. Such dir was Schönes aus. Tschau, Mama."

Noch ehe Christine etwas erwidern konnte, hatte Martina schon aufgelegt. „Dass du es begreifst", Christine schüttelte sich, typisch Martina. Ganz schön anmaßend ihre Ausdrucksweise, so empfand sie das Gesagte. Und das als Journalistin. Aber ich bin mal gespannt, ob du dein Versprechen auch einlöst, dachte Christine. Sie konnte es sich nicht wirklich vorstellen. Aber dieses Mal lass ich dich nicht vom Haken. Auf den Wochenendbesuch von Martina hatte sie auch viele Wochen warten müssen. Zu- und Absagen hatten sich kontinuierlich die Hand gegeben.

Gießen – Dienstag, 22. März

Christine hatte die folgenden Tage ausgiebig ausgekostet und am Sonntag ihre beiden Enkelkinder, Johannes und seine Frau in Butzbach besucht und daraus einen Tagesausflug werden lassen. Sie war mit dem Zug in die 24 km entfernt liegende mittelalterliche Kleinstadt Butzbach gefahren und schon durch die Stadt in der Wetterau mit ihrer hübschen Altstadt und den Resten der ehemaligen Stadtmauer gestreift, als die Familie sich noch ihren frühmorgendlichen Träumen hingab. Nie hatte Christine richtig Zeit gehabt, sich Butzbach ausgiebig anzuschauen, irgendwie war sie immer in Eile gewesen, was sie prompt an Martina erinnerte. Ob diese das von ihr geerbt hatte? Schon lustig, was für Gedanken einen plötzlich beschäftigten, wenn man über mehr Zeit verfügte, hatte sie noch gedacht, als sie nach ausgiebiger Tour schließlich am späten Vormittag bei Johannes vor der Tür gestanden hatte.

Es war ein wirklich wunderschöner Tag gewesen. Christine hatte ihn sehr genossen und nahm sich vor, nicht allzu lange mit einem erneuten Besuch zu warten. Ihre Enkel hatten sie geradezu gedrängt, auch ja ganz schnell wiederzukommen. Christine musste lachen, als sie jetzt erneut daran dachte, und freute sich, dass sie einfach und beherzt zugesagt hatte. Zeit zu haben, war kein Luxus mehr. Morgen gehe ich wieder auf den Wochenmarkt und heute Nachmittag mache ich einen Spaziergang in der Parkanlage auf dem Alten Friedhof und anschließend ... In diesem Moment klingelte es an ihrer Wohnungstür. Es war ein Nachbar, der als Postangestellter arbeitete.

„Gemoije, Frau Boller. Ich habe gestern zufällig diesen Brief bei uns auf der Arbeit entdeckt. Er ist an sie adressiert, allerdings mit einer Uralt-Adresse. Das sind sie doch: Christine und Dr. Johann Boller, Marburger Str. 232, oder? Ich konnte ihn gerade noch abfangen, bevor er zurückgesendet werden sollte."

„Oh, guten Morgen, Herr Sauter. Ja, das bin ich. Das ist aber schon sehr, sehr lange her, dass wir dort als Familie zur Miete gewohnt haben. Danach haben wir vor mehr als 28 Jahren im Klinikviertel ein Haus gebaut und nun wohne ich seit dem Tod meines Mannes auch schon wieder über drei Jahre hier."

„Ich weiß, Sie haben ja einen Nachsendeantrag von der letzten Adresse gestellt, allerdings ist die hier angegebene Adresse längst nicht mehr erfasst. Aber ich dachte, ich versuche es einfach und frage Sie mal ..."

„Das ist total nett von Ihnen, dass Sie sich darum gekümmert haben und ihn mir extra bringen. Darf ich Ihnen einen Kaffee anbieten?" Was Herr Sauter leider ablehnen musste, aus terminlichen Gründen. Christine dankte ihm noch einmal ganz herzlich, bevor ihr Nachbar, dem sie nur hin und wieder begegnete, wieder verschwand.

Mit dem Brief in der Hand und voller Neugier auf seinen Inhalt, setzte Christine sich mit der obligatorischen Tasse Kaffee an den Esstisch. Wer um alles in der Welt mochte ihr an diese alte Adresse geschrieben haben, die schon mehr als 30 Jahre nicht mehr gültig war? Die Kinder gingen noch zur Grundschule, als sie dort gewohnt hatten, und Johann war heiß darauf gewesen, endlich ein eigenes Haus für sie alle bauen zu lassen, wozu sie bis dahin zeitlich einfach nie gekommen waren. Damals war er noch Arzt in der Uniklinik gewesen. Auf der Hand balancierend hielt Christine den kuriosen Brief und dachte an die gemeinsamen Zeiten mit Johann zurück. Johann, ihr Halt, ihre Stütze … Kurz schloss sie die Augen, schluckte und nahm beherzt das Kneipchen, wie die Hessen das Kartoffelschälmesser nennen, und schlitzte den Umschlag auf. Erstaunt und geradezu erleichtert blickte sie auf die Einladungskarte zum 95. Geburtstag von Johanns Tante Karla.

Karla Koers - ewig hatten sie keinen Kontakt mehr zu Karla und ihren Kindern gehabt. Wie zu der gesamten Verwandtschaft in Norddeutschland nicht. Die Gründe waren immer die gleichen: Keine Zeit für irgendetwas. Egal, was es auch gewesen war, selbstverständlich ging die Arbeit vor. Immer! Johann hatte zwar hin und wieder einmal nach dem Tod seiner Mutter mit seiner Tante telefoniert, die als Einzige von den zwei Schwestern seiner Mutter noch lebte, aber insgesamt doch eher selten. Nach Johanns so plötzlichem Tod 2017 war dann auch dieser Kontakt allmählich eingeschlafen. Christine hatte es zunächst nicht vermocht, Karla anzurufen und über Johann zu reden, so hatte diese nur eine Traueranzeige nach der Beisetzung erhalten. Die Beerdigung hatte im kleinen, erlesenen Rahmen stattgefunden, Johann hatte es so verfügt. Christine und den Kindern war es recht gewesen. Und später war ihr die Beziehung zur norddeutschen Familie ihres Mannes nicht mehr wichtig gewesen.

Johanns Mutter Waltraud hingegen hatte früher dafür gesorgt, dass sie ihre norddeutsche Verwandtschaft hin und wieder mal besuchten. Entweder reisten sie dann alle nach Borkum, wo Charlotte und Gerd Dänekas, Johanns älteste Tante und deren Mann, eine Pension besaßen, oder zu der jüngsten Tante Karla und ihren Kindern, die in der Grafschaft Bentheim zu Hause waren, wo sie als Familie in umliegenden Pensionen oder Hotels Unterkünfte anmieteten, in denen die seltenen Familientreffen oder Feste dann auch stattfanden. Johann hatte es strikt abgelehnt, auf dem Hof oder auch nur in dessen Nähe zu übernachten. Immerhin hatte er sich anfangs das große Anwesen einmal angeschaut, aber den ältesten Sohn von Karla dort nicht angetroffen und ihn somit auch nie kennengelernt. Auch bei den jeweiligen Familientreffen war er niemals dabei gewesen, aus welchen Gründen auch immer. Was Christine äußerst merkwürdig vorkam, sie aber auch nicht daran gehindert hatte, ihre Zeit lieber mit Martina in Nordhorn beim Shoppen zu verbringen als Johann zur Hofbesichtigung zu begleiten.

Nun lebten Johanns Eltern beide schon lange nicht mehr. Karlas Mann Hermann war schon 1969 gestorben und Karla hatte den landwirtschaftlichen Hof ihrer Eltern mit ihrer Mutter Hedwig alleine weiterbewirtschaftet, bevor ihr ältester Sohn Friederich diesen irgendwann übernahm. Christine war ihm bei den dann doch wieder spärlichen Treffen nie begegnet. Von der ganzen Familie Koers hatte sie nur mit Karla, deren zweitgeborenem Sohn Karl und der Tochter Hermine und deren Familie zu tun gehabt. Auch Borkum hatte sie als Familie nicht wirklich zum Urlaubmachen gereizt. Sie waren lieber in wärmere Gefilde gefahren. Johann war zwar auf Borkum geboren worden, aber Urlaub machen wollte er dort nicht. Und das hatte irgendwie mit seiner Mutter Waltraud zu tun, aber was das genau war, darüber hatten sie und Johann nie gesprochen. Andere Dinge waren einfach wichtiger gewesen. Und Christine hatte nie nachgefragt.

Wie benommen schreckte Christine aus ihren Gedanken auf. All das war für sie längst Vergangenheit. Und doch sah sie aufmerksam auf die liebevoll gestaltete Einladung, die konkret an sie, Martina und Johannes und deren Familien gerichtet war. „Ich würde mich sehr freuen, wenn ihr zu meinem 95. Geburtstag nach Rhauderfehn kommen würdet", stand dort. Karla würde sich also freuen. Und auf einmal erwachte in Christine so etwas wie Sehnsucht. Sehnsucht nach Verwandtschaft, die sie und auch Johann schon lange nicht mehr gehabt und ehrlicherweise auch nicht gesucht hatten. Auch hierbei hatte der Zeitfaktor eine immense Rolle gespielt. Vielleicht wäre es doch schön, so dachte Christine mehr und mehr interessiert, Karla noch einmal wiederzusehen. Wer weiß, wie lange die einzige Tante von Johann, die ihr eigentlich immer liebevoll und geradezu herzlich begegnet war, noch leben mochte? Und vielleicht war es auch schön, neue Kontakte zu ihren Kindern aufzubauen. Christine selber war, wie Johann, ein Einzelkind und auch in ihrer Verwandtschaft war niemand mehr da, außer Verwandten, die man eigentlich schon nicht mehr als Verwandte bezeichnen konnte. Aber Karla lebte noch. Und ihre Kinder. Vielleicht sollte sie doch …

Der Gedanke nahm mehr und mehr Fahrt auf. Spontan rief sie Johannes an und erzählte ihm von der Einladung und handelte sich direkt eine Abfuhr ein. Darin ähnelte er dann doch sehr seinem Vater. Auf gar keinen Fall würden sie als Familie mitkommen. Niemals, so waren seine Abschiedsworte gewesen. Martina wollte sie in ihrer Recherche in Spanien nicht stören und deshalb nicht anrufen, aber hatte diese sie nicht geradezu herausgefordert, etwas zu planen, was sie als Mutter und Tochter in Angriff nehmen könnten, wenn sie im April Urlaub haben würde? Dass Martina an so etwas nicht gedacht hatte, war Christine klar, aber in diesem Fall saß sie endlich mal am längeren Hebel. Endlich würde Martina ihren Egoismus mal nicht ausspielen können. Versprochen war schließlich versprochen!

Forsch griff Christine erneut zum Telefonhörer und rief ihre beste Freundin Anke an und verabredete sich mit ihr zum nachmittäglichen Spaziergang, um ihr von der unverhofften Einladung von Karla Koers zu erzählen. Und auch, um sich mit ihr über die neuesten Entwicklungen nach der Sprengung in der Sparkasse in Langgöns auszutauschen. Immerhin war das jetzt das lokale Gesprächsthema, das auch die Gießener nicht in Ruhe ließ.

Rhauderfehn – Dienstag, 22. März

Zur selben Zeit saß gut 420 km weiter nördlich Karla Koers auf ihrem mittlerweile abgewetzten Sofa, das schon bessere Tage gesehen hatte, und sah sich alte Fotoalben an. Seit knapp zehn Jahren lebte Karla nun bei ihrer Tochter Hermine Groothuis und deren Familie in Rhauderfehn in Ostfriesland. In sich gekehrt und geistesabwesend betrachtete sie jedes einzelne Foto von ihren Schwestern und deren Familien und ließ die lange zurückliegenden und sich dahinter verbergenden Geschichten gedanklich lebendig werden. Besonders die Fotos auf Borkum, wo der kleine Johann geboren worden war, hatten es ihr angetan. Wie jung sie gewesen waren, sie und ihre beiden Schwestern. Es war das einzige Mal, dass sie als verheiratete Schwestern gemeinsam auf Borkum gewesen waren. Charlottes Mann, Gerd, war Borkumer und damals noch als Kapitän zur See gefahren. Er und Charlotte hatten sein anmutiges Elternhaus in einzelnen Schritten nach ihrer Hochzeit ab 1947 zur Pension ausgebaut und Charlotte hatte diese ab dem Sommer 1953 betrieben. Ein wirklich schönes Haus. Waltraud und sie hatten Charlotte vor der Saison noch besuchen wollen und waren viel länger als ursprünglich geplant bei ihr geblieben. So kam es, dass Johann dort geboren worden war. Auf manchen Fotos waren auch ihr zweijähriger Friederich und der einjährige Karl mit drauf. Noch heute glaubte sie die Erleichterung zu spüren, die dieser gemeinsame Urlaub mit ihren beiden Kindern und ihren Schwestern trotz der noch andauernden Malerarbeiten in manchen Pensionsräumen, für sie, Karla, bewirkt hatte. Sowohl Waltraud als auch Charlotte hatten sich um die beiden mitgekümmert. Auch Charlotte hatte zwei Kinder, aber die Zwillinge waren bereits drei bzw. vier Jahre älter als ihre beiden. Zudem hatte Charlotte zu diesem Zeitpunkt schon zwei Zimmermädchen engagiert, die Kinder über alles liebten und gerade die älteren in alles, was so im Alltag anfiel, ganz unbekümmert integrierten. Es hatte viel Arbeit in der neuen Pension gegeben.

Trotzdem war der Besuch auf Borkum für Karla erholsam gewesen. Zumindest in manchen Dingen. Seit frühester Kindheit hatte sie auf dem elterlichen Hof mitgeackert. Im wahrsten Sinn des Wortes. Keine Arbeit war ihr zu schwer, für nichts war sie sich zu schade gewesen. Sie, Karla, packte an, wo wie nur konnte. Hermann und sie hatten 1950 geheiratet und nach den Geburten war sie ... Ein lauter Knall riss sie aus ihren Gedanken und schon flog die Tür auf.

„Entschuldige bitte, Mama", Hermine stob mit hochrotem Kopf und einem großen Wäschekorb herein, „der Wind hat mir doch tatsächlich die Haustür so zugepfeffert, dass ich sie nicht mehr halten konnte."

„Hach, hast du mich erschreckt."

Hermine stellte den Wäschekorb auf den Boden und meinte nur lapidar: „Ich dachte, ich besuche dich einfach mal und falte die Wäsche bei dir. Was machst du gerade?"

„Ich sehe mir Fotos von früher an, von damals, als die Jungs noch so klein waren."

„Ach so. Die Fotos vom Hof aus der Grafschaft Bentheim?" Hermine wusste, wie sehr ihre Mutter darunter litt, dass sie dort nicht mehr wohnen konnte. Sie hatte ihre Heimat so sehr geliebt, aber die Umstände hatten es einfach nicht hergegeben. Freundlich und wohlwollend ausgedrückt, reflektierte sie, ohne es auszusprechen. Ihre Mutter hatte genug unter den ganzen Scherereien gelitten. Sie musste und wollte sie nicht daran erinnern. Obwohl sie sich sicher war, dass diese sowieso immer wieder darüber nachgrübelte.

„Ach, nein, nicht die Bilder aus der Grafschaft. Weißt du, heute müsste doch meine Geburtstagseinladung bei Bollers in Gießen eingetroffen sein. Heute oder gestern schon. Ich bin so gespannt, ob sie kommen, die Christine und ihre Kinder. Du glaubst nicht, wie viel mir das bedeuten würde. Na ja, und da fielen mir gerade die Fotos von Waltraud und unser gemeinsamer Urlaub auf Borkum bei Charlotte damals ein. Ich war gerade ganz tief versunken in den alten Geschichten."

„Zeig mal, Mama. Irgendwie kann ich mich gar nicht an die Aufnahmen erinnern."

Während der nächsten Stunde und einiger guter Tassen ostfriesischen Tees lauschte Hermine den Geschichten ihrer Mutter und vergaß ihre Geschäftigkeit. Und ihr wurde klar, dass es ihrer Mutter wirklich viel bedeutete, Johanns Familie mal wieder bei sich zu haben. Warum auch immer. Verstehen und nachvollziehen konnte sie es nicht und tat es als Eigentümlichkeit einer alten Frau ab. Dass sie sich seit Johanns Tod sehr viele Gedanken über ihn und seine Kinder machte, verschwieg Karla wohlweislich. Hermine hätte es sowieso nicht verstanden.

Papenburg – Dienstag, 22. März

Friedrich Koers war ein beinharter und sehr erfolgreicher Unternehmer mit Firmensitz in Papenburg im Emsland. Als ältester Sohn von Karla und Hermann Koers war er mit seinen Geschwistern Karl und Hermine auf dem großen landwirtschaftlichen Anwesen in der Grafschaft Bentheim aufgewachsen. Nach dem Tod seiner Großmutter Hedwig Meyering, der der gesamte Besitz nach dem Tod ihres Mannes rechtlich gehört und die mit ihnen als Familie dort gelebt hatte, erbte Friedrich als ältester Sohn von Hermann und Karla den Hof mit allen Immobilien und Ländereien.

Und das mit voller Zustimmung seiner Großmutter Hedwig, die von Friederich schon immer schauspielernd liebevoll „um den Finger gewickelt worden war". Hedwig hatte, egal, was Friederich auch anpackte, ihn als äußerst engagiert, extrem vorausschauend und unglaublich talentiert zu würdigen gewusst. Und Friederich hatte schon immer seine eigene Form der Wahrheit so kunstfertig verkauft, dass gerade diejenigen, die ihn liebten, keine Zweifel an dem hegten, was er zu sagen pflegte. Friederichs geheimer Rivale, sein Bruder Karl, der nach seinem Großvater und Karla benannt worden war, könnte den Hof ebenfalls erben und übernehmen, hatte der Vater Friederich als Junge einmal erzählt, sollte er, Friederich, auf Dauer kein Interesse an der landwirtschaftlichen Arbeit haben und sich beruflich anders orientieren wollen. Karl war ja nur ein Jahr jünger und arbeitete wie Friederich auch schon von Kindesbeinen auf dem Hof mit. Aber Friederich hatte die Zeichen der Zeit schon als Teenager erkannt und dafür gesorgt, dass seine Oma Hedwig gar nicht erst auf die Idee kam, die natürliche Erbfolge zu ändern. Was rechtlich durchaus möglich gewesen wäre.

Was Friederich plante, hatte Hand und Fuß. Was er wollte, setzte er um. Auch über sprichwörtliche Leichen. So hatte Friederich, der als Student heimlich Betriebswirtschaftslehre studiert hatte, statt Agrarwirtschaft, wie seine verwitwete Mutter und Oma glaubten und auch immer wieder von ihm erzählt bekamen, von vornherein die Weichen so gestellt, dass das gesamte Vermögen ihm allein gehörte und er seine Geschwister nicht auch noch am Gewinn beteiligen musste, sobald er den Hof von Rechts wegen verkaufen konnte. Dass das möglich war, hatte Friederich schon sehr früh herausgefunden. Was er natürlich niemanden wissen ließ.

Nach Hedwigs Tod musste also zunächst ein Verwalter her, der statt Hedwig nun die Entscheidungen für das Anwesen traf und die Arbeit beaufsichtigte. Friederich befand sich noch mitten im Studium und seine Mutter wollte partout nicht, dass er es abbrach, um sich selbst um das Anwesen zu kümmern, was er ihr selbstverständlich angeboten hatte, wohl wissend, dass sie darauf sowieso niemals eingehen würde. Großmutter und Mutter waren seit Studienbeginn unglaublich stolz auf den ersten und einzigen Studenten in ihrer Familie gewesen, der allein zum Wohle des Meyeringschen Anwesens all das profunde Wissen fleißig lernte und einpaukte, wie seine Großmutter Hedwig es immer ausgedrückt hatte. Und Friederich vergaß natürlich auch nicht davon zu berichten, dass auch die Herren Professoren an seiner Universität dies immer wieder hervorhoben und betonten.

Natürlich hätte auch Karl die Aufgabe als Verwalter vorübergehend übernehmen können, aber das wusste Friederich geschickt zu verhindern und so verließ Karl die Grafschaft Bentheim. Karl hätte ihm ja auf irgendeine Art und Weise durchaus auch gefährlich werden können. Also setzte Friederich für weitere Jahre einen ihm wohlgesonnenen Hofverwalter ein, um sein Studium beenden zu können, der auch dann noch blieb, als Friederich komplett auf den Hof zurückkehrte. Um die von Rechts wegen erforderlichen zehn Mindestjahre seit Erbschaftsbeginn zu erfüllen, von denen mittlerweile mehr als zwei Drittel bereits um waren, übernahm Friederich die Entscheidungsgewalt über Hof und Leute in der noch verbleibenden Zeit selbst, wobei intern nach wie vor sein Verwalter das Sagen hatte, was aber niemand zu wissen bekam, und er fügte sicherheitshalber ein weiteres halbes Jahr hinzu, damit ihn niemand rechtlich belangen konnte. Für die zu erledigende Arbeit stellte er zu seiner Unterstützung einige weitere überaus emsige Arbeitskräfte ein, die dann schlussendlich all die Arbeit verrichteten, zu der er einfach keine Lust hatte. Was im Grunde genommen so gut wie alles war. Seiner Mutter verkaufte er dies als neueste wissenschaftliche Erkenntnisse, die weitaus mehr Profit abwarfen als alle vorherigen Modelle. Was sie als, wie er es ausdrückte, einfache Frau hinzunehmen habe, schließlich verstände sie ja nichts von solchen Erwägungen. Im Gegenteil zu ihm. Aber als dann schließlich alles rechtlich in trockenen Tüchern war, wie er später auf Nachfrage und Proteste argumentieren sollte, verkaufte er Hof und Ländereien mit enormem Gewinn, und das, ohne auch nur im Geringsten auf die Einwände von Karla, seinem Bruder Karl oder Hermine und Achim einzugehen. Im Gegenteil, ihn ermutigten ihre Argumente noch mehr und er wusste, dass sie sich um Land und Geld betrogen sahen. Was ihn aber, wie er es zu nennen pflegte, „nur äußerst peripher tangierte".

In der Grafschaft Bentheim war es schließlich seit uralten Zeiten üblich, dass immer der älteste Sohn den landwirtschaftlichen Hof mit allen Ländereien und dazugehörigen Immobilien erbte, damit dieser im Ganzen auch in der Zukunft existenzerhaltend betrieben werden konnte. Von Generation zu Generation wurden so die Besitztümer weitervererbt.

Auch wenn ihm der Vater das etwas anders erzählt hatte, glaubte Friederich, er habe als Ältester nun einmal das verbriefte Recht, quasi Alleinerbe zu sein. Friederich hatte schon als Junge sofort erkannt, dass der Vater ihm eine andere Lösung für seine Berufswahl anbieten wollte und das womöglich, weil er bemerkt hatte, dass Friederichs Herz nicht wirklich für die Landwirtschaft schlug. Und sofort hatte Friederich sich tatkräftig angestrengt und alles gegeben, um Großmutter, auf die es letztendlich ankam, und Vater, der nur wenige Jahre später starb, zu zeigen, dass er der richtige künftige Besitzer des Meyeringschen Anwesens, so hieß das Anwesen seit vielen Generationen, war. Allein um dieser seiner ganzen Anstrengungen willen glaubte Friederich, dass er all das einfach auch verdient hatte.

Schmutzige Arbeiten lagen Friederich nicht. Und was ihm nicht lag, das machte er nicht. Auf keinen Fall, das war ihm von Anfang an klar gewesen, würde er den Hof auch nur einen Tag länger bewirtschaften, als es ihm notwendig erschien. Irgendwann würden die Ländereien einmal Bauland werden, so hatte Friederich schon lange vor Beginn seines Studiums richtig spekuliert und als es so weit war, hatte er das Anwesen Stück für Stück äußerst lukrativ verkauft. Selbstverständlich hatte er alles langfristig geplant, kalkuliert und vorbereitet. Und das schon zu einer Zeit, als noch niemand sich hätte vorstellen können, dass das Meyeringsche Anwesen irgendwann einmal nicht mehr existieren könnte. Niemand, außer Friederich selbst und der lachte sich eins ins Fäustchen.

Friederich galt, was er häufig geschickt zu tarnen verstand, als streitbar und impulsiv, launisch und äußerst durchsetzungsstark und laut seiner wenigen Freunde verfügte er über ein ungebrochenes Potenzial an innerem Jähzorn. Kaum jemand traute sich ihm zu widersprechen. Auch seine Mutter Karla nicht. Sie hatte es schon vor langer Zeit aufgegeben und je älter Friederich wurde, umso weniger umgänglich wurde er. Karla hatte ein lebenslanges Wohnrecht auf dem Hof in der von ihr heißgeliebten Grafschaft Bentheim gehabt, aber Friederich hatte sie, ohne sie einzubeziehen, geschweige denn zu fragen, einfach mal eben so ins Emsland verpflanzt und ihr dabei von Anfang an ein schlechtes Gewissen und negative Gefühle eingeredet. „Was willst du denn eigentlich noch alles?" hatte er ihr vorgeworfen. „Ich habe extra diese schöne Wohnung für dich in meiner Villa einbauen lassen. Und das für einen Haufen Geld. Du hast doch alles, was du brauchst oder etwa nicht? Du glaubst doch wohl nicht wirklich, dass du das alles verdient hast, oder?" Dabei war sein Kopf puterrot vor Zorn gewesen und es hatte Karla geschienen, als habe sein Schädel tatsächlich geraucht. Erwidert hatte sie nichts mehr. Sie hatte gelernt, dass es besser für sie war zu schweigen.

Keine der Frauen, die Friederich in schöner Regelmäßigkeit anschleppte, hatte es länger bei ihm ausgehalten. Alle hatte er abwertend und oft mit schmerzender Nichtbeachtung behandelt, nachdem sie eine Beziehung mit ihm eingegangen waren und diese schnell den ersten Glanz verloren hatte. Nachtragend und äußerst gekränkt hatte er sich gegeben, wenn sie hatten gehen wollen. Einige von ihnen waren nach vielen Versprechen seinerseits zunächst geblieben. Geerntet hatten sie seinen Hass und seine erbarmungslose Vernichtung in Worten und Taten, sowohl im Hier und Jetzt als auch bei allem, was noch in der Ferne lag. Niemand war jemals seiner Genialität, so sah Friederich es selber, gerecht geworden.

Hinter vorgehaltener Hand sprachen andere von seinem unersättlichen, fresswütigen Ego. Zu seinem hungrigen Bedürfnis nach allseitiger Bewunderung, das er schon als kleiner Junge gehabt hatte, kamen letztendlich ein desaströser Mangel an Einfühlungsvermögen anderen gegenüber sowie ein übersteigertes Selbstwertgefühl hinzu. Friederich war ein Narzisst, wie er im Buche stand. An nichts, was ihm persönlich nichts nutzte, hatte er Interesse. Seine Welt drehte sich einzig und allein um ihn, Friederich. Er war der Nabel der Welt. Manche munkelten schon, dass sein Narzissmus ihn noch einmal ins Unglück stürzen würde. Aber niemand traute sich, es ihm zu sagen. Auch Karla nicht. Und seine Geschwister Karl, der 2002 mit gerade einmal 50 Jahren gestorben war, und Hermine auch nicht. Es hätte auch nichts gebracht, denn Friederich hätte das Problem sowieso nicht erkennen können oder wollen.

Irgendwann vor zehn Jahren hatten Hermine und ihr Mann Karla aus Friederichs Fängen befreit. Zu diesem Zeitpunkt hatte Friederich seine alte Mutter, wie er es damals nannte, „freundlichst überzeugt", ihm den Haushalt zu führen. In Wirklichkeit hatte er sie massiv in eine Ecke gedrängt und dabei fast geschlagen. Erst im letzten Moment hatte Friederich seine Faust im Schwung noch gestoppt, unmittelbar, bevor sie Karlas Kinn erreichte. Mal wieder war Friederich eine seiner Frauen abhandengekommen, die, wie einige der vorherigen auch, es nun so gar nicht einsah, dass sie für ihn in seiner Villa alles machen sollte und er mit ständiger Abwesenheit glänzte, sie dafür aber mit verachtenden Manieren belohnte. Zusammenhänge, die Friederich natürlich verschlossen blieben, ganz einfach auch deshalb, weil er an so etwas Belangloses niemals einen Gedanken verschwendete.

Daher hatte er sich seine Mutter vorgeknöpft, was er auch öffentlich in seiner Firma herumerzählte, verhalf ihm das dort doch, so glaubte er, zu weiterer Autorität. Jemanden für den Haushalt einzustellen sei betriebswirtschaftlicher Unfug, hatte er Karla deutlich wissen lassen, es koste ihn nur viel Geld. Schließlich sei sie ja auch freiwillig zu ihm gezogen und würde mietfrei bei ihm wohnen, also solle sie sich nicht so anstellen und gefälligst anfangen zu putzen, einzukaufen und all die Dinge zu tun, die in einem Haushalt nun mal so anfielen. Mit dem hohen Alter ihrer mittlerweile 84 Jahre bräuchte sie ihm gar nicht erst zu kommen, das sei absolut kein Argument für ihn und zähle allenfalls als billige Ausrede. Wer essen und wohnen wolle, müsse dafür auch etwas tun.

Einen Zeugen gab es für das Ganze nicht. Und Karla war dankbar dafür. Sie wertete Friederichs Verhalten als Ausrutscher, den man sich ja auch erklären könnte, bei all dem Stress, dem er ausgesetzt gewesen war, so hatte sie später Hermine erklärt, der zufällig die blauen Flecken an Karlas Oberkörper und die gebeugte Schutzhaltung ihres Körpers auffielen. Hermine fiel fast aus allen Wolken aufgrund dieser Argumentation. Ihr war das Verhalten ihrer Mutter schon länger merkwürdig vorgekommen und sie hatte deshalb mehrfach nachgebohrt. Und zwar so sehr, dass Karla schließlich nichts anderes übrig blieb, als die Wahrheit zu sagen. Als nun wiederum Hermine von Karla von vielen lautstarken Streitereien im Hause Koers erzählt bekam, die sie miterlebt, aber bislang verschwiegen hatte, hatte Hermine nicht länger gezögert und den Umzug von Karla schnellstens organisiert und in Friederichs Abwesenheit vollzogen. Fortan lebte Karla bei Hermine und ihrer Familie und Friederich ward nicht mehr gesehen. Volle sieben Jahre nicht mehr. Dann hatte es eines Tages an Karlas Tür geklingelt und Friederich hatte davorgestanden. Er hatte eine dringende Unterschrift gebraucht, warum, war Karla nie deutlich geworden, aber immerhin hatten sich in Zukunft leichte Annäherungen ergeben, worüber Karla sich insgeheim auch irgendwie freute. Schließlich war auch er ihr Sohn. Auch, wenn sie mehr über ihren tödlich verunglückten Sohn Karl und auch über Johann, den einzigen Sohn ihrer Schwester Waltraud, nachdachte, die beide traurigerweise so plötzlich mit 50 und 63 Jahren gestorben waren. Ein Elend war das. Je älter sie wurde, desto mehr vermisste sie beide. Obwohl der Kontakt zu Johann nicht gerade ausgiebig gewesen war. Nun hoffte Karla, dass Johanns Familie zu ihrem besonderen Fest kommen würde.

Gießen – Dienstagnachmittag, 22. März

Beschwingt von der Idee zu Karlas Geburtstag zu fahren, hatte Christine bereits Pläne geschmiedet, als es erneut an ihrer Wohnungstür klingelte.

„Hey, Süße, ich dachte, ich komme schon mal vor unserem Spaziergang mit Nervennahrung", fröhlich lachend schob Christines beste Freundin Anke sich in den Flur hinein, bepackt mit einzelnen Tortenstücken von ihrem Lieblingskonditor aus der Fußgängerzone, und nahm Christine in den Arm, was diese sofort fröhlich erwiderte.

„Wow! Was für eine gute Idee. Die hätte direkt von mir stammen können." Grinsend befreite sie Anke von den vier Kuchenstücken und nur wenige Minütchen später zelebrierten beide genüsslich ihre gemeinsame Kaffeestunde. „Eierlikörtorte, Hessische Apfelweintorte, Frankfurter Kranz, Marzipantorte. Sag mal, wer soll denn das alles essen?" Christine schüttelte schmunzelnd ihren Kopf. Typisch Anke. Wenn sie etwas mitbrachte, dann en masse.

„Alles unsere Lieblingstorten, oder? Ich konnte mich einfach nicht entscheiden. Und du hast doch bestimmt noch nichts zu Mittag gegessen, nicht wahr? Und das nach der Überraschung mit der Einladung zum Familientreffen", sprudelte es aus Anke hervor.

„Klar, wenn wir uns schon den Bauch vollschlagen, dann aber gleich ordentlich", Christine lachte nun lauthals und schob sich einen großen Bissen Eierlikörtorte, die sie über alles liebte, in den Mund. „Hier, lies mal", gluckste sie und beförderte Karlas Einladungskarte, die sie selbst nur ziemlich oberflächlich gelesen hatte, vor Ankes Nase. Ihre Gedanken waren einfach auf ganz natürliche Weise schon nach den ersten Worten abgeschweift.

„Rhauderfehn?" Anke verschluckte sich fast an ihrem Kuchen. „Wo ist das denn?"

„Wird wohl in der Grafschaft Bentheim sein, da haben die Koers ein großes landwirtschaftliches Anwesen."

„Nee, Süße, du irrst dich." Wie immer hatte Anke sofort ihr Smartphone gezückt und ihm schon

Informationen entlockt. „Moment mal, also, Rhauderfehn ist eine Gemeinde im Süden von Ostfriesland. Steht hier. Gehört zum Landkreis Leer und hat gut 18300 Einwohner. Warte mal …", Anke machte eine kleine Pause und navigierte durchs Handy. „Hier steht was von Fehnlandschaft und Fehnsiedlungen, was auch immer das sein mag, Kanälen, Windmühlen usw."

Jetzt wurde auch Christine hellhörig. „Nanu, Johann hat immer erzählt, dass die Familie seit mehr als zweihundert Jahren in der Grafschaft Bentheim das große Anwesen bewirtschaftet, und wir waren ja auch mal da."

„Und wo liegt die Grafschaft Bentheim?" Auch davon hatte Anke noch nie in ihrem Leben gehört.

Immerhin konnte Christine ihr das erklären, sie war ja schon dagewesen. „Wenn du dir die Deutschlandkarte anschaust, und zwar da, wo Niedersachsen im Westen an die niederländische Grenze reicht, siehst du im Süden von Niedersachsen eine fast kreisrunde Ausbuchtung in die Niederlande hinein. Das Ganze ist die Grafschaft Bentheim, die weiter über Nordhorn bis zur Stadt Bad Bentheim reicht. Bad Bentheim grenzt auch an Nordrhein-Westfalen heran, liegt aber in Niedersachsen."

„Bad Bentheim? Da war doch vor einiger Zeit irgendjemand zur Reha. Mensch, wer war das noch?" Anke nahm das nächste Stück Marzipantorte und seufzte voller Vorfreude. „Ist das lecker!"

Nun musste auch Christine lachen, die schon bei ihrem zweiten Tortenstück angekommen war: „Ich glaube, ich esse jetzt zwei Tage nichts mehr. Aber der Kuchen ist klasse ..." und sie schnalzte mit den Lippen. „Danke, Anke. Das habe ich jetzt total gebraucht. Morgen essen wir wieder gesund. Aber heute ..."

Auch Anke gluckste: „Ja, lass uns heute das Leben genießen. Und wenn es mit Torte ist. Übrigens hier habe ich was zum Begriff *Fehnsiedlung* gefunden. Es handelt sich um Moorsiedlungen, die fast immer von Kanälen durchzogen sind. Das klingt echt spannend! Ich war zwar schon mal auf den ostfriesischen Inseln, aber noch nie auf dem ostfriesischen Festland. Also, wenn Martina dich nicht begleiten will, ich fahre sofort mit. Aber auf die Familiensessions habe ich keine Lust. Da wirst du dann leider allein hinmüssen." Zwinkernd und gut aufgelegt startete nun auch Anke das „Projekt nächstes Stück Torte", wobei sie verkündete, dass es eigentlich eine Schande sei, dass gerade das, was so überaus lecker war, so schädliche und hässliche Begleiterscheinungen hatte, die man Cholesterin und Verfettung der Leber nenne.

Was Christine zu der Bemerkung verleitete: „Typisch Medizinerin. Immer die Gesundheitsaspekte mit im Blick haben. So war Johann auch." Sie schüttelte ihren Kopf. „Darf ich dich daran erinnern, dass du die Torte mitgebracht hast? Ich wasche meine Hände ganz in Unschuld. Und esse auch mein letztes Stück noch auf, auch wenn ich fast platze, sonst heißt es noch, ich wäre unhöflich", sprachs und brach in haltloses Lachen aus, in das Anke voller Begeisterung einstimmte.

Während der nächsten zwei Stunden, die sie dann in der Parkanlage am Alten Friedhof und mit einem ausgiebigen Spaziergang durch die umliegenden Gießener Straßen bis hin zum Schiffenberger Wald verbrachten, unterhielten sie sich noch lange über die bevorstehende Geburtstagsfeier von Karla Koers und Christine weihte Anke in manche Anekdote ein, die ihre Schwiegermutter Waltraud ihr vor langer, langer Zeit erzählt hatte. Nie hatte sie daran denken müssen, aber der Brief von Karla und auch das, wie Anke es nannte, „Wandeln in der Vergangenheit", vorbei an den Gräbern bekannter und berühmter Gießener Persönlichkeiten, wie das des Nobelpreisträgers Wilhelm Conrad Röntgen, der ein paar Jahre an der Gießener Universität als Professor unterrichtet hatte, hatten die Vergangenheit lebendig werden lassen. Anke und Christine liebten diese Ausflüge zwischen *Hier und Heute* und *Damals und Vergangenem*. Dabei konnten sie sich stundenlang über alles, was ihnen so einfiel, unterhalten. Leerlauf kannten sie beide nicht und genossen jeden Augenblick ihres Zusammenseins und planten schließlich gemeinsam Christines und Martinas Aufenthalt in Ostfriesland und im emsländischen Papenburg.

Tatsächlich hatten sie beide über all ihren Erzählungen und Schilderungen das Thema Geldautomatensprengung völlig aus den Augen verloren. Was zumindest Christine ganz gut tat, hatte sie sich doch in den letzten Tagen immer wieder darüber Gedanken gemacht. Und auch die Nachrichten und Berichte, die sie der Hessenschau und der Zeitung entnommen hatte, ließen sie eher mit Sorge zurück. Noch hatte man die Täter nicht aufspüren können, im Gegenteil, diese schienen mitsamt Auto wie vom Erdboden verschwunden zu sein. Immerhin hatte man verifiziert, dass es sich beim Fluchtfahrzeug in der Tat um einen schwarzen Audi gehandelt hatte und dass die Kennzeichen wohl während der späten Abendstunden im Landkreis Siegen gestohlen worden waren. Dass die Täter in Langgöns mitten im Ort, wo zahlreiche Menschen in unmittelbarer Nähe zur Sparkasse lebten, so skrupellos vorgegangen waren und es ihnen offenbar völlig egal gewesen war, ob Personen durch ihr Handeln in Gefahr geraten waren, machte nicht nur Christine fassungslos. Was mussten das für Kriminelle sein, denen anscheinend nur das Geld wichtig war. Dass etliche christliche Werte, die unabdingbar für das soziale und menschliche Zusammenleben waren, immer weniger eine Rolle zu spielen schienen, ließ sie manchmal regelrecht hoffnungslos werden.

Gießen – Samstagmittag, 26. März

Kaum war Christine vom Wochenmarkt zurück, versuchte sie erneut, Martina zu erreichen. Auf keinen ihrer Anrufe, keine ihrer Sprach- und mehrfachen Textnachrichten per Messenger hatte sie bislang reagiert und auch jetzt meldete sie sich einfach nicht. Was

Christine auch nicht wirklich wunderte und sie schon am Dienstag genauso auch Anke gegenüber prophezeit hatte. Aber Anke hatte ihr trotzdem den Rat gegeben, alles ihr Mögliche für die Reise anzuleiern, damit Martina sich später nicht beschweren könnte. Außerdem würde ihr, Christine, ja auch daran liegen, dass diese auch tatsächlich mitfahren würde. Also hatte Christine Martina schon mal schriftlich über ihre Reise nach Ostfriesland informiert, aber auch darauf keine Antwort erhalten. Leider hatte Karla aber auch wirklich sehr kurzfristig geplant und um Rückantwort bis zum 31.03. gebeten, was Christine sehr wunderte und sie auch nicht nachvollziehen konnte, schließlich wusste man ja schon lange im Voraus, wann der nächste Geburtstag anstand. Die Feier würde am 24.04. von 17.00 – 22.00 Uhr auf dem *Gut Halte* im Restaurant *Reiherhorst* in Halte bei Papenburg stattfinden.

Christines Gedanken gingen wieder zum vergangenen Dienstagabend zurück, als sie und Anke sich nach ihrem Spaziergang noch die informative Website vom lauschigen *Gut Halte* angesehen und entdeckt hatten, dass es dort auch ein kleines, charmantes Landhaus mit Übernachtungsmöglichkeiten gab, in dem sowohl Traditionelles als auch Modernes Akzente setzten. Anke war ganz heiß geworden auf das beschriebene besondere Ambiente, das einen Delfter Kachelofen in der Bibliothek sowie einen hauseigenen Park bot, welcher direkt an die Ems führte. Von hier aus hatte man einen idealen Blick auf den Fluss, einen Teil des Hafens und die allseits bekannte Meyer Werft in Papenburg, eine der größten und modernsten Werften der Welt, auf der Kreuzfahrtschiffe für den internationalen Markt gebaut wurden. Johann hatte ihr davon immer wieder erzählt und auch vorgeschwärmt. Er hätte gerne mal eine Reise nach Papenburg ins Besucherzentrum der Werft unternommen und sich alles vor Ort angeschaut. Und auch eine Kreuzfahrt hatte er mit Christine zusammen unternehmen wollen. Irgendwann einmal. Wenn sie Rentner wären. Dabei war es dann auch geblieben.

Wie ein eingespieltes Team hatten Anke und Christine sich später am Abend bei einem Glas Rotwein noch weitere Websites angesehen, als sie erst einmal infiziert von der herrlichen Gegend waren, wo Radfahren ein Kinderspiel zu sein schien. Beginnend bei der Meyer Werft und Papenburg ging es über Leer und Rhauderfehn bis hin zu den ostfriesischen Inseln. Die faszinierenden, schönen, abwechslungsreichen Landschaften und Städte hatten es ihnen besonders angetan. Dass Karla nun ihren Geburtstag direkt an der ostfriesischen Grenze zu Papenburg plante, reizte Christine besonders. Vor allem die im Frühling und Sommer mit vielfältigen, prächtigen Blumenarrangements und Binnenschiffen berauschend schön herausgeputzte Kanal- und Fehnstadt Papenburg, immerhin die längste und älteste in Deutschland, hatte sie beeindruckt. Der Norddeutsche Rundfunk hatte sie sogar als „Venedig des Nordens" bezeichnet. Anke war ganz erpicht darauf, sie zu begleiten, als sie das gelesen hatten.

„Ein anderes Mal", versprach Christine ihr, „aber zu Karlas Geburtstag möchte ich eigentlich doch gerne mit Martina fahren. Es ist ja auch ihre Verwandtschaft und wenn schon Johannes nicht mitwill, fände ich es schön, wenn wenigstens Martina dabei ist." „Notfalls", erwiderte Anke, „springe ich für sie ein, falls sie doch mal wieder andere Pläne haben sollte."

Dankbar für Ankes Verständnis hatte Christine begeistert zugestimmt und die beiden hatten sofort angefangen, für den kommenden Sommer eine gemeinsame längere Reise in den Norden zu planen. Beginnend in Papenburg und endend auf Borkum. Christine war nun doch neugierig geworden. Vielleicht weniger auf die Spuren von Johanns Vorfahren als auf das Besondere und Vielversprechende dieser Gegend. Dass sie diese Reise niemals antreten sollten, hätten weder sie noch Anke jemals für möglich gehalten. Im Gegenteil, sie hätten Haus und Hof darauf verwettet, dass dieser Sommer ein ostfriesischer werden würde.

Rhauderfehn – Donnerstagnachmittag, 31. März

Pünktlich und heiß ersehnt entnahm Karla dem Brief von Christine, dass sie und ihre Tochter Martina sehr gerne zu Karlas 95. Geburtstag kommen würden. Christine hatte liebevolle Worte gefunden und auch geschrieben, dass sie bereits im Gästehaus *Gut Halte* Zimmer für sich gebucht hätten und ein paar Tage in Ostfriesland zu bleiben gedachten. Für den Fall, dass Karla oder Hermine ihr erneut schreiben wollen würden, hatte sie noch ihre aktuelle Adresse mitsamt Telefonnummer hinzugefügt und „mit den herzlichsten Grüßen" unterschrieben. Karla war überglücklich, als sie den Brief las, und lief sofort mit ihm zu Hermine, die aber bei dem strahlenden Sonnenschein anscheinend mit dem Fahrrad unterwegs war. Karla konnte ihr Glück kaum fassen. Ihr lag viel daran, wieder Kontakt zu Christine und deren Familie zu bekommen. Und zwar aktiven Kontakt. Ich habe nicht mehr lange zu leben, dachte sie in der letzten Zeit immer wieder. Und das Geheimnis, das sie seit ewigen Zeiten mit sich herumtrug und das ihr manches Mal schwer auf der Seele lag, rumorte aufs Neue und bedrückte sie, wie immer, wenn sie daran denken musste. Und das passierte seit vielen Jahren in schöner Regelmäßigkeit.

Dabei war Karla Koers ein echtes Phänomen. Trotz ihrer bald 95 Jahre entsprach sie von ihrem äußeren Erscheinungsbild her absolut nicht dem, was man gemeinhin mit diesem hohen Alter verband. Mit fescher, moderner Brille, die ihr grandios stand, einer vorteilhaft geschnittenen weißhaarigen Kurzhaarfrisur und flotter, stilsicherer Kleidung wurde sie immer wieder deutlich jünger geschätzt. Auch ihr Oberstübchen, wie sie es selbst immer wieder lächelnd benannte, funktionierte so einwandfrei, dass sie nicht nur Hermine und deren Mann, sondern auch deren Kinder häufig korrigierte und in der Regel auch tatsächlich Fakten und Ereignisse einwandfrei wiedergeben konnte. Was Karla sagte und tat, hatte Hand und Fuß, wie

Hermines Jüngster immer wieder betonte, der oft mit seiner Oma angab. Wer Karla begegnete, war gerne mit ihr zusammen. Ihr freundliches, höfliches Wesen und eine warmherzige, gütige Ausstrahlung trugen dazu bei. Zwar plagten Karla immer wieder starke Schmerzen, trotzdem ließ sie sich nicht unterkriegen und machte, was sie noch eben konnte, selber. Immer wieder sah man sie mit ihrem Rollator durch Rhauderfehn am Kanal entlanglaufen, um für sich ein paar Leckereien einzukaufen, die Hermine ihr nicht unbedingt mitbringen würde, auf die sie, Karla, aber große Lust hatte. Ob ihr der Weg zum Supermarkt nicht zu viel werden würde, wurde sie immer wieder gefragt, was sie vehement verneinte. Sie hätte ja ihren Rollator mit Korb und Sitz und außerdem stände ja vor dem besagtem *Combi-Supermarkt* auch eine Bank, auf der sie sich immer wieder gerne ausruhte.

Genau daran musste Karla denken, als sie enttäuscht aus Hermines Flur in ihren eigenen zurücklief. Leckereien war das Stichwort und sie beschloss sich fürs Wochenende noch ihre Lieblingspralinen zu holen. Cholesterin hin oder her. Sie taten ihr einfach gut und das war Karla das Wichtigste. Kaum war ihr dieser Blitzgedanke gekommen, machte sie sich auch schon auf den Weg, nachdem sie in ihrer Wohnung noch kurz das Allernötigste zusammengesucht und erledigt hatte. Aber weil es dann doch zu schnell gegangen war, Karla vergaß manchmal, dass solche Spontanaktionen für sie einfach nicht mehr das Richtige waren, kam sie völlig aus der Puste beim *Combi* an und war wieder einmal äußerst dankbar für die Bank. Wenige Minuten später kam ein älterer Herr, der für Karlas Begriffe aber eher noch jung war, und setzte sich neben sie. Und schon waren die beiden über die Vor- und Nachteile eines Rollators im Gespräch.

„Mir fällt das Laufen so schwer", seufzte der Herr. „Nun wollen meine Frau und Tochter, dass ich mir unbedingt so ein Ding hole. Aber die beiden haben ja keine Ahnung davon. Aber Sie. Wie denken Sie darüber?"

Karla ließ sich nicht zweimal bitten und kam sich so vor, als wenn sie ein Verkaufsgespräch für ein Sanitätshaus führte. Der Mann nickte hin und wieder und erwiderte, dass er wegen seines Alters einfach noch Bedenken habe. Er sei ja erst 78. Wie alt sie denn sei, wollte er wissen.

Worauf Karla liebenswürdig meinte: „Im April werde ich 95."

Ungläubig sah er sie mit großen Augen an: „Das glaube ich nicht. Haben Sie Ihren Personalausweis dabei?"

Karla grinste gutgelaunt, nahm ihr Portemonnaie aus der Jackentasche, zog ihren Personalausweis heraus und hielt ihn dem Herrn vor die Nase: „Na, dann sehen Sie mal genau hin."

In diesem Moment kamen Tochter und Mutter aus dem Geschäft und sahen, wie Vater und Ehemann völlig verdutzt den Personalausweis einer ihnen völlig fremden älteren Dame filzte.

„Einmal Polizist, immer Polizist", frohlockte seine Tochter und stieß ihre Mutter in die Seite, worauf diese lapidar erwiderte: „Da wird doch wohl der Hund in der Pfanne verrückt. Wird er das denn nie sein lassen?" Worauf beide dann doch lachen mussten.

Auch Karla hatte ihren Spaß. Wie immer, wenn jemand sie deutlich jünger schätzte. Was gar nicht so selten vorkam.

Hermine war tatsächlich mit dem Fahrrad unterwegs gewesen und hatte noch einige Besorgungen erledigt. Fahrradfahren war für sie meistens die reinste Erholung, es sei denn, es gab scharfen Gegenwind oder starken Regen. Dann nahm sogar Hermine lieber das Auto. Aber ansonsten liebte Hermine es, kreuz und quer durch den Ort zu flitzen, und bevorzugte vor allem die vielen Schleichwege, die es hier zuhauf gab. Immer wieder flog ihr ein fröhliches *Moin* entgegen und die Fehntjer, wie sie liebevoll genannt wurden, winkten ihr herzlich zu. Dass Hermine rund um sich herum zurückgrüßte, war ebenso selbstverständlich wie Fahrradfahren hier in Ostfriesland. Freudestrahlend und dankbar stieg sie, kaum, dass sie ihre Auffahrt erreicht hatte, vom Rad ab und wollte gerade die Einkäufe aus dem Korb heben, als ein luxuriöser Mercedes mit Emsländer Kennzeichen haarscharf vor ihr anhielt und sie fast touchierte. Schon riss der Fahrer die Autotür auf, sprang förmlich heraus und blaffte die völlig verdutzte Hermine lautstark an: „Wo ist sie, d-e-i-n-e Mutter?"

Friederich. Mit einem Mal war alle gerade noch gespürte Leichtigkeit verflogen, alle Dankbarkeit und Sorglosigkeit, die Hermine zuvor noch empfunden hatte, wichen einer Schwermut, die sie nur kannte, wenn ihr Bruder ins Spiel kam. Nichts war am Umgang mit ihm je einfach gewesen und je älter er wurde, umso mehr traten Paschaallüren zu Tage, die nachhaltig negativ auf sie wirkten. Hermine hatte jedes Mal tagelang daran zu knapsen und litt fürchterlich darunter. „Lass es dir einfach nicht gefallen und bollere zurück", hatten ihre Kinder beim letzten Mal flapsig gemeint. „Du kennst Friederich und seine unmögliche Art doch inzwischen zur Genüge, lass ihn doch einfach wortlos stehen und geh weg", war der Ratschlag ihres Mannes gewesen. Genau daran musste Hermine in diesem Moment denken, als Friederich auch schon auf sie zustob und ihr das Rad förmlich aus den Händen riss. Darauf war Hermine nun gar nicht gefasst und sie kam völlig aus dem Gleichgewicht. Der Einkaufskorb fiel knallend auf den Boden und entleerte sich. Die gerade eingekauften Gläser mit Schattenmorellen zersprangen in tausend Teile und Glassplitter flogen weit umher. Auch die Flasche mit dem roten Johannisbeersaft hielt dem Druck nicht stand. Der rote Saft suchte sich seinen natürlichen Weg und ergoss sich über den Inhalt der weit verteilten, aufgeplatzten Mehl- und Zuckerpäckchen und durchtränkte sie in großer Schnelligkeit. Und unter allem versteckten sich mehr oder weniger die restlichen Einkäufe. So auch Karlas neue, bis gerade eben noch weiße Schürze, die vom Schneider extra angefertigt worden war und auf die sie begierig wartete. Hermine selbst konnte sich nur mit letzter Mühe gerade noch an der Hauswand abfangen. Was höllisch schmerzte und in Form einer blutenden Schürfwunde am rechten Arm auch nicht zu übersehen war.

All das schien Friederich völlig egal zu sein. Fauchend stellte er die Frage nach dem Aufenthalt seiner Mutter erneut. Und wieder schwieg Hermine, die restlos verstört Arm und Einkauf kaum noch wahrnahm, dafür aber zitternd an der Wand lehnte und Friederich ängstlich ansah. Schon im Laufe ihrer Kindheit hatte sie ihn in gleicher Weise handelnd erlebt. Und ihre Erfahrung und ihr Instinkt rieten ihr, Friederich nicht durch Widerworte weiter aufzustacheln. Allerdings konnte sie dem ganzen Prozedere auch nicht davonlaufen, wie ihr Mann ihr geraten hatte. Die Haustür war abgeschlossen und der Schlüssel lag im Einkaufskorb beziehungsweise unter der klebrigen Masse all dessen, was ihren Einkauf ausgemacht hatte. Wie um alles in der Welt sollte sie in dieser ihr Schlüsselbund finden? Zu sehen war er jedenfalls nicht, ging Hermine gerade durch den Kopf, als Friederich ihr auch schon eine schallende Ohrfeige verpasste. Hermine schrie lauthals auf. Das hatte er noch nie zu tun gewagt. Gerade wollte Friederich nach ihrer Kehle greifen, als von der Straße her ein Nachbar rief: „Ist alles in Ordnung, Hermine? Brauchst du meine Hilfe?"

Friederich ließ sie augenblicklich los, stürmte wie von Sinnen wutschnaubend in seinen Wagen und raste mit hohem Tempo davon.

„Was ist los, Hermine?" Hilfsbereit kam Udo, der Nachbar, angelaufen, sah nun, was ihm zuvor verborgen gewesen war, und blickte bestürzt auf Hermine und ihre zermatschten Einkäufe. Behutsam legte er seine Hand auf ihre Schulter. „Bist du verletzt? Brauchst du einen Arzt?"

„Nein, ich ... ich glaube nicht. Ich ...", leise fand sie erste Worte.

„Hermine, wo ist dein Haustürschlüssel? Sollen wir erst einmal reingehen?" Hermine nickte und wischte sich die leisen Tränen mit dem Handrücken ab: „Ja, bitte. Der Schlüssel muss da irgendwo ...", und sie zeigte auf das Sammelsurium am Boden.

Udo fand, was er suchte, schloss, nachdem er den Schlüssel mit einem Taschentuch abgewischt hatte, die Tür auf und half Hermine hinein. „Soll ich die Polizei anrufen?"

Flehend sah ihn Hermine an: „Bitte, nur das nicht ... Es ... es ...", krampfhaft überlegte sie, wie sie ihn nur davon abhalten könnte, und fuhr leise, noch nach Worten suchend, fort: „Ich ... ich bin selber schuld an dem Ganzen ... Es war mein ... mein ... Bruder. Ich ..."

Udo glaubte ihr kein Wort. Kein einziges. Nur, dass es ihr Bruder gewesen war, der, wie er wusste, in Papenburg eine Firma besaß und auch dort lebte. Er hatte ihn noch nie kennengelernt, war aber seinem

Konterfei auf der Firmenwebsite begegnet, als er dort einmal gestöbert hatte. Sollte Hermine es sich noch einmal überlegen und doch die Polizei informieren, würde er sofort gegen besagten Bruder aussagen. Das stand für ihn unumstößlich fest und er teilte es Hermine ruhig, aber sehr ernst, mit.

Während Hermine zunächst das Bad aufsuchte, setzte Udo Wasser für die obligatorische Tasse Tee auf, die, wie man in Ostfriesland überzeugend zu sagen pflegte, in jeder Lage ein großes Potenzial Medizin beinhaltete und in jedem Fall Trost spendete. Beim Teetrinken könnte Hermine, wenn sie wollte, sich alles von der Seele reden oder eben auch schweigen, so Udos Gedanken. Er war für alles offen. Was er nur sehr bedauerte, war, dass seine Frau Anna, Hermines beste Freundin, ausgerechnet heute auswärts unterwegs war. Sie hätte garantiert eine gute Lösung gewusst. Aber da sie nun einmal nicht zu Hause war, kümmerte sich Udo liebevoll um Hermine und entfernte auch den Abfall vor der Haustür, dessen Bestandteile mal wertvolle Lebensmittel gewesen waren. Da Hermine auch im weiteren Verlauf der nächsten halben Stunde nicht wollte, dass er die Polizei verständigte, trotz mehrfacher Fragen seinerseits, blieb ihm schließlich nichts anderes übrig, als Hermine allein zu lassen. Was er nur äußerst ungerne tat. Dass Hermine auch ihren Mann nicht anrufen und informieren wollte, behagte Udo gar nicht. Aber was wollte er schon machen? Des Menschen Wille war sein

Himmelreich, wie es so schön hieß. Und Udo musste weiter, sein Arzttermin stand an.

In Wirklichkeit wollte Hermine die Sache mit Friederich nicht an die große Glocke hängen. Sie kannte seine Ausraster ja von früher her. Und da ihre Eltern damals nie etwas hatten unternehmen wollen und der Meinung gewesen waren, dass Friederich sich schon wieder von allein beruhigen würde, war diese Sicht der Dinge auch Hermine ins Blut übergegangen. Friederichs Verhalten hatte so gut wie nie Konsequenzen nach sich gezogen. Man hatte ihn gewähren lassen. Dass sie alle damit genau die falsche Entscheidung getroffen hatten, war Hermine und ihrem Mann Achim erst bewusst geworden, als ihre Tochter Ella vor Jahren Psychologie studiert und irgendwann einmal das Verhalten von Friederich auf Herz und Nieren analysiert hatte. Was Ella alles so berichtete, hatte nicht nur Hermine sehr nachdenklich werden lassen. Allerdings hatten sie Karla, die zu diesem Zeitpunkt schon bei ihnen lebte und damals immerhin bereits 86 Jahre alt war, keinen reinen Wein eingeschenkt. Und auch Ella und Achim waren von Hermine zum Schweigen verdonnert worden. Dass Karla sich als alte Frau im Nachhinein die Schuld am Verhalten ihres verkorksten Sohns Friederich zuschreiben würde, hatte Hermine nicht gewollt. Heute, so war sich Hermine sicher, hatte man Erkenntnisse über den Narzissmus, wie Ella die Form seiner Persönlichkeitsstörung nannte. Heute schon, aber damals hatten sie das Wort „Narzissmus" noch nie gehört. Ella hatte sie seinerzeit auch darauf hingewiesen, dass die Diagnose nur ein Experte stellen dürfte, der sie als damalige Studentin ja noch nicht war, da es den Narzissmus in ganz unterschiedlicher Ausprägung gäbe. Längst nicht jede Form von Narzissmus sei eine krankhafte Variante, hatte Ella damals gemeint. Bei Friederich sprächen aber viele einzelne Marker dafür.

Zu guter Letzt hatten all diese Informationen zwar Hermine, Achim und Ella im Umgang mit Friederich geholfen, ein wenig zumindest. Für das restliche Umfeld lagen sie jedoch streng verschlossen im Safe „Familiengeheimnis", der nicht geöffnet werden durfte. Auch Ella hatte über all die Jahre hinweg geschwiegen. Nicht zuletzt deshalb, weil sie nicht gewusst hatte, wie sie Friederich davon hätte überzeugen sollen, doch einmal ein Gespräch mit einem Psychiater zu führen. Niemals hätte Friederich auch nur ansatzweise zugehört, niemals hätte er eine Einmischung ihrerseits, auch als spätere Psychologin nicht, zugelassen. Niemals hätte er verstanden, was sie gewollt hätte, niemals ihre Diagnose als realistische Möglichkeit sehen wollen und akzeptiert, niemals die Hilfe erkannt, die sie, Ella, ihm zu geben bereit war. Im Gegenteil, so war nicht nur sie überzeugt, Friederich hätte Taten sprechen lassen, wie immer, wenn ihm etwas missfiel. Da er aber niemals in Gegenwart von Zeugen gewalttätig geworden war, hatte man ihn nicht bisher nie belangen können.

Außer vielleicht jetzt im Fall von Hermine. Aber Hermine schwieg auch dieses Mal und hatte Udo angefleht zu schweigen, auch gegenüber Achim und Anna. Tatsächlich hätte die Familie Koers, hätte es den sich selbst auferlegten Schweigekodex nicht gegeben, etwas ändern können. Und müssen. Aber so blieb alles beim Alten. Man sah lieber weg als zu reagieren. Einzig Ella wäre bereit gewesen einzuschreiten. Wenn sie denn noch in der Nähe gewohnt hätte. Was aber nicht der Fall war. Und genau das war der Grund, warum Hermine und Achim auch gegenüber Ella längst schwiegen. Sie könnte sowieso nicht helfen, davon ließ sich Hermine auch nicht abbringen. Und darum schwieg Achim ebenfalls. Er hatte früh in ihrer Ehe gelernt, dass es besser war, sich in den Familienangelegenheiten der Familie Koers nicht gegen Hermine zu stellen. Und da sich Friederich jahrelang nie hatte sehen lassen und auch jetzt nur ein spärlicher Kontakt zu ihm herrsche, war Achim mit dieser Option äußerst einverstanden. Unproblematisches gefiel ihm sowieso viel besser.

Als Karla nun von ihrem kleinen Einkauf wieder zu Hause eintraf, war von Hermine weder etwas zu sehen noch zu hören. Was Karla auch sehr recht war. So konnte sie doch, ohne in große Erklärungsnot zu geraten, ihre Pralinen und den kleinen Piccolo, den sie sich am Abend mal gönnen wollte, leichter ins Haus schaffen. Karla kicherte. Wie immer, wenn sie Hermine, die sie heiß und innig liebte, die ihr aber auch immer wieder unnütze Vorschriften machte, wie Karla das nannte und was sie gar nicht mochte, ein Schnippchen schlug. Heute war es ihr gelungen, heute, an dem besonderen Tag, als sie von Johanns Familie gehört hatte, dass sie kommen wollten. Das musste einfach ein wenig gefeiert werden.

Während Karla rundum zufrieden war und sich in bester Feierlaune bewegte, ging es Hermine gar nicht so gut. Zum Glück hatte sie gelernt, wie man einen möglichst unauffälligen kleinen Verband anlegte. Ohne ihn würde es nicht gehen. Das war Hermine von vornherein klar. Die Schürfwunde durfte sich nicht entzünden, dass sie nässen würde, stand eigentlich schon fest. Also reinigte sie die Wunde und sah, als sie kurz mal durchs Fenster schaute, wie Karla freudestrahlend, von woher auch immer, schnurstracks auf ihre Haustür zusteuerte, und hoffte nur, dass diese sie nicht aufsuchen würde. Was sie zum Glück nicht tat. Also legte Hermine sich den Verband an und überlegte, was sie Achim und Karla erzählen könnte. Die Wahrheit ja lieber nicht, das war ihr von Anfang an klar. Und sie hatte auch Udo ja schon zum Schweigen verdonnert, was dieser nicht wirklich gewollt hatte. Aber um des lieben Friedens willen hatte er dem Ansinnen von Hermine letztendlich dann doch zugestimmt. So war Udo zum Mitwisser im System Koers geworden, der er eigentlich nicht sein wollte und dessen Folgen weder er noch Hermine zu diesem Zeitpunkt auch nur hätten erahnen können. Hermine hingegen wusste eines genau, irgendwann einmal würde sie es Friederich, in welcher Form auch immer, heimzahlen.

Die Tage danach vergingen wie im Flug. Weder Karla noch Achim hatten groß Notiz von Hermines Verband genommen und Hermine hatte sie natürlich auch nicht darauf aufmerksam gemacht. Die Wunde schmerzte, nässte, wie sie schon im Voraus vermutet hatte, und heilte nur langsam. Friederich hatte sich weder bei Karla noch bei ihr hören lassen. Sein Glück, dachte Hermine - wie schade, Karla. Hermine ging es gehörig gegen den Strich, dass Karla darauf bestand, dass diese Friederich einladen wollte. Schließlich sei er ja ihr Ältester, hatte Karla lapidar gemeint. Was ja auch stimmte, aber Hermine hatte überhaupt keine Lust auch nur eine einzige Stunde mit diesem Quell ewiger Ungemach und Pein in einem Raum zu sein. Warum nur mussten alle anderen die Suppe auslöffeln, die er, Friederich, ihnen durch seine bloße Anwesenheit immer wieder einbrockte? Er, der Klotz am Bein, der Verdruss in Person. Auch, wenn er stinkreich war, letztendlich war er doch ein furchtbarer Mann: großkotzig, überheblich, angsteinflößend, gewalttätig und egoistisch bis zum Geht-nicht-Mehr. Er würde, wie immer, alles nur kaputt machen, war sich nicht nur Hermine sicher. Trotzdem hatte sie ihrer Mutter ja kaum verbieten können, ihren eigenen Sohn zu ihrem Festtag einzuladen. Natürlich hatte Friederich noch nicht auf die Einladungskarte, die er selbstverständlich erhalten hatte, reagiert, aber Karla ging fest davon aus, dass er kommen würde. „Mama, lügt sich doch einen in die Tasche", hatte sie noch am

Abend zuvor zu Achim gemeint. „Sie glaubt tatsächlich, dass Friederich sich wie ein liebender Sohn verhalten wird und sich ihr zuliebe der Gruppe anpasst. Dass ich nicht lache …", hatte sie geendet und plötzlich auch nicht mehr über Friederich reden wollen. Achim hatte sowieso nicht verstanden, warum das Thema Friederich seit Ende März eine so große Rolle in ihrem Haus spielte. Hermine erwähnte ihn immer wieder, wollte dann aber nichts mehr dazu sagen. Verstehen konnte Achim das Gehabe seiner Frau nicht, dieses ewige Hin und Her, wenn es um Friederich, den Großen, ging, wie er scherzhaft auf Hermines Äußerungen immer wieder zu sagen pflegte. Was diese nur leider überhaupt nicht lustig fand und weshalb auch im Hause Groothuis der Segen häufiger mal schief hing. Und das alles wegen Friederich.

Papenburg – Donnerstagabend, 31. März

Wutschnaubend war Friederich nachmittags in Rhauderfehn in seinen Wagen gesprungen, als der Nachbar von Hermine die kleine Meinungsverschiedenheit zwischen ihm und seiner Schwester zufällig mitbekommen und völlig missverstanden hatte. Was konnte er, Friederich, dafür, dass Hermine durch den schweren Einkaufskorb aus dem Gleichgewicht geraten und dadurch mit der Wand kollidiert war? Nur, weil er ihr Fahrrad auffangen wollte, damit ihr dieses nicht auch noch entglitt und sie nicht hinfiel, hatte er sie packen und ihr helfen wollen. Schließlich hatte ihr ganzer Einkauf ja schon zersplittert auf dem Boden gelegen. Aber wie schon zu seiner Kinderzeit waren seine Absichten mal wieder fehlgedeutet worden. Immer wieder wurde sein Verhalten falsch interpretiert. Es konnte ja sein, dass er Hermine dabei im Eifer des Gefechts ein wenig zu fest angefasst hatte, aber dass Hermine gleich losgeschrien hatte, hatte ihn so was von fuchsig gemacht. Dabei hatte er doch nur nach dem Aufenthalt seiner Mutter gefragt und das war ja wohl sein gutes Recht. Und die blöde Kuh hatte einfach nur geschwiegen. Warum hatte sie nicht geantwortet auf seine Frage? War das zu viel verlangt? Sonst redete sie doch auch wie ein Buch. Unentwegt, ständig. Ob es ihm passte oder nicht. Nie hatte sie darauf geachtet, dass ihn das fürchterlich nervte und reizte. Warum heute? Die Ohrfeige musste einfach sein, sie war selbst schuld, diese Tussi, die sich seine Schwester nannte. Er hatte sie noch nie leiden können. Schon als Kind nicht. Immer hatte sie die erste Geige spielen wollen, hatte sich in den Vordergrund spielen müssen. Ganz genau wie heute auch. Und dann das Affentheater, das sie veranstaltet hatte. Der Nachbar war gleich auf ihn losgegangen, als sie geschrien hatte. Im letzten Moment war es ihm gelungen, mit dem Auto zu entkommen. Wer weiß, was Hermine noch alles angestellt hätte. Oder der Nachbar. Vielleicht hätten sie sogar die Polizei gerufen. Und wieder hätte nur einer das Problem auslöffeln müssen: Er. Er, Friederich. Nur er, ganz allein. Er kannte das schon. Noch immer war er erbittert und erbost. Und das zu Recht.

Nicht einmal in die Firma hatte er danach fahren können. Wie gut, dass die A28 nicht weit von Rhauderfehn entfernt lag. Erst, als er fast in Bremen angerauscht gekommen war, hatte er den Rückweg nach Papenburg angetreten. Beziehungsweise seine Pedale bis zum Anschlag durchgedrückt. Mann, hatte er einen Zahn draufgehabt! Wow! Friederich sonnte sich im Glück seines Erlebten. Immerhin war es ihm gelungen, das Ganze, alles in allem rund 240 km, in weniger als anderthalb Stunden zu fahren. Absolute Rekordzeit! Klasse! Er war einfach der Beste! Er hätte garantiert in der Formel 1 mehrfacher Weltmeister werden können. Wenn nur der dumme Hof damals nicht gewesen wäre. Aber auch das hatte er mit links geändert. Nun war er reich, unglaublich reich, und jeden Tag kam ein dicker Batzen Geld hinzu. Also, was wollte diese dumme Nuss Hermine eigentlich? Nichts war sie, gar nichts. Sie konnte nichts, hatte nichts in ihrem Leben erreicht und war lausig unvermögend. Und sie war gebunden an diesen Looser Achim. Zum ersten Mal lachte Friederich. Hätte es jemand gehört, es wäre als gehässig rübergekommen. Aber da es niemand hören konnte, weil keiner da war, der Friederich willkommen hieß, musste er sich allein an seinem Ruhm und seinem Geld ergötzen und hatte niemanden, der ihn bewunderte. Obwohl er doch genau das so sehr gebraucht hätte. Wieder machte Friederich seine Schwester für alles verantwortlich. Ohne sein eigenes Auftreten und Verhalten auch nur im Kleinsten selbstkritisch zu reflektieren. Denn das hatte Friederich einfach nie gelernt.

Gießen – Dienstagmittag, 12. April

So schnell Ostern geworden war, so schnell war das Fest auch schon wieder vorbei. Irgendwie schien die Zeit zu fliegen, anders konnte Christine es sich nicht erklären. Es war ein schönes Osterfest gewesen. Mit Anke war sie an Karfreitag und Ostersonntag in der Johanneskirche gewesen. Johann war schon als Student aktives Mitglied in dieser Kirchengemeinde in Gießen und auch sie hatte sich nach ihrer Hochzeit dieser Gemeinde angeschlossen, war allerdings nie so aktiv gewesen wie Johann und Anke.

Die beiden hatten sich in verschiedenen Ausschüssen engagiert. Einer dieser Ausschüsse hatte regelmäßig bei Bollers zu Hause stattgefunden und dadurch hatte Christine Anke näher kennengelernt. Beide hatten sich auf Anhieb richtig gut verstanden und waren immer wieder einmal zusammen spazieren gegangen oder auch in Konzerte oder ins Theater. Hin und wieder hatte Johann sie begleitet, wenn er denn mal freihatte, was gefühlt nicht so häufig vorgekommen war. Als Johann dann ganz plötzlich gestorben war, war es Anke gewesen, die Christine liebevoll begleitet und auch immer wieder aufgefangen hatte. Anke und sie erlebten eine unglaubliche Tiefe in ihrer Freundschaft und schwammen auch gedanklich auf einer Wellenlänge. Und Christine hatte Anke auch all die Fragen zugemutet, die sie an Gott gehabt und die sie sonst nirgendwo auszusprechen gewagt hatte.

Die liebevolle Gestaltung des Gottesdienstes hatte Christine sehr angesprochen und auch die Osterpredigt von Pfarrer Michaelis hatte sie zum Nachdenken angeregt, auch Tage später noch. Sie selbst schätzte diesen Pfarrer sehr. Immer wieder hatte er liebevoll Kranke auf ihrer Station besucht und sich auch für sie und ihre Kolleginnen kurz Zeit genommen. Ein toller Mann, dieser Pfarrer. Irgendwie imponierte er ihr. So war Ostern schneller vorüber, als es ihr lieb war. Noch während Christine über all das nachdachte, klingelte ihr Handy. Martina.

„Hallo, mein Schatz. Bist du schon wieder von Spanien Zuhause?" Immer noch ging Christine ein kleiner Stich durchs Herz, wenn sie von Zuhausesein sprach. Zuhause war immer ihr Haus in Gießen gewesen. Aber aktuell war es Frankfurt am Main für Martina. Im selben Moment fiel ihr siedend heiß ein, dass Martina ihre Bemerkung sicherlich gleich wieder einmal passend kommentieren würde, jetzt, da sie das endlich einmal richtig benannt hatte, was Martina schon häufig eingefordert hatte. Berechtigterweise, wie Christine durchaus bewusst war. Doch tatsächlich passierte genau das nicht, was Christine sofort hellhörig werden ließ. So eine Gelegenheit würde Martina im Normalfall nie und nimmer verpassen. Warum nur heute? Noch während sie darüber nachdachte, lieferte Martina schon ziemlich genervt ihre Antwort.

„Ja, Mama. Ich bin schon wieder zu Hause. Und dann höre ich meinen Anrufbeantworter ab und was soll ich sagen, nicht nur, dass du über meinen Kopf hinweg eine Geburtstagseinladung irgendwo da oben in Norddeutschland angenommen hast, du hast einfach gleich Zimmer für mehrere Tage dort gebucht. Das ist ja wohl der Gipfel allen ... "

Christine hatte gewusst, dass dieser Moment kommen würde, und unterbrach sie sofort: „Moment, liebe Martina. Du hast mir hoch und heilig versprochen, dass du dir während deines Urlaubs Zeit für mich nimmst und ich das Ganze schon planen dürfte, während du noch in Spanien bist, stimmt´s oder nicht?"

„Ja, aber ...", immer noch war der scharfe Unterton in Martinas Stimme zu hören und dass sie alles andere als einverstanden war, untermalte sie mit jedem einzelnen Wort. „Ich habe zwar gesagt, dass du planen kannst, aber dass es gleich so ein Mammutprojekt werden würde, habe ich natürlich nie und nimmer erwartet. Als ich das sagte, meinte ich eine Tagestour oder so ..."

„Was du aber nicht gesagt hast, oder?"

„Nein, aber du hättest mich ja wenigstens mal fragen können, statt einfach so auf dem AB eine Nachricht solcher Tragweite zu hinterlassen ..."

Wieder fiel ihr Christine ins Wort. Sie hatte die Erfahrung gemacht, dass man Martina stoppen musste, wenn sie in Rage geriet. Was schwierig war, aber überaus notwendig. „Ich habe dir unzählige Nachrichten per Messenger geschickt. Schriftlich und auch als

Sprachnachrichten. Was, schlägst du vor, hätte ich noch machen sollen? Bei deiner Arbeit anrufen und nach deiner Unterkunft in Spanien fragen? Dann dich im Hotel ausrufen lassen? Oder dort um dringenden Rückruf bitten und alle in Alarmbereitschaft versetzen? Oder was hast du sonst noch im Angebot?" Jetzt wurde auch Christines Ton energischer, aber es gelang ihr, trotzdem ruhig dabei zu bleiben.

Martina stöhnte bedeutungsvoll in den Hörer hinein. „Okay, dann haben wir wohl von unterschiedlichen Dingen gesprochen bei unserem letzten Telefonat." Noch war sie nicht bereit, ihrer Mutter Recht zu geben. Auch wenn sie langsam, aber sicher, einsah, dass sie ja auch tatsächlich während ihres Spanienaufenthaltes die diversen Nachrichten von ihrem Handy hätte abrufen und so möglicherweise die Reise nach Ostfriesland verhindern können. Immerhin pflichtete sie Christine am Schluss des Gespräches bei, dass es vielleicht doch seine Reize haben könnte, wenn sie dort oben mal nach dem Rechten sähen. Vielleicht sei ja auch was Interessantes für sie als Journalistin dabei.

Was auch immer das heißen mochte, „nach dem Rechten sehen", dachte Christine später und war erleichtert, dass der Anruf schließlich doch friedlich geendet hatte und sich beide sogar auf das Prozedere der Reise hatten einigen können. „Aber glaub nicht, dass ich die ganze Zeit bei Karla und der Verwandtschaft rumsitzen werde. Du kannst das gerne machen, ich werde mich dann anderweitig unterhalten", hatte Martina abschließend als letzten Satz noch hinterhergeschoben, bevor sie, wie so oft, grußlos auflegte. Auch etwas, was Christine fürchterlich nervte.

Rhauderfehn – Dienstagvormittag, 12. April

Wie immer hatte Karla frühmorgens die Zeitung gelesen und wartete nun gespannt auf Hermine, mit der sie heute die endgültigen Speisen für ihr Geburtstagsbüfett zusammenstellen wollte. Bis auf Friederich hatten sich alle eingeladenen Gäste an- oder auch abgemeldet. „Etwas Schwund gibt es immer", hatte Achim lachend gemeint, als Karla geknickt war, dass nicht alle kommen konnten. „Zu meiner Beerdigung brauchen sie dann auch nicht kommen, da kriege ich es sowieso nicht mehr mit", hatte Karla ihm darauf unwiderlegbar geantwortet. Schon immer hatte sie es merkwürdig gefunden, dass manche Leute sich nicht die Mühe für einen Besuch zu Lebzeiten machten, angeblich, weil sie keine Zeit hatten, dann aber bei der Trauerfeier durchaus „am Start" waren, wie Karla es treffend formulierte. Böse hatte sie hinzugefügt, dass man dann ja anscheinend wohl nur käme, um den guten Beerdigungskuchen, wie man hierzulande den Butterkuchen nannte, zu essen. Achim hatte in sich hineingelacht. Seine Schwiegermutter war einfach umwerfend. Auch in ihren Aussagen. Er liebte sie und nicht nur dafür.

Während Karla nun auf Hermine wartete, die immer noch irgendwo im Haus herumtrödelte, stieß sie in der Zeitung auf einen kleinen Artikel, den sie zuvor schlichtweg überlesen hatte. Aber da er von Borkum handelte, der einzigen ostfriesischen Insel, die zum Landkreis Leer gehörte, interessierte er sie sehr. Unter einem Foto der Westseite von Borkum, auf dem stürmischer Wellengang zu sehen war, erfuhren die Leser, dass über Ostern eine weibliche Leiche angetrieben worden war, die einen kleinen schwarzen Rucksack auf dem Rücken gehabt hatte, der nach Angaben offizieller Stellen einen brisanten Inhalt enthalten hatte. Noch seien die Personalien der Frau ebenso unbekannt wie die zugrundeliegende Todesursache. Die Kriminalpolizei in Leer ermittle, so hieß es im Artikel. Auch über die Substanzen, die im Rucksack gefunden worden waren, herrsche noch Unklarheit. Aufgrund der Strömungsverhältnisse der Tage um Ostern nahm man an, dass die Leiche, durch den starken Westwind begünstigt, aus Richtung der Niederlande her angespült worden sei. Aller Wahrscheinlichkeit nach hätte die Leiche auch noch nicht lange im Wasser gelegen.

„Ach, die Arme", nuschelte Karla gerade in dem Moment, als Hermine zur Tür hereinkam, und schüttelte bedauernd den Kopf. „Was mag die wohl alles so mitgemacht haben?"

„Wer hat was so alles mitgemacht, Mama? Was liest du denn da gerade?", neugierig geworden stellte sich Hermine neben Karla und sah ihr über die Schulter. „Ach so, die Leiche von Borkum. Ja, das haben sie auch schon im NDR gemeldet und eine Suchmeldung durchgegeben."

„Eine Suchmeldung? Hier bei uns? Die Frau scheint doch aus Holland gekommen zu sein."

„Ich weiß es doch auch nicht, Mama, aber im Radio hieß es, dass die Personalien der Frau bisher nicht ermittelt werden konnten, und nun habe die zuständige Polizei in Leer Phantombilder anfertigen lassen."

„Phantombilder? Warum haben sie denn keine Fotos gemacht?"

„Von einer Wasserleiche? Aber warum interessiert dich das denn so sehr? Du wirst sie sowieso nicht kennen. Komm, lass uns über was anderes reden und jetzt endgültig das Büfett zusammenstellen. Der Koch vom *Gut Halte* wollte doch gerne morgen unsere fertige Liste haben. Dann kann ich am Vormittag hinfahren und sie ihm persönlich bringen und noch mal alles in Ruhe mit ihm durchgehen."

„Genauso machen wir es", nickte Karla, „und ich fahre mit. Dann kann ich ihn auch gleich noch fragen, ob er auch ostfriesische Gerichte original zubereiten kann. Dann hätte ich nämlich statt Büfett lieber ein leckeres Snirtje-Essen."

Hermine wusste nicht mehr, was sie sagen sollte. Seit Wochen hatten sie und Karla über ein Büfett gesprochen, weil diese das so hatte haben wollen. Achim und sie hatten massenhaft Zeit investiert und sich auf vielen Websites etlicher Restaurants rund um Rhauderfehn, Leer und Papenburg informiert und sich schließlich gemeinsam mit Karla für den *Reiherhorst* auf dem *Gut Halte* entschieden, gerade weil es dort überaus exquisite Büfetts gab, wie sie von allen Seiten her gehört und auch in den Bewertungen im Internet gelesen hatten. Wochenlang hatten sie recherchiert! Wochenlang! Und nun diese plötzlich umschwenkende Reaktion, dieser Wandel von jetzt auf gleich. Auf einmal wollte Karla Snirtje essen. Snirtje, das traditionelle, zugegebenermaßen äußerst köstliche Essen, was man seit Alterszeiten all denen kredenzte, die früher beim Hausschlachten der Schweine geholfen und viel Zeit investiert hatten. Quasi ein Festschmaus als Dank an alle Helfer. Hermine liebte es selber. Das zarte, butterweich angebratene Fleisch, serviert mit leckeren Kartoffeln und einer köstlichen Soße, die darüber gegossen wurde, dazu eingelegte Kürbisstücke, süße und salzige Gurken und Rote Beete. Und, wenn man wollte, gab es dazu Rotkohl. Herrlich, das Ganze. Seit vielen Jahren schon war es ein allerseits beliebtes Essen, welches immer wieder auch in Restaurants genossen wurde. Aber zum 95. Geburtstag? Hätte Karla das von vornherein so entschieden, okay, aber nun, nachdem ihre Liste schon viele erlesene Speisen enthielt und nur noch zu Ende geführt werden musste, ausgerechnet jetzt entschied sich Karla für Snirtje?

„Dann schau´n wir morgen mal und sprechen mit dem Koch", war alles, was Hermine mühsam herausbrachte. „Ich glaube, es hat bei mir geklingelt", sprach sie und verschwand. Wäre sie geblieben, sie wäre in Tränen ausgebrochen. Irgendwie erinnerte Karla sie gerade an Friederich. Der hatte auch immer solche wechselhaften Launen gehabt, die er dann sofort durchzusetzen wusste. Friederich. Allein der Gedanke an ihn war ein zusätzlicher Grund für ihr persönlich empfundenes Waterloo. Hermine tat das für sie einzig Richtige: Sie schwang sich auf ihr Fahrrad und machte erstmal eine ausgiebige Tour, um ihr inneres Gleichgewicht wiederzugewinnen.

Gießen – Donnerstagvormittag, 22. April

Langsam, aber sicher, bereitete Christine sich auf ihre Reise nach Ostfriesland vor. Der Koffer war fast fertig gepackt, die letzten Accessoires würde sie samstagfrüh noch hinzufügen. Morgen hatte sie noch einen Friseurtermin und das schicke ecru-rosenquarz-farbige Etuikleid, das sie bei Karlas Feier tragen wollte, konnte sie heute am späten Nachmittag wieder aus der Reinigung abholen. Sie hatte es vorgestern gerade anprobiert, als Anke plötzlich und unerwartet schwungvoll bei ihr hereingeschneit kam. Leider hatte diese einen Becher Kaffee in der Hand gehabt. „Ohne Deckel wohlgemerkt, na ja, und dann hat das Unglück seinen Lauf genommen", wie Christine Martina später am Abend am Telefon berichtete. Noch energiegeladener und schneller als Anke selbst war ein großer Schwall des Getränks in Richtung Christine geschwappt und zielsicher auf ihrem nun nicht mehr sauberen Kleid gelandet. Zum Glück hatte die Reinigung, zu der Anke und sie dann sofort geeilt waren, noch geöffnet. Christine schmunzelte, als sie an Ankes perplexe Mimik beim Anblick des kaffeetriefenden Kleides dachte. Wie blöd muss ich selbst wohl dabei ausgesehen haben, überlegte sie just in dem Moment, als es wie auf Bestellung an ihrer Tür klingelte. Wieder war es Anke. Dieses Mal ohne ihren heißgeliebten Kaffeebecher.

„Hast du schon das Neueste von der Geldautomatensprengung in Langgöns gehört?", fiel sie auch gleich mit ihrer Frage ins Haus, beziehungsweise sprichwörtlich durch die Wohnungstür, und umhalste Christine liebevoll.

„Kalter Kaffee, meine Liebe. Das hatten wir doch schon im März abgehandelt. Oder haben sie die Täter endlich?"

„Nichts da, kalter Kaffee … Heute Nacht hat es nochmals eine Sprengung in Langgöns gegeben. Dieses Mal wurde der Automat der Volksbank auf dem großen Parkplatz vor dem Aldi und den anderen Märkten am Ortseingang direkt an der A485 total plattgemacht. Und es war wie beim letzten Mal um 2.30 Uhr. Und zum zweiten Mal mit Sprengstoff und nicht wie sonst immer mit eingeleitetem Gas", meinte Anke aufgebracht und sah Christine erzürnt in die Augen: „Das ist hochkriminell!"

„Das darf doch wohl nicht wahr sein!" Nun war auch Christine empört.

„Doch. Und dabei wäre fast ein Obdachloser zu Schaden gekommen, der am Eingang vom Aldi geschlafen hat. Die Trümmerteile sind auf dem ganzen Parkplatz wild herumgeflogen. Mein lieber Herr Gesangverein, was, wenn sie den armen Mann getroffen und verletzt oder sogar getötet hätten", wutentbrannt aufgrund so viel krimineller Energie schlug sie mit der flachen Hand auf den Tisch, obwohl dieser ja nun wirklich nichts dafür konnte.

„Daran mag ich gar nicht denken. Die Verbrecher scheinen sich ja vor nichts mehr zu scheuen. Haben sie die Gangster wenigstens erwischt?"

„Nein, es war wohl alles fast genauso wie beim letzten Mal bei der Sparkasse und auch wie bei den Sprengungen in Buseck, Steinbach usw. Die Schufte sind auch dieses Mal spurlos verschwunden. Der Einkaufspark liegt ja auch supergünstig dafür an der A485 und an der B3. Von dort ist es nur ein Katzensprung zur A45 und A5. Und die Polizei hat anscheinend noch überhaupt keine Spur."

„Genau wie beim letzten Mal im März. Oder sie sagen zumindest, dass sie keine Spur haben. Aber komisch ist das schon, dass selbst die schnellen Zivilfahrzeuge, wie der Porsche, den die Autobahnpolizei dort unter anderem fährt, keines der Fluchtfahrzeuge bisher entdecken konnte. Ich habe übrigens gelesen, dass 2021 alleine in Hessen 56 Geldautomaten gesprengt worden sind. Und das ist fast doppelt so viel wie im Jahr davor."

„Ja, das habe ich auch gehört. Unser Innenminister hat das gestern in einem Interview mit dem Hessischen Rundfunk gesagt und ..."

„... und prompt schlagen die Täter wieder zu", fiel Christine ihr ungeduldig, und aufgrund des Berichtes verärgert, ins Wort. „Ich bin wirklich froh, dass ich mit solchen rücksichtslosen Hochkriminellen nichts zu tun habe."

Später, gar nicht so viel später, sollte Christine sich noch schmerzvoll an diese ihre Worte erinnern.

Papenburg – Donnerstagnachmittag, 22. April

Braun gebrannt und mit tatsächlich mal guter Laune rauschte Friederich über den firmeneigenen Parkplatz. Selbst im Urlaub hatte er richtig viel Schotter verdient, und zwar tatsächlich unbestritten viel. Trotz anfänglicher Probleme oder wie Friederich das später nennen würde, kleinerer initialer Unsäglichkeiten, hatte er einen Coup nach dem anderen abgeschlossen und Aufträge für seine Firma an Land gezogen. Selbst im Urlaub hatte seine Spedition oberste Priorität und Friederich ließ nicht zu, dass ihn irgendetwas davon abhielt. Niemand war es wert, dass Friederich sich nicht auf sein Geschäft konzentrierte und das Geld, das links und rechts auf den Urlaubspfaden einfach so herumlag, einsammelte. Er war ja nicht blöd. Warum um alles in der Welt sollte irgendwer oder irgendetwas ihn von seinen Zielen abbringen? Friederich erreichte, was er erreichen wollte, nahm sich, was er für wertvoll hielt, suchte, was er zu finden glaubte. Und der Erfolg gab ihm ja auch recht. Und das nicht nur aus Friederichs Sicht. Sein Speditionsunternehmen hatte er in Papenburg im Gewerbe- und Industriegebiet Nord angesiedelt, das direkt an der Bahn und dem Papenburger Seehafen lag, der zusätzlich über die Ems an das deutsche und europäische Binnenwasserstraßennetz angegliedert war. Ein eigener Bahn- und Hafenanschluss gehörten ebenso zum Betrieb wie der große Firmenparkplatz und diverse Gebäude. Die kurze Verkehrsanbindung zur B70 sowie A31 war unglaublich vorteilhaft: Die Versprechen des Unternehmens gelobten viel. Individuelle Lösungen und Konzepte, modernste Technik eines ausgereiften und durchdachten vielseitigen Fuhrparks per LKW, Schiff oder Bahn und von daher unverzügliche Warenströme ins In- und Ausland, schnellste Datenübermittlung und -bearbeitung, eine Rund-um-die-Uhr-Betreuung, höchster Qualitätsstandard sowie hohe Zuverlässigkeit bei Mitarbeitern und Unternehmensleitung waren nur einige davon. Wie bei allem, Friederich stapelte grundsätzlich nur hoch und niemals tief. Selbst seine Zusagen klangen wie feierliche Schwüre und manches Mal auch wie hochwertige Beteuerungen oder gar Gelübde. Und klappte mal etwas nicht wie versprochen, waren grundsätzlich andere daran schuld: seine Sekretärinnen zum Beispiel oder die LKW-Fahrer oder Kapitäne, die Hafenmeister, Schleusen- oder Brückenwärter oder eben auch der Verkehrsminister, der den maroden Brücken, die oft weiträumig und zeitintensiv umfahren werden mussten, nicht schon viel früher seine Aufmerksamkeit gewidmet und einen kräftigen Geldregen gegönnt hatte. Schuld war immer irgendjemand, nur Friederich nicht. Und das war schon immer so gewesen. Von frühester Jugend an.

Kaum war Friederich in seiner Firmenzentrale angekommen, lief ihm auch schon Frau Schmidt über den Weg, die er sowieso nicht leiden konnte, die ihm aber unglaublich viele Unannehmlichkeiten vom Leib hielt, wie er zu sagen pflegte. Allerdings verhagelte sie ihm auch in schöner Regelmäßigkeit seine gute Laune, was er häufiger betonte, wenn sie gerade nicht anwesend war. Außer Friederich gab es hingegen niemanden, der ihm ausgerechnet Gute-Laune-Haben als Eigenschaft auch nur im entferntesten Sinn zugeordnet hätte. Dazu fehlte es nicht nur seinen Mitarbeitern dann doch an der nötigen Fantasie.

„Moin, Herr Koers. Schön, Sie zu sehen. Ihre Frau Mutter hat mehrfach angerufen und lässt fragen, ob Sie an ihrem Geburtstag übermorgen im *Reiherhorst* teilzunehmen gedenken. Sie bittet dringend um Ihren Rückruf. Ich kann diesen natürlich auch gerne für Sie übernehmen. Firmentechnisch wäre eine Teilnahme an der Feier durchaus im Bereich des Möglichen." Frau Schmidt sah ihm direkt in die Augen. Sie war eine der ganz Wenigen im Betrieb, die keinerlei Angst vor Friederich zeigten und sich auch nicht von ihm schikanieren ließen. Was Friederich durchaus bewusst, aber überhaupt nicht recht war. Gleichwohl, er konnte es sich nicht leisten, auf Frau Schmidt zu verzichten, die auf ihrem Gebiet eine absolute Expertin war und da, wo normalerweise das Gehirn allmächtig den Ton angab, zusätzlich einen leistungsstarken Computer mit übergroßer Festplatte zu besitzen schien. Es gab nahezu nichts, was Frau Schmidt nicht in Sekundenschnelle rekonstruieren und benennen konnte. Eine angeborene Fähigkeit, auf die Frau Schmidt auch sehr stolz war.

Ob sie das „Schön, Sie zu sehen" wohl ernst meint, dachte Friederich, während er sie ansah, und hätte sie fast mit den Widerworten „was absolut nicht auf Gegenseitigkeit beruht", angeblafft. Doch dieses Mal gelang es ihm tatsächlich, seine Gehässigkeit hinunterzuschlucken. Schon allein aus der Überlegung heraus, dass er als Firmenchef absolut nicht in der Lage war, auf die Genialität, Kompetenz und Erfahrung von Frau Schmidt zu verzichten, konnte er sich ihr gegenüber solche Bemerkungen nicht leisten. Und Frau Schmidt war sich dessen selbstverständlich bewusst und lenkte sein Augenmerk indirekt bisweilen darauf, wenn Friederich zu selbstherrlich und arrogant ihr gegenüber auftrat, was nur noch äußerst selten vorkam. Dadurch, dass Friederich sie und ein paar wenige weitere Mitarbeiter weit übertariflich bezahlte, worüber er sich insgeheim fürchterlich ärgerte, konnte er nicht nur Frau Schmidt allen Widrigkeiten zum Trotz zielführend ans Unternehmen binden. Irgendwann in nicht allzu ferner Zukunft musste er sie loswerden, aber noch war die Zeit dafür nicht gekommen.

Schon schoss Frau Schmidt, da sie keine Antwort erhielt, ihre Zeit aber kostbar war, wie sie immer wieder betonte, an Friederich vorbei und ließ ihn quasi im Regen stehen. Wieder etwas, was ihn ungeheuer nervte. Immerhin versöhnte ihn der Gedanke, dass er es ihr, wie allen anderen auch, demnächst auf seine

Weise heimzahlen würde. Und zwar allen, auch seiner verkorksten Familie.

Halte/Ostfriesland – Samstagmittag, 24. April

Lächelnd stieg Martina aus ihrem flotten rotmetallicglänzenden Cabrio aus, während Christine herzhaft gähnte. Vor lauter Aufregung hatte sie in der letzten Nacht nur wenig geschlafen. Irgendwie versuchte ihr Bauchgefühl sie intuitiv vor irgendetwas zu warnen. Sie wusste nur nicht, vor was. Trotz Martinas äußerst spritziger Fahrweise hatte sie irgendwann die Augen geschlossen und versucht, ein wenig zu dösen. Was ihr definitiv nicht gelungen war. Aber es war immerhin erholsamer, als mitansehen zu müssen, wie Martina, die einen irren Zahn draufgehabt hatte, von Fahrspur zu Fahrspur wechselte und nur so durch die Gegend rauschte. Als ob es einen Preis zu gewinnen gäbe, hatte Christine vor sich hingebrütet, ohne jedoch irgendetwas dazu zu sagen. Sie war ja heilfroh gewesen, dass Martina überhaupt zugestimmt hatte, mit nach Ostfriesland zu fahren. So hatten Mutter und Tochter unterwegs nicht viel miteinander gesprochen. Erst, als Martina die A31 in Richtung Papenburg verließ, öffnete Christine ihre Augen wieder: „Sind wir etwa schon bald da?"

„Also wirklich, Mama. Als wenn du tief und fest geschlafen hättest", grinste Martina und schüttelte den Kopf. „Ich kenn dich doch. Wie viele Schutzengel hast du denn bemüht, damit wir gut ankommen?"

Christine stöhnte. „Bin ich tatsächlich so leicht zu durchschauen?"

Sie fuhren vorbei an saftigen, grünen Wiesen, die es beidseitig der Fahrbahn hier im Rheiderland im südlichen Ostfriesland gab, wo Kühe, Schafe oder Pferde im Wechsel weideten. Doch schon wenige Kilometer weiter sahen sie vor sich die große Stahlbrücke, die Richtung Papenburg und direkt zur Meyer-Werft führte.

„Schau mal, da ist ja schon ein Hinweisschild: *Stadt Weener, Ortsteil Halte*. Und da steht auch schon *Gut Halte, Reiherhorst*. Oh, sieh nur, die vielen, vielen Gewächshäuser hier."

Auch Christine waren sie sofort aufgefallen, hier gab es Gärtnereien wie Sand am Meer. Na ja, fast, fügte sie in Gedanken hinzu, als sie mit einem Blick auf ihre Uhr erfasste, dass sie noch reichlich Zeit für einen kleinen Mittagsschlaf vor der eigentlichen Feier einschieben konnte, als Martina, die sogar auf diesen schmalen Straßen schwungvoll unterwegs war, auch schon vor dem äußerst charmant gestalteten *Gut Halte* mit einem eigenen kleinen Park und in unmittelbarer Deichnähe anhielt. Wie gut, dass ihnen kein Fahrzeug entgegengekommen war.

Nachdem ein äußerst zuvorkommender Portier ihnen ihre Zimmer gezeigt hatte, machten sich Mutter und Tochter zunächst ein wenig mit der ansprechenden Gegend vertraut und liefen erwartungsvoll den Deich hoch, der ihnen einen unerwarteten Ausblick bot. Auf die Ems und auf die auf sie schmal wirkende

Dockschleuse von Papenburg, durch die die großen Kreuzfahrtschiffe, die auf der Meyer-Werft gebaut wurden, hindurchfahren mussten.

„Unglaublich, dass die Schiffe durch diese enge Schleuse passen", staunte Christine, die sich nun langsam zur Seite drehte und ihren Blick nach rechts schweifen ließ, „schau mal, Martina …" Überrascht zeigte sie auf die von hier aus gut zu erkennende Werft mit ihren riesengroßen Baudock-Hallen, in denen die Schiffe gefertigt wurden.

Auch Martina konnte kaum fassen, was sie sah: „Wahnsinn, was für ein gigantisches Kreuzfahrtschiff dort liegt. Da wirkt hier auf dieser Seite der Ems ja alles wie eine Miniaturlandschaft. Und schau dir mal die schmale Ems an. Ich kann mir gar nicht vorstellen, dass das imposante Schiff dort überhaupt fahren kann. Unglaublich, so eine Schiffsüberführung über die Ems möchte ich wohl mal sehen."

„Ja, das kann man sich wirklich kaum vorstellen, wenn man hier steht. Gerade erst im März haben sie die Überführung der „Disney Wish" im Fernsehen gezeigt. Das sah gigantisch aus. Das macht Lust auf Meer …", Christine lachte wegen ihres Wortspiels und musste an Johann denken. Wie gerne hatte er mal eine Kreuzfahrt mit einem der Meyer-Schiffe machen wollen. Jahrelang hatte er davon geschwärmt. Warum nur hatten sie es nie umgesetzt? Auch die Meyer-Werft hatten sie nie besichtigt, obwohl auch das auf seinem Plan gestanden hatte. Sie hatten alles immer nur auf später verschoben. Später. Und jetzt stand sie ohne ihn hier am Deich, ging ohne ihn zur Feier seiner Großfamilie ... Johann. Sie vermisste ihn sehr. Christine seufzte und sah Martina schweigend an. Immerhin, sie war nicht die alleinige Vertreterin ihrer Kleinfamilie. Aber es war irgendwie schon ein merkwürdiges Gefühl, dass sie nicht nur Johann und Johannes vertraten, sondern auf Karlas Feier stellvertretend für die ganze Familie Boller, also auch für ihre verstorbenen Schwiegereltern, standen.

Wenig später verließen Christine und Martina den Deich, liefen in ihr bezauberndes Quartier und bereiten sich nach einem kurzen Schläfchen von Christine auf die in Kürze stattfindende Feier vor.

Halte/Ostfriesland – Samstag, 24. April - Karlas Geburtstagsfeier

Karla ließ es sich nicht nehmen, ihre Gäste alle einzeln mit Handschlag zu begrüßen, auch wenn ihr das Stehen alles andere als leicht fiel. Hermine hatte sie gedrängt, sich hinzusetzen und die Gäste so an sich vorbeiziehen zu lassen. Aber das entsprach nun gar nicht Karlas Vorstellungen. Wenn die Queen das in unserem Alter noch geschafft hatte, überlegte sie, dann kann ich das auch. Die Queen war ein Jahr und drei Tage vor Karla geboren und hatte am 21. April 2022 noch ihren 96. Geburtstag gefeiert, bevor sie zu Karlas großem Leidwesen am 8. September 2022 verstorben war. Die taffe Königin von England war ihr in den letzten Jahrzehnten zum Vorbild geworden. Auch sie hatte im familiären Bereich Krisen über Krisen erlebt und trotzdem nie aufgegeben. Daran hatte Karla sich orientiert und wie die Queen den Kopf nicht hängen lassen. Stolz sah sie auf ihre Gäste, die in einer beachtlichen Schlange an ihr vorbeigingen, und kam sich fast ein wenig königlich vor. Aber die Queen hatte zu ihren Lebzeiten auf ihre Party immer noch bis Juni warten müssen, des besseren Wetters wegen. Na ja, lächelte Karla bei diesen Gedanken, Queen Elizabeth hatte seinerzeit ganz sicher auch ein paar Gäste mehr eingeladen. Aber eigentlich wären zu ihrem, Karlas, Geburtstag ja auch noch einige Verwandte mehr da gewesen. Die ganze Sippschaft von Borkum hatte sich leider damit entschuldigt, dass sie während der Hauptsaison nicht kommen könnten, der Urlauber wegen. Wenn ihre beiden verstorbenen Schwestern die Feier doch noch miterlebt hätten ... oder deren Ehemänner ... oder ihr Mann Hermann.

Im nächsten Moment schon standen ihr zwei ihr zunächst völlig unbekannte Frauen gegenüber und gratulierten herzlich: Johanns Frau und seine Tochter. Sofort schaltete Karla wieder um auf Schönwettergedanken. Wie beglückend, wie hoffnungstragend, wie herzbewegend, dass sie, Karla, diesen Moment noch erleben durfte. Karla strahlte über das ganze Gesicht. Lange, sehr lange, hatte sie sich nicht getraut, die Beziehung zu Johanns Familie wiederaufleben zu lassen. Aber jetzt. Jetzt war der große Moment des Neuanfangs da. Und er würde wunderbar werden, war sich

Karla sicher. Aber das sollte sich als großer Irrtum herausstellen.

Die Feier war wirklich wunderschön. Allein das Ambiente mit den hübsch dekorierten Tischen, die dezent im Hintergrund spielende Caféhausmusik, die Karla so sehr liebte, den floralen, im Raum ideal platzierten Akzenten sowie die hervorragende Bedienung sprachen für sich. Christine und Martina fühlten sich tatsächlich beide von Anfang an willkommen und dazugehörig. Karla hatte sie so liebevoll und warmherzig in den Arm genommen, keine von beiden hatte damit gerechnet. Auch Hermine und Achim waren einfach rundum herzlich und zuvorkommend. Christine war begeistert und unglaublich froh, dass sie Karlas Einladung angenommen hatten. Als Ella, die mit ihren Brüdern und deren Familien an einem etwas abseits stehenden Tisch saß, Martina sah, kam sie sofort und lud sie ein, sich zu den jungen Leuten zu setzen. Martina musste lachen. Jung, wirklich jung, waren sie ja auch alle nicht mehr, aber sie nahm die Einladung sehr gerne an, zumal Christine tatsächlich, warum auch immer, direkt neben Karla Platz nehmen sollte. Auch Christine war ein wenig irritiert. Sie hatte ganz selbstverständlich angenommen, dass sie und Martina irgendwo im Raum zusammensitzen würden. Immerhin hatten die beiden immer wieder mal Blickkontakt und Christine war unglaublich erleichtert, als sie sah, wie unkompliziert Ella, ihre Brüder und deren Frauen Martina ganz einfach integrierten. Das ersparte ihr in jedem Fall das schlechte Gewissen, das sie im umgekehrten Fall mit Sicherheit gehabt hätte.

Christine lächelte, als auch Hermine und Achim sich an Karlas Tisch setzten sowie das ihr zunächst unbekannte Ehepaar Udo und Anna de Boer, die Hermine wenig später als liebste Freunde und Nachbarn vorstellte. Karla nickte beifällig und bestätigte damit ihre Aussage, um direkt im Anschluss Hermine zu fragen, ob sie denn schon den Herrn Pfarrer Solius gesehen hätte, was diese verneinte, aber sofort erklärte, dass er schon angedeutet hatte, dass er sehr wahrscheinlich erst etwas später würde kommen können.

„Herr Solius hat immer viel zu tun", meinte Karla daraufhin zu Christine gewandt, „aber er ist ein richtig netter Kerl. Gar nicht so, wie man sich einen Pfarrer sonst so vorstellt." Christine biss sich auf die Lippen, um nicht loszulachen. Karla war einfach ein Phänomen.

„Glaub es mir, Liebes. Mit dem kannst du Pferde stehlen. Das weiß ich aus Erfahrung."

Liebes - Na, das ging ja schnell, wunderte sich Christine, war aber von Karlas liebevoller Art nicht nur begeistert, sondern wirklich beeindruckt. Ich weiß nicht, was ich erwartet hatte, aber so eine ausgesprochen angenehme und unkomplizierte Atmosphäre ganz sicher nicht. Karla war einfach goldig. Durch ihr herzliches Wesen machte sie es ihr als Wildfremde, die sie ja eigentlich war, unglaublich leicht und sie fühlte sich tatsächlich nach nur so kurzer Zeit schon in der Familie willkommen. Bis jetzt war es immer *nur*

Johanns Familie gewesen. Aber das änderte sich plötzlich gewaltig.

Nur ein einziges Mal huschte ein finsterer Schatten über Karlas Gesicht, als sie auf die verbleibenden zwei freien Stühle sah und dies auch prompt mit dunkel gefärbter Stimme kommentierte: „Der Herr Sohn glaubt wohl mal wieder, sich mit seiner Holden eine Extrawurst erlauben zu können. Typisch Friederich."

Die Stühle blieben leer und das Büfett, zu dem Hermine Karla unter Mitwirkung des Kochs letztendlich überredet hatte, wurde durch eine fulminante, spritzige Rede von Karla, mit der sie manch anwesenden Jüngeren schlichtweg in den Schatten stellte, schließlich eröffnet. Karla hatte nicht länger auf Pfarrer Solius warten wollen und schon gar nicht auf ihren Sohn Friederich und seine momentane Angebetete. Von ihr aus konnten Letztere auch gerne bleiben, wo der Pfeffer wuchs. Was sie nicht äußerte, aber in diesem Moment exakt so empfand. Friederich war ihr schon immer ein Rätsel gewesen. Sein Verhalten hatte sie selten einordnen und oft gar nicht verstehen können. Von ihr hatte er das nicht. Und von Hermann, seinem Vater, auch nicht. So schnell der Gedanke gekommen war, so schnell fegte sie ihn beiseite und widmete sich den angenehmen Dingen des Lebens, in diesem Fall der absolut taffen, warmherzigen und gutaussehenden Christine. Johanns Frau. Johann, der schon seit fünf Jahren nicht mehr lebte, aber der ihr immer wieder durch den Kopf geisterte. Sie musste Christine und auch deren Tochter Martina unbedingt mal löchern und mehr über ihr Leben in Gießen, über Johanns Beruf, sein Wesen und seine Art und das, was ihn ausgemacht hatte, ausfragen. Es interessierte sie sehr. Er interessierte sie so sehr, er, der einzige Sohn ihrer ältesten Schwester Waltraud.

Während all dieser Gedanken Karlas, die nach ihrer Rede für kurze Zeit sehr schweigsam geworden war, was sowohl Christine als auch Hermine fälschlicherweise ihrem Alter zuschrieben, labten sich die Gäste an dem opulenten, herrlichen Büfett. Martina meinte, als sie und Christine sich am Büffet trafen, sie hätte noch nie so viele Krabben auf einmal gesehen, worauf Christine augenzwinkernd meinte: „Granat, Liebes. In Ostfriesland heißt der Krabbenfang Granat." Liebes. Jetzt war es an Martina, Christine groß anzustarren. Es war lange her, dass Christine sie so betitelt hatte, sie hatte es damals einfach nicht mehr hören wollen. Doch komisch, jetzt, wo sie es wieder einmal gesagt bekam, gefiel es ihr und sie lächelte ihrer Mutter zu. Und Christine, die mit einem deftigen Kommentar gerechnet hatte, so, wie es für Martina typisch war, lächelte zurück. Irgendwie schien die ostfriesische Gesellschaft sich positiv auszuwirken. Und beide genossen es sehr. Hätten sie auch nur im Entferntesten geahnt, welcher Orkan sich zusammenbraute, sie hätten sofort die Flucht ergriffen.

Die Feier war wirklich ausgesprochen schön und ausgelassen lebendig. Falls man das so sagen konnte, aber

Christine empfand es jedenfalls so. Jeder redete mit jedem, man wechselte die Plätze, machte sich bekannt, interessierte sich füreinander. Nach dem Essen wurden kalte Getränke gereicht und genossen. Bald würde es noch den guten ostfriesischen Tee und Kaffee „mit oder ohne Blei" und Kuchen geben, auch wenn es schon auf den späteren Abend zuging. Ostfriesen brauchten das, so erfuhr Christine, die wieder neben Karla saß, und wunderte sich nicht weiter. Pfarrer Solius war tatsächlich erst vor einer Stunde eingetroffen, ein dringender Notfall sei dazwischengekommen, so hatte er sich entschuldigt und auf der anderen Seite von Karla Platz genommen. Die drei unterhielten sich blendend. Er war wirklich ein total unkomplizierter Mann. Das hatte sie beizeiten auch Hermine zugeraunt, als diese erwiderte: „Na, dann mach dich gefasst auf den kompliziertesten Typen, den wir kennen. Falls er denn noch kommt." Es war eindeutig, dass sie hoffte, dass genau das nicht eintreten würde. Noch während sie das sagte, stand Hermine auf und meinte, dass sie wegen des Kuchenbüfetts noch etwas zu besprechen hätte, und verschwand in Richtung Küche.

Kaum war der Tee in stilvollen ostfriesischen Teekannen mit Stövchen auf die einzelnen Tische verteilt worden, als das Tortenbüfett bereits von den Ersten gestürmt wurde. Christine sah, noch neben Karla sitzend, gerade zufällig zur entfernten Eingangstür hin, durch die sich, so viel sie von ihrem Platz erkennen konnte, ein stilvoll gekleideter Mann hineinschob. Ob er das war, er, der von seiner Schwester als kompliziertester Typ, den sie kannten, gescholten wurde? Sie war unglaublich gespannt auf diesen Menschen, der anscheinend so gar nicht zur Familie Koers zu passen schien. Zumindest nicht zu der Familie, die sie bereits kennengelernt hatte. Christine wusste, dass Karla drei Kinder gehabt hatte, Friederich, Karl und Hermine. Ob das Friederich war? Karl hatte irgendwann Anfang der 2000er Jahre einen Unfall gehabt und ihn nicht überlebt, das hatte Johann ihr eines Tages erzählt. Komisch, dass sie sich gerade jetzt wieder daran erinnerte, sie hatte nie mehr daran gedacht. Und hatte Johann nicht auch erzählt, dass Friederich eine eigene Firma hier irgendwo besaß? Johann hatte immer wieder mal etwas berichtet, wenn er mit seiner Tante Karla telefoniert hatte, aber es hatte Christine nie wirklich interessiert. Aber das änderte sich geradezu schlagartig. Hermines und Karlas desaströse Hinweise hatten tatsächlich ihre Neugierde geweckt und warfen eine Menge Fragen auf.

Gespannt verfolgte Christine die noch reichlich entfernte Gestalt, die nun mit dem Rücken zu ihr stand und augenscheinlich in ihr Handy sprach. Plötzlich drehte er sich jedoch schwungvoll um und blickte direkt in ihre Richtung. Exakt das war der Moment, den Christine ihr Leben lang befürchtet hatte und den sie versucht hatte, tunlichst zu vermeiden. Und genau das war auch der Moment, in dem Martina, ebenfalls zufällig, zu Christine sah und mitbekam, dass ihre Mutter augenblicklich erblasste und ihre Augen schreckhaft weit aufriss. Nur, warum das so war, das sah Martina nicht. Aber Karla, die Christines aufkeimende Neugierde wahrgenommen hatte, als Friederich durch die Tür kam. Mit dem Gespür ihrer 95 Lebensjahre wusste Karla augenblicklich, dass sich hier etwas entwickelte, was einfach nicht gut sein konnte. Karla schloss kurz die Augen, sog Luft in ihre Lungen und stieß sie ratlos wieder aus.

In diesem Moment trat Christine die Flucht nach draußen an. Wie günstig, dass Achim die Terrassentür vor kurzer Zeit zum Lüften aufgestellt hatte. ER war es. Er, *Ralle*. Christine merkte erst, als sie zu keuchen anfing, dass sie rannte. Wenigstens hatte sie ihre Handtasche mitgenommen. Mit dem Zimmerschlüssel. Sie musste jetzt erst einmal allein sein. Das Unheil war ihr nach so vielen Jahren apokalyptisch wieder begegnet. Warum nur? Alles hatte hier so gut angefangen. Warum ich? Warum jetzt? Wozu? Die Fragen kamen ebenso sturzbacharttig wie die Tränen, die sich nun nicht mehr aufhalten ließen. Lange, sehr, sehr lange, hatte sie nicht mehr so sehr geweint und wusste keinen Ausweg aus dieser auf sie zukommenden Misere.

Voller Schrecken sah Karla der fliehenden Christine nach, ohne sich jedoch in irgendeiner Weise regen zu können. Wie gelähmt saß sie am Tisch, als Hermine einen Kuchenteller vor sie stellte und besorgt fragte: „Mama, was hast du? Ist dir nicht gut?"

Auch Pfarrer Solius, der hinter Hermine hergelaufen war, fiel die völlig in sich gekehrte Karla auf und auch er fragte besorgt nach: „Brauchen Sie einen Arzt,

Frau Koers? Sollen wir einen Rettungswagen anrufen?"

Aber auch, wenn der Schrecken in ihre Glieder gefahren war, schaffte es Karla doch, beide zumindest halbwegs zu beruhigen. „Es ist nur, weil ... Nein, nein, mir geht es eigentlich gut. Es ist nur, weil ..." Wieder brach sie mitten im Satz ab und wusste nicht, wie sie ihn vollenden sollte, um Hermine und den Pfarrer zu beruhigen. Wie sollte sie etwas erklären, das sie selbst nicht verstand? Auch wenn ihr Bauchgefühl ihr sagte, dass Friederichs Auftauchen etwas mit Christines völliger Veränderung zu tun hatte, so wusste sie doch konkret bisher nichts. Aber als Mutter ahnte sie, dass ein neues Debakel auf sie alle zurollte. Eine Gefahr, eine Bedrohung, vielleicht sogar eine Katastrophe, die allein von Friederich ausging. Wie schon so oft in den vielen vergangenen Jahren. Auch wenn sie mittlerweile seit zehn Jahren bei Hermine und Achim lebte, Friederich hatte als tickende Zeitbombe immer irgendwie über ihrem Kopf geschwebt. Und jetzt drohte diese zu explodieren. Aktiviert und ausgelöst von Friederich, ihrem Ältesten, dessen alleinige Anwesenheit bei Christine offenbar einen Tsunami ausgelöst hatte, in dem sie alle möglicherweise unterzugehen drohten. Das wurde ihr schlagartig klar. Und Karla bat nur noch darum, nach Hause gebracht zu werden.

So war es dann schließlich auch gekommen. Hermine und Achim blieben im *Reiherhorst*, um Karlas Fest später am Abend dann stilvoll und erfreulich ausklingen zu lassen. Die anderen Gäste hatten nur mitbekommen, dass es Karla plötzlich nicht so gut gegangen war, und dies auf ihr hohes Alter zurückgeführt. Sie hatten ihr zum Abschied noch liebevoll zugewinkt und gute Besserung gewünscht, bevor sie von Pfarrer Solius hinausgeführt und nach Hause gebracht wurde.

Friederich hatte seiner Mutter nur kurz zugenickt und sich dann auf das Tortenbüfett gestürzt. Hermine kochte innerlich vor Wut über ihren Bruder. Ihm war es offensichtlich völlig egal, dass es seiner Mutter nicht gut zu gehen schien, es ließ ihn völlig kalt. Wie immer! Er hatte sie noch nicht einmal vernünftig begrüßt, geschweige denn, ihr zum Geburtstag gratuliert. Und von einem mitgebrachten Geschenk war auch nicht ansatzweise etwas zu sehen. Er war einfach unmöglich! Dabei hatte gerade er sich das imposante Familienerbe fast alleine unter den Nagel gerissen. Hermine war auf hundertachtzig und musste ihre Zähne zusammenbeißen. Trotzdem bemühten sie und Achim sich, damit das Fest zumindest bei den Geladenen in schöner Erinnerung blieb.

Einzig Martina war stutzig geworden. Als Journalistin war sie darauf spezialisiert, Vorkommnisse zu beobachten und dann sofort und schnell zu analysieren. Dass ihre Mutter und dann auch noch Karla so schnell von der Bildfläche verschwunden waren, hatte eindeutig mit dem Auftauchen des für sie fremden Mannes zu tun. Und auch die zunächst verkrampften Gesichtszüge von Hermine und der kurze, genervt entsetzte Blickaustausch zwischen Hermine und Achim waren ihr nicht entgangen. Warum auch immer das alles so war, sie war die Expertin, um genau das herauszufinden. Martina hatte Blut geleckt, wie es so schön hieß. Um Christine würde sie sich später kümmern. Sie wusste aus Erfahrung, dass diese bei auftretenden Problemen zunächst für sich allein sein musste, um alles zu durchdenken. Aber den Fisch, der hier an ihrer Angel hing, den durfte sie nicht aus ihren Augen lassen. Also beobachtete Martina den Typen, der sich gerade am Tortenbüfett gütlich tat, und quetschte zeitgleich aus Ella heraus, was diese auszuplaudern bereit war. Allzu viel kam aber leider nicht dabei heraus. Entweder wusste sie tatsächlich nicht mehr oder sie blockierte und wollte weitere, womöglich viel heißere Details nicht einfach so preisgeben. Schließlich war sie ja immer noch eine Fremde für Ella, auch wenn sie sich bisher supergut unterhalten hatten. So offen Ella mit anderen Familieninformationen auch gewesen war, in Bezug auf Friederich Koers, ihren Onkel, hatte sie irgendwie dicht gemacht, nur seinen Namen und ein paar wenige Details genannt. Ich werde sie später noch einmal löchern, überlegte Martina, sie entkommt mir ja auch in den nächsten Stunden nicht.

Also wandte sich Martina bewusst Friederich zu, der noch immer in der Nähe des Büfetts an einem Bistrotisch stand und sich Kuchen und Kaffee schmecken ließ. Zunächst steuerte auch sie das Büfett an, nahm sich ein Stück Ostfriesentorte, obwohl sie bereits pappsatt war, und beobachtete Friederich aus den

Augenwinkeln heraus, um dann schließlich ihr Netz auszuwerfen, sich frech seinem Tisch zu nähern und ihn in ein Gespräch zu verwickeln. Und Friederich, der 71-jährige Narzisst, fühlte sich sofort von der hübschen, jungen Frau inspiriert und war der Charmebolzen in Person. Wer weiß, vielleicht kann ich hier etwas besonders Attraktives aufreißen, kam ihm in den Sinn. Er hatte schon viele Frauen sein eigen genannt, immer auf Zeit und nie für die Ewigkeit. Aber etwas so Junges war schon lange nicht mehr dabei gewesen. Und Friederich fühlte sich bestärkt, bestätigt und unübertroffen begehrenswert und beweihräucherte sich selbst, indem er Martina durch seine Erzählungen wissen ließ, was für ein toller Hecht er sei. Martina wurde speiübel und es war klar, dass es nicht nur vom vielen Essen kam. Was für ein Kotzbrocken bist du denn, na warte, dir werde ich es demnächst schon noch zeigen, wappnete sie sich und nahm sich vor, Friederichs Angeberei, die in seinem Verhalten und jedem seiner Sätze zu Tage trat, nach allen Regeln journalistischer Kunst aus den Angeln zu heben, wenn sie erst genügend verwertbare Informationen aus ihm herausgepresst hatte.

In Martina hatte Friederich in Wahrheit ein ebenbürtiges Pendant gefunden, aber sie ließ ihn im Glauben, dass er bei ihr Oberwasser hätte. Welch eine Arroganz, der Kerl baggerte sie tatsächlich an. Martina ließ es zu, auch wenn es ihr schwerfiel. Seine Selbstidealisierung widerte sie einfach nur an. Trotzdem erlaubte sie ihm seine Schwärmereien, auch wenn sie schwer zu ertragen waren. Sie stachelte ihn mehr und mehr an, von sich und seinen Erfolgen zu erzählen, und erlaubte ihm sogar, vertraulich seinen Arm auf ihre Schulter zu legen. Und Friederich, der sich selbst für unwiderstehlich, magisch anziehend und verführerisch hielt, glaubte seiner nächsten Liaison stände nichts mehr im Wege. Und er lächelte beschwingt. Wie hervorragend, dass er sein letztes Schätzchen auf eine so einfache und doch spektakuläre Weise gerade erst vor kurzem losgeworden war. Wie schade, dass er wohl nicht umhinkonnte, darüber für immer zu schweigen. Er musste nur noch ein paar allerletzte, winzige Spuren in seinem Haus beseitigen, was aber schnell zu machen sein würde, um diesem neuen Herzchen zumindest eine gewisse Zeitlang all den Luxus zu bieten und mit ihm gemeinsam zu genießen, den er sein eigen nannte. Und er war sich sicher, er würde genau das von ihr bekommen, was er von jeder Frau erwartete. Siegessicher strahlte er Martina an und einem Gockel gleich setzte er sich in Pose, um ihr zu imponieren und ihren eigenen Willen letztendlich zu brechen. Doch Martina durchschaute ihn und spielte mit. Bis zu einem gewissen Grad, nahm sie sich vor. Aber nicht, um deine Ziele zu erfüllen, sondern deine Geheimnisse ans Licht zu bringen. Am Ende werde nicht ich, sondern du wirst besiegt sein.

Achim hatte das sich anbahnende Techtelmechtel genau beobachtet. Weit genug entfernt, um nicht aufzufallen. Aber doch nah genug, um immer wieder auch

Gesprächsfetzen aufzufangen. Und er bemühte sich, genau hinzuhören und sich zu merken, was Friederich gesagt hatte. Hermine würde ihm den Kopf abreißen, wenn er ihr später nicht genau würde schildern können, worüber sich Friederich gegenüber Martina ausgelassen hatte. Achim beglückwünschte sich zu seinem strategisch günstig gewählten Platz hier in der Nähe des Tortenbüffets. So konnte er ganz unbedarft noch ein paar Stücke der verlockenden Torten- und Kuchenstücke essen und Hermine würde nicht einmal böse darüber sein, vermochte er ihr so doch über Friederichs neueste Eskapaden zu berichten. Achim glaubte schon, Hermines anerkennende Worte buchstäblich erahnen zu können.

Währenddessen kümmerte sich Hermine liebevoll um die geladenen Gäste, hörte hier und dort zu, fügte die jeweils passendenden Worte hinzu und hatte immer gerade die im Blick, die ihr am nächsten waren. Was Achim, Friederich und Martina taten oder besprachen, nahm sie tatsächlich nicht einmal wahr. Sie hatte die Aufgabe, die sie durch den Weggang ihrer Mutter auferlegt bekommen hatte, ganz selbstverständlich übernommen und war sich sicher, dass Karla sich das genauso gewünscht hätte.

Irgendwann viel später löste sich die ganze Gesellschaft dann schließlich auf. Die Letzten gingen sehr viel später, als auf der eigentlichen Einladung gestanden hatte. Und auch Friederich, der wie Martina bis zuletzt geblieben war, entfernte sich allein, was für ihn völlig untypisch war, um in seinem Haus in

Papenburg klar Schiff zu machen. Nur so konnte er Martina, die er für den morgigen Abend eingeladen hatte, in sein luxuriöses Haus führen. Noch in dieser Nacht würde er auch die letzten noch verbliebenen Wertgegenstände seiner letzten Verflossenen, die er eigentlich zu Geld hatte machen wollen, entsorgen. Sie könnten ihm ansonsten irgendwann einmal um die Ohren fliegen. Die Zeit drängte. Er hätte das längst erledigen sollen ...

Als Christine von der Feier regelrecht geflüchtet war, musste sie tatsächlich erst einmal ihre Gedanken und die fließenden Tränen in den Griff bekommen. Alles andere war ihr unangenehm und geradezu peinlich. Was, wenn einer der Gäste sie so vorfände? Oder jemand aus der Familie? Nur weg von hier. Aber wohin? Am liebsten wäre sie mit dem Auto geflüchtet, aber es war Martinas Wagen. Sie besaß keinen Schlüssel. Im Zimmer wollte sie sich auch nicht allzu lange verkriechen. Sie brauchte frische Luft. Dringend. Aber auch wärmere Kleidung. Also zog sie sich, nachdem ihre Tränen versiegt waren, um, nahm ihren warmen Mantel und lief über die Straße vom *Gut Halte* weg hoch auf den Deich hinauf. Von hier aus konnte sie in der sich ausbreitenden Dunkelheit gerade eben noch auf die sich schlängelnde, tiefschwarze und heftig rauschende Ems hinunter sehen, die durch die sie umgebende Geräuschkulisse mehr oder weniger verriet, wo sich ihr Flussbett befand. Christine hing ihren Gedanken nach, ließ ihnen freien Lauf, schloss die Augen und atmete tief ein. Und als sie wieder hinschaute, war es plötzlich finster geworden. Einzig die Meyer-Werft war teilweise beleuchtet und auf der wenige hundert Meter entfernten großen Brücke auf der Umgehungsstraße leuchteten hier und da einzelne Straßenlaternen.

Wieder sah Christine zur Werft auf der anderen Seite des Hafens und lief in Richtung Brücke, auch wenn das Laufen auf dem Deich in der Dunkelheit ganz schön herausfordernd war. Immerhin unterstützte die Taschenlampe ihres Handys ihr verrücktes Unterfangen. Es war so unglaublich einsam hier, so still, fast verlassen. Obwohl immer wieder auf der nun nicht mehr allzu weit entfernten Umgehungsstraße Autos und ab und zu auch ein LKW fuhren. Christine war es recht so. Sie wollte allein sein und doch brach sich Furcht in ihr Bahn. Wenn es tatsächlich stimmte, dass es Ralle war … Noch konnte sie es nicht wirklich fassen. Noch keimte eine leise Hoffnung in ihr auf, dass sie sich vertan hatte. Vielleicht, eventuell, möglicherweise hatte sie sich versehen, falsch hingeschaut, eine Fantasie entwickelt, die unsinnig war und sie in die Irre führte.

In diesem Moment tauchte aus dem Dunkeln heraus der Umriss einer von Büschen umgebenen Bank auf, die am unteren Rand des Deichs am Hafenbecken auf ihre Besucher wartete. Christine hätte sie fast übersehen. Für wenige Minuten beleuchtete der Mond Bank und Gelände, was Christine sehr gelegen kam. Sie nutzte das wenige natürliche Licht, um die Bank zu erreichen. Kaum war sie dort angekommen, hatten Wolken das Mondlicht wieder nahezu überdeckt. Christine war es recht so. Hier konnte sie in Ruhe überdenken, was ihr widerfahren war. Und ihre Gedanken wanderten 45 Jahre zurück in die Zeit, als sie in Gießen Medizin studiert hatte. Sie war so unglaublich jung gewesen. 21 Jahre alt. Das Abitur hatte sie kaum in der Tasche gehabt, als sie zum Studium nach Gießen gezogen war. Sie alle hatten fleißig gelernt. Waren unglaublich motiviert gewesen, sie und die anderen aus ihrer Clique, zu der auch Johann gehört hatte. Johann war ein netter Kerl, aber damals in ihren Augen auch ziemlich langweilig und fade gewesen. Sie hatte sich mit ihren Freundinnen häufiger darüber lustig gemacht. Christine seufzte. Johann. Wieder überkam sie Schwermut. Ach, Johann … Jedenfalls waren sie eine tolle Gruppe, so unterschiedlich sie auch waren. Johann war unglaublich eifrig gewesen und er hatte auf nahezu alles eine Antwort gewusst und ihnen bereitwillig geholfen. Tretmühlenartig zwar, aber auf ihn hatte man sich immer verlassen können.

Und dann war plötzlich Ralle aufgetaucht. Richard hatte er geheißen, aber alle hatten ihn Ralle genannt. Ralle war das absolute Gegenstück zu Johann und anderen Kommilitonen. Schon früh hatte er nach seinem eigenen Leitsatz gehandelt und diesen auch im Alltag immer wieder umgesetzt: „Ich studiere Betriebswirtschaft, um Geldströme so leiten zu können, dass ich darin baden kann. Nur einzig davon zu leben, ist mir schlichtweg zu wenig". Und Ralle hatte von Anfang an Geld im Überfluss gehabt. Er sprühte vor Ideen, begeisterte sein Umfeld mit wahnwitzigen, aber faszinierenden Eingebungen, machte aus dem Alltäglichen das Besondere und verwandelte Eintönigkeit in pures Erleben. Seine Inspirationen waren das Ultra ihres ansonsten lernintensiven stressigen Studentenalltags. Nicht nur sie, Christine, war ihm erlegen. Wieder seufzte Christine laut auf und schüttelte sich vor Entsetzen und Enttäuschung über ihre damalige Naivität.

Von Ralle hatte man viele Monate später getratscht, dass er einen Harem sein eigen nannte. Was ihr erst erzählt wurde, als es viel zu spät gewesen war. Aber sie hätte es damals wahrscheinlich sowieso nicht geglaubt. Sie beide waren unsterblich ineinander verliebt gewesen. Zumindest eine Zeitlang. Es hatte nicht lange gedauert, da hatte Christine durchaus seinen komplexen Egoismus erkannt. Aber durch ihre rosarot gefärbte Brille hatte sie lange nicht wahrhaben wollen, was für ein Typ Mensch Ralle war. Auch wenn sie mehrfach gewarnt worden war, sie hatte geglaubt, dass er sich ihr zuliebe ändern würde. Was jedoch nicht geschehen war, jedenfalls nicht auf Dauer. Außerdem hatte er sie nicht gehen lassen wollen und sie immer wieder mit schauspielerischem Talent und letztendlich folgenschweren Schwüren überzeugt, dass er alles für sie tun würde. Immer wieder war sie darauf hereingefallen, hatte ihm vertraut und auf ihre Liebe gebaut. Immer wieder war er in seinem Verhalten rückfällig geworden. Selbst als er sie mehrfach geohrfeigt hatte, weil sie nicht so wollte wie er, hatte sie

Entschuldigungen für ihn gesucht und sein Verhalten gerechtfertigt und die Schuld bei sich gesehen. Und das selbst dann noch, als andere sie vor ihm warnten, seine Taten verurteilten und sie, Christine, auf seine pure Selbstliebe, sein „Immer-an-erster-Stelle-Stehen", seine „Ich-Sucht" und seinen Narzissmus hingewiesen hatten. Sie hatte all das einfach nicht hören und wahrhaben wollen. Und dann war es fast zu spät gewesen ...

Plötzlich war Ralle wie vom Erdboden verschwunden gewesen. In seine Heimat sei er zurückgegangen, hatte sein bester Freund, genervt von ihrem ständigen Nachfragen, schließlich ausgeplaudert, dort wolle er nun zu Ende studieren. Und außerdem hatte er ihr mit hammerharten Worten mitgeteilt, dass Ralle die Nase voll von Gießen und allem gehabt hätte und in Ruhe gelassen werden wollte. Ralle selbst hatte ihr immer erzählt, dass er aus Göttingen käme, und einige Anekdoten aus seiner Heimat zum Besten gegeben. Als sie aus einem wichtigen Grund wenig später unter anderem im Telefonbuch nachgeforscht hatte, gab es dort weder einen Richard Konken noch sonst irgendjemanden mit dem Namen Konken. Und Christine verstand, er war abgetaucht, wohin auch immer. Er wollte nicht gefunden werden. Auch von ihr nicht. Und irgendwann begriff sie, dass Richard Konken gar nicht sein richtiger Name gewesen war. Johann hatte sie in seiner analytischen Art direkt darauf gestoßen und alles in Frage gestellt, was Ralle so getan hatte. Die beiden hatten nie wirklich viel miteinander zu tun gehabt.

Ralle hatte keine Lust auf ihre, wie er es nannte, „Schlaftabletten-Clique" gehabt und ging lieber feiern, während sie sich mit ihnen zum Lernen, Diskutieren und all dem traf, was ein Studium so ausmachte.

Ralle. Sein Konterfei hatte sich bei Christine eingebrannt. Für immer. In Friederich glaubte sie nun, ihn wiedererkannt zu haben. Vieles sprach dafür: die gleichen markanten Augen, deren unglaubliches stechendes Blau es so selten gab, seine außergewöhnlich hohe Stirn, das volle blonde Haar, von dem er selbst jetzt mit über 70 Jahren nichts eingebüßt zu haben schien, der aufrechte Gang, der ... Irgendwie schienen die vielen vergangenen Jahre ziemlich spurlos an Ralle vorbeigegangen zu sein. Doch dafür gab es ja auch schließlich viele diverse Mittelchen und medizinische Methoden ...

Plötzlich nahm Christine vom Wasser her ein leises Summen wahr. Sie hob den Kopf, stieg aus ihrem Kopfkino aus und suchte im Dunkeln nach der Ursache des Geräusches. Wie gut, dass sie sich ihren molligen Übergangsmantel und die warmen Stiefeletten angezogen hatte, es war lausig kalt hier so nahe am Wasser. Christine sah auf die Uhr und war erstaunt, dass es schon weit nach 22 Uhr war. Wieder fiel ihr ein leises Surren auf und sie spähte in die Dunkelheit hinein. Im nächsten Moment bemerkte sie für einen winzigen Moment ein einzig vom Mondlicht hauchzart angeleuchtetes kleines Boot mit zwei Personen, das aus der Seeschleuse nach Backbord in die Ems hineinfuhr und sich sofort in den Schatten des Uferrands zurückzog. Die Männer an Bord verharrten dort zunächst und waren unglaublich leise. Auch Christine bewegte sich kaum und hoffte, dass der Mond sein Licht nicht auf sie werfen und sie damit der Entdeckung preisgeben würde. Aber immerhin war die Bank ja von Büschen umgeben, die sie von der Flussseite aus eigentlich verdecken mussten. Besorgt sah sie zum Mond hinauf. Aber er war kaum noch zu sehen. Dichte Wolkenschwaden verdunkelten ihn erneut. Christine atmete auf. Irgendetwas Geheimnisvolles ging hier vor sich, aber was um alles auf der Welt mochte das nur sein?

Wieder hörte sie das Surren des Bootes, das nun völlig unbeleuchtet in ihre Richtung fuhr. Christine kauerte sich zusammen und zog sich vollends in die Büsche zurück. Im selben Augenblick donnerte mit deutlich überhöhter Geschwindigkeit ein LKW aus Halte kommend über die Brücke in Richtung Papenburger Industriegebiet. Sekunden später ertönte in der Ferne ein zunächst noch leises, aber stetig lauter werdendes Martinshorn der Polizei. Und dann geschah etwas äußerst Merkwürdiges. Plötzlich krachte wie aus dem Nichts ein mit nicht allzu hoher Geschwindigkeit fahrendes Auto ins Geländer der Emsbrücke und blieb quer über der Fahrbahn stehen. Und das nur wenige Meter oberhalb von Christines Versteck entfernt. Noch kurz vor der Brückenkollision hatte Christine es zudem dreimal laut platschen hören. Und das kleine Boot schoss punktgenau mit hoher Geschwindigkeit auf die Stelle im Fluss zu, wo das, was hintergeworfen worden war, gelandet sein musste.

Christine wurde leichenblass und eine Eiseskälte überfiel sie. Zitternd hockte sie in den Büschen, bemüht von niemandem gesehen zu werden. Was hier vor sich ging, roch mächtig nach Gefahr. Sie wusste nicht, warum, aber instinktiv musste sie an Ralle-Friederich oder Friederich-Ralle, wie auch immer, denken. Warum das so war, konnte sie sich selbst nicht erklären. Aber der Gedanke war urplötzlich da. Sah sie jetzt schon Gespenster?

Die Männer arbeiteten enorm schnell. Kaum waren sie in der Nähe der Brücke, hatten sie, wie Christine jetzt beobachten konnte, zwei Personen und ein Paket oder was auch immer es war, auch schon an Deck gezogen und bretterten sekundenschnell mit der enormen Geschwindigkeit eines Elektrobootes nahezu geräuschlos wieder zurück zur Seeschleuse und damit in den Hafen von Papenburg hinein und waren in Nullkommanichts von der Bildfläche verschwunden.

Christine hatte das Gefühl, dass ihr das Herz bis in den Hals hinein schlug. Das war kein Klopfen mehr, es knallte und machte sie fast wahnsinnig. Angst umgab sie, fürchterliche Angst. Was nur sollte sie machen? Hier in ihrem Versteck bleiben? Ebenfalls flüchten? Was, wenn oben gleich Polizisten auftauchten? Wenn diese sie sehen würden? Was nur sollte sie tun? Alles schildern, was geschehen war? Während die Fragen niederschmetternd auf sie einpeitschten, kam gleichzeitig immerhin ein positiver Gedanke. Wie gut, dass sie und Martina sich schon am Nachmittag mit der Umgebung ein wenig vertraut hatten machen können. Wie gut, dass es das Smartphone gab und sie sich mit dessen Hilfe im Internet schlau gemacht hatten. So konnte sie womöglich als Zeugin aussagen, falls es nötig sein sollte.

Doch wieder gewannen die zermürbenden Bedenken. Wollte sie wirklich hineingezogen werden in all das, was sie gerade beobachtet hatte? Würde man ihr das abnehmen, ihr glauben? Oder sie als Komplizin sehen? Wie sollte sie erklären, dass sie hier im Dunkeln in der Kälte am Ufer in den Büschen gekauert hatte? Und das in ihrem Alter? Authentisch klang das nicht gerade, auch wenn es völlig der Wahrheit entsprach. Christine schlotterte nun vor Aufregung am ganzen Körper und war unfähig, schnell zu verschwinden. Was ja an sich schon nicht so einfach war in der Dunkelheit und dann noch an einem nahezu unbekannten Deich. Wollte sie wirklich in ein für sie nicht ansatzweise abzuschätzendes Dilemma hineingezogen werden? Und sich dann auch noch möglicherweise in Friederich-Ralles Schwierigkeiten wiederfinden? Schlamassel aus der Vergangenheit tauchten blitzartig vor ihrem geistigen Auge auf. Im Normalfall hätte sie nicht einen Augenblick gezögert und sofort einen Notruf abgesetzt. Aber das hier, das hier war alles andere als der Normalfall. In so einer Misere hatte sie noch nie gesteckt oder ehrlicherweise seit Ralles Verschwinden nicht mehr. Fast nicht mehr, zugegebenermaßen. Es kam Christine vor, als wenn sie sich zwischen Gut und Böse entscheiden müsste. Natürlich wollte sie das Gute, auf keinen Fall das Böse. Wieder hämmerte das Gewissen seine Anfragen in ihr sowieso schon überstrapaziertes Hirn und der Kopf schmerzte dementsprechend. Hatte sie denn tatsächlich eine Wahl? Sollte sie einen Notruf absetzen? Aber war das noch nötig? Der Ton des Signalhorns kam immer näher. Wie gelähmt und unfähig irgendetwas zu tun, geschweige denn etwas zu entscheiden, verharrte Christine zaghaft und unentschlossen im Versteck.

Plötzlich tauchte oben auf der Brücke ein Polizeifahrzeug mit Blaulicht und Sirene auf und wenige Minuten später ein weiteres. Die zuerst am Einsatzort eintreffenden Beamten hatten schnell erkannt, dass im Fahrzeug kein Fahrer mehr war. Sofort hatten sich die Kollegen mit dem zweiten Polizeiauto langsam fahrend auf den Weg gemacht, um auf der Straße nach flüchtenden Personen Ausschau zu halten. Eine Kollegin rief ihrem Kollegen laut zu, dass sie ein Polizeiboot anfordern würde, falls jemand in die Ems gestürzt sein sollte. Was der Kollege erwiderte, verstand Christine nicht. Es war der reine Überlebensinstinkt, der sie in diesem Moment Reißaus nehmen ließ. Leise verschwand sie in der Dunkelheit der Nacht. Immer wieder stolpernd und ausrutschend am jetzt schwer begehbaren Deich, unaufhörlich wie Espenlaub zitternd und nicht wissend, was sie da eigentlich tat. Sie wusste nur eins, sie hatte eine riesengroße Angst vor Ralle-Friederich. Und die war deutlich größer als die vor der Polizei. Ralles enormes Potenzial an unkalkulierbaren Druckmitteln und seine Bärenkräfte hatten sie schon früher das Fürchten gelehrt. Und sie hatte genug davon. Dieses Mal würde sie sich sofort und auf Nimmerwiedersehen aus seiner Nähe davonmachen. Ohne Wenn und Aber. Aber da hatte sie die Rechnung ohne Martina gemacht.

Christine hatte jegliches Zeitgefühl verloren. Völlig verschwitzt, verängstigt und verdreckt erreichte sie irgendwann viel später das inzwischen zur Ruhe gekommene *Gut Halte* wieder. Auch der etwas entfernt liegende *Reiherhorst* schien keine Gäste mehr zu bewirten. Anscheinend waren nur noch einige Angestellte da, beschäftigt mit den unterschiedlichsten Aufräumarbeiten. Alles, was Christine sehen konnte, war, dass bis auf zwei Fahrzeuge der Parkplatz völlig leer war. Erst im nächsten Moment begriff sie ganze Tragik. Auch Martinas Cabrio war verschwunden. Wo um alles in der Welt mochte sie nur sein? Christine blieb stehen, schloss für einen kurzen Moment die Augen und atmete tief durch. Warum auch immer und wohin auch immer, Martina war weggefahren. Die Schlagkraft dieser Erkenntnis setzte ihr enorm zu und die daraus entstehenden Konsequenzen schlugen ihr unversehens auf den Magen. Sie musste hierbleiben. Auf Martina warten. Und sie konnte vor allem nichts weiter tun, als sich in Geduld zu fassen. Und damit auf sich zukommen lassen, was sich ereignen würde. Und sie war all dem nun Folgenden nahezu hilflos ausgeliefert. Dicke Tränen suchten ihren Weg ins

Ungewisse. Das Einzige, was sie zu tun vermochte und was sie auch dringend notwendig hatte, war der sie aufwärmende und hoffentlich entspannende Gang in die luxuriöse Badewanne ihres Appartements. Immerhin etwas, was ihr wirklich gut tun und helfen würde, wieder einigermaßen zu sich zu kommen.

Papenburg – Samstag- auf Sonntagnacht, 24.–25. April

Auch Martina hatte furiose Stunden durchlebt. Sie hatte fest damit gerechnet, dass Friederich alles tun würde, um sie zu überzeugen, ihn noch am heutigen Abend, wohin auch immer, zu begleiten. Dass er genau das nicht getan hatte, ließ sie misstrauisch werden. So legte sie sich quasi auf die Pirsch und saß schon in ihrem mittlerweile am *Reiherhorst* geparkten und vor neugierigen Blicken verborgenen Cabrio, als sie beobachtete, wie ein überaus nervös erscheinender Friederich, der sich mehrfach umsah und dessen Blicke hin und her gingen, den *Reiherhorst* verließ. Was sie allerdings erstaunte, war, dass er nicht zu einem der parkenden Fahrzeuge ging, sondern in Richtung Deich lief. Sofort stieg Martina wieder aus und machte sich mit ihrer Profikamera in der Hand an seine Verfolgung. Sie wusste, dass sie in Deckung bleiben musste, um nicht aufzufallen. Auch wenn es dunkel war, sie konnte hier leicht auffallen und das Hallen ihrer Schritte würde Friederich auf seine Verfolgerin aufmerksam machen. Aber Friederich rechnete anscheinend nicht mehr damit, dass ihm jemand auf den

Spuren war, und lief schnellen Schrittes ungefähr 500 m flussabwärts und ließ so auch die letzten Häuser von Halte außer Sichtweite. Statt auf dem Weg lief Martina im Gras daneben und hätte fast aufgeschrien, als sie in einen Hundehaufen trat. Wie ekelig. Aber darum würde sie sich später kümmern müssen. Plötzlich erklomm Friederich den Deich, überquerte ihn und verschwand völlig aus ihrem sowieso schon eingeschränkten, schummrigen Sichtfeld.

Langsam pirschte auch sie den Deich hoch, verharrte kurz und sah gerade noch, wie Friederich über eine ausgelegte Planke an Bord eines Plattbodenschiffes ging, welches aufgrund des gerade herrschenden Hochwassers ufernah hatte ankern können. Noch verharrte das Schiff, die Männer hielten sich im vorderen Teil auf und diskutierten leise. Und Martina zögerte nicht lange. Verstohlen und leise huschte sie ebenfalls an Bord und versteckte sich, so gut es ging, im Heck, wo zu ihrem Glück eine Plane unordentlich herumlag, die ihr nun zur Deckung diente. Solange das Schiff im Dunkel der Nacht blieb, würde ihr hier nichts passieren können. Sollten die Männer allerdings in einen beleuchteten Bereich des Hafens fahren, war sie sich darüber alles andere als sicher.

Kaum war sie unter dem Schutz der Plane verborgen, hörte Martina zwei Männerstimmen, die in Richtung Heck unterwegs zu sein schienen. Mucksmäuschenstill verharrte Martina in ihrem Versteck. Nur nicht auffallen. Es wäre nicht auszudenken, wenn die Männer sie hier finden würden. Plötzlich gab es einen kräftigen Ruck und schon tuckerte leise der Motor. Erneut gab es einen Ruck. Und plötzlich zog jemand an der Plane: „Was ist denn das hier für ein Saustall? Sollen wir im Dunkeln darüber fallen, ihr Dumpfbacken?"

So hartgesotten Martina sich auch sonst gab, in diesem Moment fürchtete sie die bedrohliche Entdeckung dann doch. So einfach von Bord springen, selbst, wenn sie die Überraschungssekunde ausnutzen konnte, war nicht mehr möglich. Und von dieser Stelle hier am Heck über Bord zu springen, war gefährlich, die Schiffsschraube ... Martina überlegte hastig. Von ihrer Stirn perlten die ersten Schweißtropfen und ihr Puls fing an zu rasen. Wieder hörte sie jemanden laufen. Anscheinend in Richtung Bug. Fast glaubte sie, dass man ihr lautes Herzklopfen hören können müsste. Martina schluckte und versuchte sich auf den Augenblick des Entdeckt-Werdens vorzubereiten und ihn in jedem Fall zu nutzen. Falls sie die Möglichkeit dazu bekommen sollte ...

„Lass liegen, schnell zum Bug, der Käpten ...", den Rest konnte Martina schon nicht mehr verstehen, der Mann schien sich eilig zu entfernen. Doch noch ließ der Matrose oder was auch immer er sein mochte, die Plane nicht vollends los und schimpfte leise vor sich hin: „Hohlköppe. Kann der Kerl noch nicht mal alleine auf der Ems klarkommen? Wie soll das erst auf der Nordsee werden?" Aber da sie gerade in entgegengesetzter Richtung fuhren, stellte sich zumindest diese Frage im Augenblick gegenwärtig nicht. Noch einmal zog er kräftig an der Plane und faltete die untere Hälfte, die er in den Händen hielt, nach oben hin weg. Schon griff er sich das nächste Stück, als eine ungehaltene Stimme ihn rief: „Mensch, Hermann, jetzt komm endlich. Der Chef ist schon sauer. Wir sind gleich bei der Seeschleuse und die Polente ist in Sichtweite …" Endlich, endlich wurde die Plane losgelassen. Martina schloss für einen kurzen Moment die Augen. Das war wirklich auf dem letzten Drücker … Das nächste Falten der Plane hätte … Sie mochte nicht daran denken. Hätte der Kerl besser hingeschaut, er hätte sie eigentlich sehen müssen. Zumindest ihre Füße, denn die lugten schon unter der Plane hervor. Wie gut, dass es so dunkel war. Erleichtert ruckelte Martina sich wieder zurecht und verschwand abermals unsichtbar in ihrem temporären Versteck, dass zwar nicht sicher, aber das Einzige war, was sich ihr anbot.

Nahezu lautlos steuerte der Kapitän sein Schiff in den Papenburger Sielkanal hinein. Nur nicht auffallen, war seine Devise. Auch wenn er den Kopf klar in Fahrtrichtung hielt, hatten seine Augen doch nach den Blaulichtern der Polizeifahrzeuge gesucht, deren Martinshörner lautstark zu hören waren. Er war voll informiert über alles, was sich hier gerade abspielte. Und er wusste nur eins, sein Chef war hart und unnachgiebig. Versemmelte er die Fahrt, würde dieser Törn hier heute Abend sein letzter sein. Aber er brauchte diesen lukrativen Job. Auch wenn er manches Mal Dinge tun musste, die nicht ganz legal waren, so entschädigten ihn die überaus großzügigen Provisionen, die sein

Chef bei Sonderfahrten wie dieser hier heute Abend zusätzlich zum Gehalt zahlte. Nach seiner Einschätzung war jede seiner bisherigen Handlungen das berechenbare Risiko allemal wert. Und er benötigte das Geld mehr denn je.

Schon erreichten sie die Seeschleuse, die wiederum durch die diversen Hafenbecken und von dort zu den jeweiligen ansässigen Firmen führte. Kaum hatten sie die Seeschleuse durchquert, achtete der Kapitän nicht mehr darauf, besonders leise zu sein, sondern ließ den Motor im Normalmodus laufen. Wenige Augenblicke später lief das Schiff in eines der Hafenbecken ein und legte direkt vor einem der Firmengebäude an. Friederich sprang sofort von Bord und lief so zielgerichtet auf ein Gebäude zu, dass Martina annahm, dass es sich um seine Firma handeln musste. Auf jeden Fall war ihr klar, dass der Mann genau wusste, was er tat. Leider würde sie ihm nicht folgen können. Während der Fahrt hatte sie ihr Umfeld noch beobachten können, aber jetzt saß sie in ihrem Versteck fest und musste warten, bis auch die anderen Männer von Deck gegangen waren. Hier, an diesem Platz, umgeben von mehreren Matrosen oder was auch immer die Männer an Bord für eine Funktion hatten, reichte es schon, wenn auch nur ein einzelner zum Heck kommen würde und erneut an der Plane herumzog. Hier konnte sie definitiv auffallen. Sie war sich der Gefahr bewusst, in der sie sich befand. Wieder hoffte sie auf das Wunder der Nicht-Entdeckung. Während sie äußerst vorsichtig unter der Plane hervorlugte, sauste ein leises Elektroboot mit vier Personen heran. Auch diese sondierten aufmerksam das Gelände, bevor sie ebenfalls am Kai anlegten und ihr Boot in Richtung Firmengebäude verließen. Nahezu parallel dazu sprang die Besatzung vom Plattbodenschiff von Bord. Nur der Kapitän blieb zurück. Nach einem kurzen, oberflächlichen Blick über Schiff und Hafengebiet zog er sich schließlich ins Innere des Schiffs zurück.

Endlich, dachte Martina erleichtert und ein irres Glücksgefühl überkam sie. Schrittweise und vorsichtig schälte sie sich aus der Plane heraus und verließ auf leisen Sohlen Versteck und Schiff. Verstohlen und nahezu geräuschlos tastete sie sich im Schatten der Gebäude in Richtung der von den Männern angepeilten Türen vor, immer darauf bedacht, nicht in eine Falle hineinzugeraten. Sie nahm zwar nicht an, dass irgendjemand ihre Anwesenheit bemerkt hatte, aber sicher konnte sie sich ja keineswegs sein. Und auch, wenn es dunkel war, hier auf dem Firmengelände standen in schöner Regelmäßigkeit weitleuchtende Straßenlampen, die dafür sorgten, dass das Gelände, auf dem etliche Transporter und LKW standen, eine relative Sicherheit ausstrahlte. Dumm nur, dass Martina genau dieses Licht im Augenblick überhaupt nicht gebrauchen konnte. Immerhin befand sie sich, was diesen Punkt betraf, anscheinend in guter Gesellschaft. Auch die Männer, von denen sie ein paar noch beobachten konnte, verdrückten sich an die dunkler gelegenen Stellen, um schließlich im Gebäude zu verschwinden. Heimlich huschte Martina ihnen hinterher, immer bedacht darauf, nicht entdeckt zu werden. Sie war sich nach wie vor bewusst, dass ihre Mission gefährlich war und noch gefährlicher werden konnte. Aber gleichzeitig erkannte sie sehr schnell, dass die Machenschaften, die Friederich und seine Männer gerade unternahmen, alles andere als legal waren. Schon der umständliche, aufwendige Umweg über das Wasser hin zu seiner Firma offenbarte, dass alles, was hier passierte, geheimnisumwittert war. Martina war nicht entgangen, dass auf der Brücke der Landstraße, die auch zu Friederichs Firma hinführte, auf mehreren Polizeifahrzeugen Blaulichter Aufmerksamkeit erregend aufleuchteten. Hinter dieser Nacht- und Nebelaktion, so war sich Martina sicher, steckte mehr als nur Geheimniskrämerei und sie sondierte die Lage und beobachtete erstaunt, wie mindestens fünf Männer, angetrieben von Friederich, in Windeseile einen LKW entluden und diesen, sobald er leer war, in einer der großen Hallen auf dem Gelände verschwinden ließen. Die Ware wiederum wurde blitzartig in ein unterirdisches Versteck hinabgesenkt, welches sich unmittelbar, nachdem es geöffnet und gefüllt worden war, auch schon wieder schloss. Zwei der Männer rannten, kaum, dass die Aktion ihr Ende gefunden hatte, in ein Gebäude hinein, in der die Verwaltung untergebracht zu sein schien, um kurze Zeit später wieder auf der Bildfläche aufzutauchen. Ein kleiner Transporter schoss aus einer der Hallen heraus, sammelte die Männer ein und beförderte sie zügig außer Sichtweite.

Im letzten Moment, unmittelbar bevor der Transporter das Gelände verließ, nahm einer der Männer quasi aus den Augenwinkeln heraus eine dunkle Gestalt wahr, die sie anscheinend bespitzelt hatte. Und er griff sofort zum Handy.

Überstürzt und plötzlich schweißgebadet hatte Martina sich gerade noch in Sicherheit gebracht und hoffte innig, dass ihr Fluchtversuch, anders konnte sie es gar nicht benennen, nicht entdeckt worden war. Das war äußerst knapp gewesen. Sie hatte nicht im Traum damit gerechnet, dass der Transporter in ihre Richtung fahren würde. Von hier aus erschien ihr nur der Wasserweg Rückzugsmöglichkeiten zu bieten, von einer Straße war nichts zu sehen gewesen. Sie keuchte vom schnellen Rennen und wischte sich mit einer Handbewegung den Schweiß von der Stirn, während sie nach Luft ringend aus der Ferne einen Mann beobachtete, der in diesem Moment mit dem Handy am Ohr aus dem Verwaltungsgebäude kam und schlagartig in ihre Richtung sah. Im nächsten Moment drehte er sich hektisch um und rannte auf ein etwas abseits stehendes Auto zu. Blitzartig machte sich nun auch Martina aus dem Staub und nahm endgültig Reißaus. Ohne zu wissen oder auch nur erahnen zu können, was sie im Hafengebiet erwarten würde und woran sie sich orientieren musste. Aber eines wusste sie, egal, wer der Mann auch sein mochte, und sie nahm an, dass es sich um Friederich handelte, er durfte sie nicht erwischen. Auf keinen Fall durfte er herausfinden, dass sie es war, die ihn und seine

Kumpanen bei ihrem merkwürdigen Prozedere beobachtet hatte. Diese Entdeckung wäre äußerst fatal. Sollte sie hier tatsächlich aufgegriffen werden, dann war sie sich möglicherweise ihres Lebens nicht mehr sicher. Warum auch immer. Aber ihre weibliche Intuition und ihre journalistischen Erfahrungen schrillten unisono und alle Alarmglocken leuchteten tiefrot.

Vorsichtig und doch pfeilschnell suchte Martina im unwegsamen Gelände einer benachbarten Firma Schutz, das man nur zu Fuß durchstreifen konnte. Schon hörte sie, wie ein Auto heranjagte und lautstark abbremste. Aber Martina wusste, dass sie genug Vorsprung hatte und bereits so weit ins Gelände vorgedrungen war, dass man sie von der Straße her bei der fast völligen Dunkelheit, die auf diesem unbeleuchteten Grundstück herrschte, wohl kaum noch erkennen konnte. So denn Wolken den Mond verdeckten, der leider zwischendurch aber immer wieder mal aufleuchtete, was für sie durchaus gefährlich werden konnte. Außerdem kannte sie im Gegensatz zum Verfolger die Örtlichkeiten ja nicht, was ihr siedend heiß bewusst wurde, und sie hatte überhaupt keine Ahnung, was sie in der Finsternis auf dem Gelände erwarten würde. Leise hielt Martina kniend inne und horchte abwartend, ohne sich zu bewegen, und sondierte, ob es irgendwelche verdächtigen Geräusche gab. Aber sie war sprungbereit, um notfalls beim geringsten Anlass erneut losprinten zu können. Sie wagte es nicht einmal, ihr Handy als Taschenlampe zu benutzen und dadurch möglicherweise die ungewollte Aufmerksamkeit auf sich zu lenken. Plötzlich hörte sie, wie ein Fahrzeug heulend anfuhr. Leise drehte sie sich um und sah, wie der Wagen tatsächlich davonfuhr.

Erleichtert atmete sie auf, um Sekunden später vor ihrer eigenen Erkenntnis erschlagen, den tieferen Sinn dieses Manövers zu erkennen. „Wenn ich hier weitergehe, werde ich ihm wahrscheinlich direkt in die Arme laufen", murmelte sie vor sich hin und machte auf dem Absatz kehrt und rannte, nun mit der Taschenlampe des Handys in der Hand, den Weg zurück, den sie gekommen war. Jetzt kannte sie nur noch ein Ziel, sie musste zurück auf Friederichs Betriebsgelände. Von dort, so hatte sie sehen können, waren verschiedene Straßen abgegangen. Dieses Gelände hier machte überhaupt nicht den Eindruck, als wenn es in irgendeiner Weise erschlossen sein könnte. Im Gegenteil, es wirkte einfach öde und völlig sich selbst überlassen. Trotzdem, der Mann könnte auch sein Spiel mit ihr treiben, wurde ihr bewusst, er könnte den Motor ja absichtlich aufheulen lassen haben, um sie auf eine falsche Fährte zu locken. Vielleicht versteckte er sich mit seinem Auto in Wirklichkeit auch in der Nähe von Friederichs Firma und wartete dort auf sie wie die Spinne auf ihre Beute. Abgehetzt, atemlos und schweißtriefend wurde Martina klar, dass beide Möglichkeiten zur Flucht nur sehr bedingt taugten. Sie musste möglichst schnell eines der anderen nahen Gebäude erreichen, um sich dort vor ihm zu verstecken. Selbst wenn Friederich, oder wer auch immer es sein mochte, tatsächlich um dieses Gelände mit dem Auto herumfahren sollte, sie hatte nur diese paar wenigen Minuten, in denen er, egal, was er tat, sie nicht würde sehen können. Schließlich befand er sich mit dem Auto in einer Sackgasse und musste irgendeinen anderen Weg wählen, um sie zu erwischen. Oder er wartete irgendwo in der Sackgasse im Dunkeln auf sie, bereit, sein Spinnennetz über sie auszuwerfen.

Papenburg – früher Sonntagmorgen, 25. April

Christine hatte bis jetzt nur wenige Stunden geschlafen. Es war schon weit nach ein Uhr gewesen, als sie sich schließlich nach den Erlebnissen des Abends dann doch hingelegt hatte. In der Minibar hatte sie eine kleine Flasche Rotwein entdeckt und sie hatte gehofft, dass sie davon würde schlafen können. Was zunächst auch gelungen war, aber eben nur kurzzeitig. Leise ging sie schließlich gegen drei Uhr auf den Flur und klopfte an Martinas Tür, nachdem diese immer noch nicht auf ihre abendliche SMS reagiert und auch einen Anruf ignoriert hatte. Aber auch das Klopfen blieb erfolglos und Christine zog sich unverrichteter Dinge wieder in ihr Zimmer zurück. Entweder schlief Martina schon oder sie war einfach noch nicht wieder zurück im *Gut Halte*.

Lange horchte Christine in die stille Nacht hinein und achtete auf eventuelle Geräusche auf dem Flur, aber es war rein gar nichts zu hören. Nach wie vor hatte sie den innigsten Wunsch, am liebsten sofort von hier zu verschwinden, nur: Ohne Martina und deren Auto kam sie von hier nicht ja weg. Unruhig und von bösen Vorahnungen erfüllt, wartete sie ungeduldig und sehnsüchtig darauf, dass die Nacht endlich ihr Ende finden würde. Von Stunde zu Stunde stieg ihre Nervosität und schließlich steigerte sie sich in eine zerstörerische Angst hinein, die mehr und mehr zur unheilvollen Panik wurde. Plötzlich wurde ihr klar, dass sie, auf welche Weise auch immer, wieder in Friederichs Fängen gelandet war. Unbewusst, ungewollt und unbedarft – aber mit kaum zu ertragenden und unheilvollen Konsequenzen. Und wieder musste sie an Johann denken, ihren Fels in der Brandung, der er für sie gewesen war. Nur, jetzt, jetzt musste sie allein durch all das hindurch, wovor sie sich schon immer gefürchtet hatte und von der sie gehofft hatte, dass sie niemals ans Tageslicht kommen würde: die Wahrheit.

Rhauderfehn – früher Sonntagmorgen, 25. April

Auch Karla wälzte sich in dieser Nacht im Bett herum und konnte einfach nicht mehr schlafen. Es war gerade mal vier Uhr in der Früh. Der gestrige Abend und die unschöne Entwicklung der Feier hatten eine bedrohliche Furcht bei Karla ausgelöst, die sie so in dieser Weise schon sehr lange nicht mehr empfunden hatte. Um genau zu sein, seit sie bei Hermine und Achim wohnte nicht mehr. Damals, als sie noch ihre kleine Wohnung bei Friederich im Haus hatte, war sie ihre stille Begleiterin gewesen und hatte sie Dinge tun lassen, die nicht gut für sie gewesen waren und die sie so auch nie gewollt hatte. Hätten Hermine und Achim sie nicht regelrecht aus den Fängen von Friederich herausgerissen und damit letztendlich gerettet, niemals hätte sie zugegeben, dass er für sie zur Bedrohung geworden war. Schließlich hätte das die Kapitulation für sie bedeutet: die Kapitulation, zugeben zu müssen, dass sie sich als Mutter von ihm hatte aufs Übelste täuschen lassen und dass sie versagt hatte. In vielfacher Weise versagt hatte. Schon als Friederich noch klein gewesen war, hatten sie und Hermann seinen unbändigen Willen nicht gezügelt, ihm keine Grenzen aufgezeigt, hatten ihn gewähren lassen und hatten schließlich irgendwann erkennen müssen, dass er längst gelernt hatte, wie er seine Eltern auf eine Weise dirigieren konnte, die niemandem als ihm selbst am meisten diente und seinem eigenen Wohlergehen nutzte. Und zwar ausschließlich zu seinem eigenen Vorteil. Friederich hatte schon immer auf seine große Ausbeute geachtet, seinen Profit, seinen Gewinn, seinen Wertzuwachs und das bis zum heutigen Tag. Erst ziemlich spät, zu spät, hatte Karla begriffen, dass er letztendlich sie alle, Hermann, sie, ihre Schwiegermutter Hedwig und auch seine Geschwister, so manipuliert hatte, wie er es in der jeweiligen Situation hatte haben wollen.

Stöhnend und leise vor sich hin wimmernd lag Karla in ihrem plötzlich überhitzten Bett und der Schweiß lief ihr nur so von der Stirn und mischte sich mit den bitteren Tränen, die sie vergoss. Was um alles in der Welt mochte Christine nur mit Friederich zu tun gehabt haben? Karla fragte nicht mehr nach dem „Ob", das stand für sie außer Frage. Der eine Blick in Christines Gesicht bei ihrem fluchtartigen Aufbruch hatte genügt. Die beiden konnten sich doch gar nicht kennen, waren einander nie begegnet. Sie war sich sicher, dass bei den paar wenigen Malen, wo Johann und Christine vor langer, langer Zeit einmal gemeinsam in den Norden gekommen waren, Friederich überhaupt nicht dabei gewesen war. Oder war Christine selbst auch nicht mitgekommen? Oder nur einmal oder zweimal? War das, wenn es stimmte, in der Grafschaft Bentheim gewesen oder schon in Papenburg? Karla konnte sich beim besten Willen nicht mehr daran erinnern. Oder hatten sie Christine und Johann immer nur bei den wenigen feierlichen Anlässen im Haus ihrer Schwester Waltraud und deren Mann Horst in Hessen gesehen? Und falls das zutraf, war Friederich überhaupt jemals mit ihr dort hingefahren? Oder hatte Hermine sie chauffiert? Karlas Gedankenkarussell rotierte auf höchster Stufe, ohne auch nur die kleinste Antwort darauf zu finden. Woher kannten die beiden einander? Was war nur passiert? Sie, Karla, hatte doch nur ihren 95. Geburtstag feiern wollen. Warum dann dieses Ende? Hätte sie Friederich doch ausschließen sollen von der Feier, wie ihr Hermine anfangs vorgeschlagen hatte? Ungehalten hatte sie darauf reagiert, schließlich sei er ja ihr Ältester und trotz allem auch ihr Sohn. Hermine hatte viele Gegenargumente gefunden. Hätte sie doch nur auf sie gehört.

Hätte. Hätte. Hätte ich doch nur … Unaufhörlich strömten die Tränen und Hermine fand in den frühen Morgenstunden ihre alte, unglaublich aufgelöste Mutter, die sich die bittersten Vorwürfe machte, obwohl sie doch nur das Beste gewollt hatte: eine schöne versöhnliche Feier mit den Menschen, die ihr am wichtigsten waren …

Papenburg – früher Sonntagmorgen, 25. April

Stunde um Stunde hatte Martina in ihrem Versteck ausgeharrt, froh, dass es ihr gelungen war, sich sicher vor ihrem Verfolger verbergen zu können und nicht in dessen Fänge hineingeraten zu sein. Sie hoffte, dass er allmählich aufgegeben hatte und sie nicht weiter suchte. Komplett durchgefroren und völlig steif, stahl sich Martina aus dem Versteck heraus und lief vorsichtig davon. Nur weg von der Sackgasse, in der sich der Fahrer des Autos befunden hatte. Weg von diesem Gebiet hier. Noch war sie sich nicht sicher, ob sie sich nicht doch noch im Visier der flüchtenden Männer oder Friederichs befand. Immer noch achtete sie darauf, möglichst keine Geräusche zu machen, und lief vorsichtig abwartend über das an Friederichs Firma angrenzende Firmengelände. Erleichtert atmete Martina schließlich auf: Hier war tatsächlich niemand zu sehen, der ihr gefährlich hätte werden können. Nun war sie bereit, die nächsten Schritte zu gehen. Sie wollte nur noch ins Hotel, ins *Gut Halte*, um sich aufzuwärmen und ein paar Mützen Schlaf nachzuholen.

Das, was sie heute Nacht erlebt hatte, reichte ihr völlig. Sie sehnte sich total nach einer heißen Dusche, einem heißen Kaffee und einem warmen Bett. Gedanken, die ihr regelrecht Mut machten, und Martina wagte sich vollends aus der Deckung heraus. In diesem Moment krachte etwas Hartes gegen ihren Schädel und ehe Martina sich versah, spürte sie einen Klebestreifen auf ihrem Mund und Fesseln an Händen und Füßen. Nur wenige Sekunden später wurde sie bewusstlos ...

Papenburg – Sonntagmorgen, 25. April

Überaus nervös, überfordert, hilflos, übernächtigt – all das fühlte Christine bis in die tiefste Faser ihres körperlichen Seins, als sie am nächsten Morgen gegen 7 Uhr immer noch nichts von Martina gehört oder gesehen hatte. Eine panische Angst ergriff sie und ließ sie kopflos durchs Zimmer laufen. Zwischendurch rannte sie immer wieder zu Martinas Zimmertür. Aus dem anfänglichen leisen Anklopfen wurde ein Klopfen in mittlerer Lautstärke und mündete schließlich in ein hämmerndes Stakkato: laut, wütend, frustriert, verständnislos. Aus der ursprünglichen Bitte: „Martina, Schatz, bitte mach doch auf!", brach ein zielgerichteter Vorwurf heraus und endete irgendwann in einem ohnmächtigen, flehentlichen Schluchzen. Auch, wenn es für Martina nichts Ungewöhnliches war, dass sie sich tage- und manchmal wochenlang nicht hören ließ, war Christine intuitiv klar, dass Martina sie hier im Urlaub niemals würde im Unklaren lassen und auf ihre unzähligen Anrufe und SMS längst reagiert hätte. Irgendetwas war passiert. Irgendetwas, was nicht gut war. Was gar nicht gut war.

Plötzlich klopfte es an ihrer Zimmertür. „Martina, endlich", erleichtert rannte Christine zur Tür. Endlich, endlich hatte sie ihre verlorene Tochter wieder. Hoffnung keimte auf, übergroße Hoffnung und unbändige Erleichterung.

Friederich war über alles, was in den letzten Stunden auf seinem Gelände passiert war, bestens informiert worden. Auf seine Männer konnte er sich verlassen und er verließ sich darauf, dass sie genau das taten, was er wünschte und wollte. Aber er selbst hatte jetzt keine Zeit, sich der Frau zu widmen, die hinter ihm her spioniert hatte und die ihren Verfolgern letztendlich in die Falle gegangen waren. Später, später würde er sich mit ihr befassen. Schon allein deshalb, um herauszufinden, wer sie war und was sie wollte. Aber jetzt, jetzt musste er sich anderen dringenderen komplexen Problemen stellen. Die Frau konnte von ihm aus warten, bis sie Schimmel ansetzte. Was hatte sie ihm auch nachgeschnüffelt? Es tangierte ihn peripher, was im Moment mit ihr passierte. Seine Männer hatten freie Hand. Aber die anderen Meldungen, die er aus einem geheimen, internen Zirkel bekommen hatte, beunruhigten ihn kolossal. Es ging dabei um alles: um Geld, Einfluss und Macht genauso wie um Freiheit, Leben und Tod. Er war sich sicher, er würde das in den Griff bekommen. Auch wenn die tückische Gefahr übergroß zu sein schien. Aber Friederich war erfolgsverwöhnt. Und auch dieses Mal war er nicht bereit, sich die lukrative Butter vom Brot nehmen zu lassen. Kostete es, was es wollte.

Völlig entgeistert sah Christine den jungen Pagen vor der Tür stehen, als sie die Tür öffnete. Schlagartig wurde ihr bewusst, dass ihre ganze Hoffnung dahinschmolz wie kalter Schnee in der warmen Sonne.

„Frau Boller, entschuldigen Sie bitte die Störung, aber wir haben mehrere Beschwerden wegen der Lautstärke, die Sie ...", fing er den Satz an, um schon im nächsten Moment die in sich zusammenbrechende Christine aufzufangen. In seiner Verzweiflung schrie er nun selber laut nach Hilfe, wohlwissend, dass er per Handy keine Hilfe innerhalb des Hauses erwarten konnte, da er der einzige Diensthabende an diesem Sonntagmorgen war. „Hilfe, ich brauche Hilfe. Schnell ..."

Tatsächlich kam ein noch jüngerer Mann aus einem der benachbarten Zimmer herausgeeilt, warf sich im Laufen den Bademantel über und war sofort zur Stelle. „Was ist denn los? Was ist das schon wieder für ein Krach?"

„Sorry, tut mir echt leid, aber die Dame hier ...", mit hochrotem Kopf zeigte der kniende Page auf die entkräftete Christine, die völlig geschwächt und nach Luft ringend, schlaff auf dem Boden lag. Und man sah ihm an, dass er irgendwie total überfordert dabei hantierte.

„Hey, ich bin Tim van Heeren. Sollen wir einen Arzt rufen?", sprach der Mann mit niederländischem Akzent, der sich nun ebenfalls neben sie hinkniete. Christine schüttelte nur den Kopf.

„Können Sie mir sagen, wie Sie heißen und wo wir hier gerade sind?" Auch wenn Tim keine medizinische Ausbildung hatte, wusste er genau, was er im Augenblick zu tun hatte, und übernahm die Führung. Der Page war erleichtert, er war nur aushilfsweise im *Gut Halte* beschäftigt und studierte eigentlich noch.

Irritiert sah Christine vom Pagen zu dem gutaussehenden Tim, der sich ihr vorgestellt hatte, und beantwortete jede seiner Fragen.

„Ich bin selber Krankenschwester. Nein, danke, das wird gleich wieder. Mir fehlt nichts ... Ich ...", stockend unterbrach Christine sich selber.

„Können Sie aufstehen? Tut Ihnen irgendwo irgendetwas weh?"

Noch bevor Christine die Fragen beantwortet hatte, versuchte sie aufzustehen und Tim stützte sie leicht dabei. „Nein, nein. Es ist fast alles wieder gut, wirklich. Ich bin nur ..."

„Okay", Tim sah den Pagen an. „Ich bleibe noch eine Weile bei Frau Boller. Wenn was ist, melden wir uns. Aber könntest du uns Kaffee bringen und vielleicht ein paar belegte Brötchen?" Er sah Christine dabei an, die zustimmend nickte, und fuhr fort: „Ich glaube, nach dem Schrecken tut uns beiden ein

Frühstück gut und wir können es ja auch hier gemeinsam genießen."

Christine, die mittlerweile auf dem kleinen Sofa in ihrem Zimmer saß, war über sich selbst erstaunt, dass sie diesem jungen Mann, der in etwa im Alter ihrer Kinder sein musste, so einfach das Ruder überließ. Aber irgendwie war es auch wieder beruhigend, dass er da war. Irgendwann musste Martina ja schließlich mal wieder auftauchen, warum also sollte sie sich weiterhin so verrückt machen. Tim van Heeren würde eine gute Ablenkung sein.

„Fühlen Sie sich ein bisschen besser, Frau Boller?"

Christine nickte: „Christine, bitte. Ich heiße Christine."

„Tim." Freundlich sah er sie an und nahm zeitgleich seinen Bademantel wahr und lachte: „Na sowas, jetzt habe ich doch glatt vergessen, dass ich mich noch gar nicht richtig angezogen habe ... Bin gleich wieder da." Verschmitzt lief er aus dem Zimmer, ließ die Tür angelehnt und war tatsächlich keine zehn Minuten später wieder da.

Mittlerweile hatte auch der Page Kaffee und ein einladendes Brötchenarrangement gebracht und sich ebenfalls besorgt nach Christines Wohlbefinden erkundigt. Und Christine bemerkte, wie gut es ihr tat, dass die beiden Männer sich um sie kümmerten. Andernfalls wäre sie wohl verrückt vor Angst geworden.

Und dann passierte das, was Christine später als Fügung bezeichnen sollte. Noch nie in ihrem ganzen Leben hatte sie einem Wildfremden in einem solchen

Ausmaß ihr Herz ausgeschüttet. Aber bei Tim hatte sie das Gefühl, als wenn sie sich schon lange kannten. Einfühlsam hatte er Anteil an Christines nächtlichem Desaster genommen und sich liebevoll und nett erkundigt nach allem, was passiert war. Kein Wort der Beschwerde über ihre nächtliche Ruhestörung, kein Wort des Vorwurfs kam über Tims Lippen. Im Gegenteil, er schien wirklich Interesse an dem zu haben, was sie berichtete. Und Christine erzählte und erzählte. Von dem gemeinsamen Kurzurlaub hier in Ostfriesland, von ihrer Familie und der Geburtstagseinladung, Karlas Geburtstagsfeier und dem plötzlichen Verschwinden von Martina. Nur von Friederich, von ihm erzählte sie merkwürdigerweise nur ansatzweise. Warum, war ihr selber nicht klar, aber über dieses über ihr hängende furchteinflößende Damoklesschwert konnte sie jetzt einfach nicht länger reden. Und Tim zwang sie nicht dazu. Dass er gerade an dieser Geschichte heißes Interesse hatte, zeigte er ihr nicht. Aber er wäre nicht Tim van Heeren, wenn es ihm nicht gelingen würde, Christine doch irgendwann dazu zu bringen, sich ihm auch diesbezüglich zu offenbaren. Gekonnt umschiffte Tim daher das heiße Eisen Friederich, um ihn dann urplötzlich doch wieder kurz ins Gespräch zu bringen und im nächsten Moment auch schon wieder fallen zu lassen.

War Christine zunächst auch ein wenig irritiert, gewann durch seine Leichtigkeit und Fröhlichkeit aber der innere Wunsch, das Ganze einfach mal jemandem schildern zu können, auch um für sich einen Zugang zu ihrer eigenen Intuition zu bekommen. Und so sprach Christine dann doch einiges aus, was sie zuerst nicht hatte erzählen wollen, und war sich ihrer inneren Zerrissenheit durchaus bewusst. Und so weihte sie Tim in Gedanken ein, an denen sie nicht einmal Martina hatte teilhaben lassen wollen. Tim war ein begnadeter Zuhörer und er erinnerte sie ein wenig an Johann, der auch einfach gut zuhören konnte, auch wenn Tim schon vom Typ her ganz anders war. Aber es tat gut, alles einmal loszulassen, und sie war sich sicher, sie würde Tim van Heeren ja schließlich auch nie wiedersehen. Also konnte sie ihm ruhig alles anvertrauen. Aber in diesem Punkt irrte sie sich – und zwar gewaltig!

Rhauderfehn – Sonntagmorgen, 25. April

Karla wollte partout nicht mit Hermine und Achim gemeinsam frühstücken. Warum auch immer nicht. Hermine wusste sich keinen Reim darauf und versuchte mit Engelszungen ihre Mutter zu überzeugen, dass es in ihrem Zustand viel besser wäre, wenn sie in Gesellschaft sein würde. Auch das Argument, dass Achim ja auch schon auf sie beide wartete, zog nicht. Was Karla nicht wollte, wollte sie nun mal nicht.

„Du kannst mir den Pfarrer Solius anrufen. Er soll bitte vorbeikommen und Zeit mitbringen. Ich muss dringend mit ihm reden."

„Mama, heute ist Sonntag. Pfarrer Solius wird predigen müssen. Was soll das?"

„Doch, er muss heute noch kommen. So schnell wie möglich. Er hat mir versprochen, dass ich ihn anrufen darf, wenn ich was habe, und jetzt …"

Hermine fiel ihr ins Wort: „Und was soll das sein? Was hast du heute so Dringendes, was du ihm erzählen musst und ihm gestern auf der Rückfahrt von Papenburg nicht erzählen konntest?"

„Das geht dich gar nichts an", herrisch sah Karla Hermine an und forderte unnachgiebig: „Ich muss mit Pfarrer Solius sprechen. Jetzt. Sofort."

So energisch hatte Hermine Karla schon lange nicht mehr erlebt. Auf der einen Seite schien sie den Tränen nahe und auf der anderen Seite wirkte sie wie ein Eispanzer. Hermine war völlig irritiert und konnte sich das Verhalten und die Forderung ihrer Mutter überhaupt nicht erklären. Normalerweise stand Karla stichhaltigen Argumenten eher aufgeschlossen gegenüber. Aber das hier, das konnte Hermine nicht einordnen.

„Warum rufst du ihn denn nicht selbst an?"

„Was ist denn nur mit meinen beiden Kindern los? Kannst nicht einmal du mir diesen kleinen Gefallen tun?", böse sah Karla Hermine an.

Worauf Hermine sofort den Rückzug antrat, nachdem sie ein: „Ich kümmere mich darum", mehr unfreiwillig als freiwillig, schmallippig vor sich hin murmelte und blitzartig Karlas kleine Wohnung verließ.

Achim, der von allem nichts ahnte und nur sehnsüchtig darauf wartete, dass Hermine endlich zum Frühstück kommen würde, fiel fast aus allen Wolken, als Hermine ihm von Karlas Forderung nach einem sofortigen Besuch von Pfarrer Solius berichtete.

„Wunderlich", meinte er nur, „sehr wunderlich", und beide waren sich schnell einig, dass man einen Pfarrer auf keinen Fall am Sonntag stören dürfte, nur weil eine alte Frau ihre fixen Ideen und Hirngespinste hatte. Keiner von den beiden ahnte auch nur im Geringsten, dass Karlas merkwürdige Anwandlung, wie Hermine es nannte, einen ernsten, realen Hintergrund hatte, und dass Karlas Befürchtungen bereits Gestalt annahmen.

Papenburg – Sonntagmorgen, 25. April

Kaum hatte Tim van Heeren Christines Zimmer verlassen, als ihr Handy klingelte. In freudiger Erwartung riss sie das auf der Konsole liegende Smartphone an sich und war sichtlich enttäuscht, dass es auch bei diesem Mal wieder nicht Martina war. Aber immerhin war es ihre beste Freundin Anke. Kaum hatte Christine sie begrüßt, sprudelte wie aus einem Wasserfall erneut eine ganz ähnliche Geschichte, wie die, die sie vor kurzer Zeit Tim erzählt hatte, aus ihr heraus. Aber Anke ließ sie nicht gewähren. Sie wusste, wenn Christine in so einem Affentempo auf so eine unstrukturierte Weise Details, Annahmen und Argumente bunt mischte und von einem Ereignis zum nächsten sprang und dabei noch Elemente aus der Vergangenheit hinzufügte, dann waren Hopfen und Malz verloren und Christine steckte mitten in einem Gefühlschaos.

„Ganz ruhig, meine Liebe", ermahnte sie sie deshalb. „Jetzt mal alles sortiert in einer Reihenfolge. „Also, habe ich dich richtig verstanden, Martina ist spurlos verschwunden nach der Geburtstagsfeier und du weißt nur, dass auch ihr Auto weg ist, und hast keinen blassen Schimmer, wo Martina stecken könnte?"

„Ja, das habe ich doch vorhin erzählt und Tim meinte, er …"

„Wer um alles in der Welt ist Tim?"

„Ach so, ja, von dem habe ich ja noch gar nicht erzählt, aber er …"

„Christine, ganz ruhig, wer ist Tim?"

Erst zwanzig Minuten später sollte Anke erfahren, wer Tim war. Aber das auch erst, nachdem Christine von einem Brötchenarrangement erzählt hatte, das Freude geatmet hatte.

Nun stöhnte auch Anke. Wie verwirrt musste jemand sein, der solche Aussprüche tätigte und weder chronologisch noch systematisch erzählte? Was zudem auch völlig untypisch für die sonst eher sachliche Christine war. Als diese ihr dann außerdem erklärte, dass eine Ordensschwester diesen Spruch im Krankenhaus immer bei ganz besonderen, äußerst stilvollen Büfetts getätigt hätte, war sie sicher, dass Christine in einer faustdicken Krise steckte.

Anke schüttelte sich, was Christine ja zum Glück nicht mitbekam. Dass die wunderschön zubereiteten Büfetts der wenigen noch verbliebenen Ordensschwestern bei besonderen Festivitäten im Krankenhaus immer wieder äußerste Freude vermittelt hatten, hatte sie selbst miterlebt. Aber dass Christine diesen Vergleich jetzt zog, und zwar im Vergleich mit einfachen Brötchen auf einem Teller, konnte sie so gar nicht nachvollziehen und Ankes innere Alarmglocken schalteten allesamt auf dunkelrot. Christine musste seelisch wirklich zutiefst erschüttert sein. Geduldig versuchte sie, Christine auf Tim zurückzuführen und ein wenig Klarheit in die ganze Geschichte hineinzubringen, was aber nur halbwegs gelang. Einen Tag später zog Anke das Resümee, dass Tim van Heeren Christine auf professionelle Weise gekonnt ausgehorcht hatte. Zunächst aber veranlasste das Telefonat Anke dazu, ohne weitere große Überlegungen ein paar Klamotten und alles Nötige in einen Koffer zu werfen und sich mit ihrem Auto schnurstracks auf die Reise nach Ostfriesland zu machen. Und dabei verließ sie sich nicht auf Reiseinformationen von Christine. Selbst die Adresse vom *Gut Halte* steuerte das Internet bei. Sicher war schließlich sicher.

Papenburg – später Sonntagmittag, 25. April

Knappe fünf Stunden später kam Anke dann endlich in Halte auf dem Gut an. Über die Freisprecheinrichtung in ihrem Auto hatte Anke mehrfach mit Christine telefoniert. Von Martina gab es immer noch keine einzige Spur. Wo um alles in der Welt mochte sie nur stecken? Anke kannte Martina ziemlich gut, aber dieses Verhalten irritierte sie dann doch sehr. Allerdings wusste sie auch, dass, wenn Martina arbeitete, sie urplötzlich von der Bildfläche verschwinden konnte. Aber jetzt? Im Urlaub mit ihrer Mutter? Und was um alles in der Welt sollte das sein, was sie in Ostfriesland als Journalistin hätte bearbeiten müssen? Und zwar, ohne im Vorfeld auch nur ein einziges Wort darüber zu verlieren? Je mehr Anke auf der Fahrt darüber nachdachte, umso stärker kam sie zu der Überzeugung, dass irgendetwas anderes dahinter stecken musste.

Voller Elan nahm sie kurz vor ihrem Ziel auf dem Weg zum *Reiherhorst* die nächste Kurve und musste sofort scharf bremsen. Mit einer so radikalen Kurve hatte sie gar nicht gerechnet. Und genau in diesem Moment sah sie plötzlich etwas rot Lackiertes durch die Hecke schimmern. Warum auch immer - das Warum konnte sie sich später selbst nicht mehr erklären - kurzerhand malträtierte sie die Bremse bis an den Anschlag und zog den Wagen dabei in Windeseile nach rechts, der wiederum bockend und quietschend im selben Moment zum Stehen kam und Anke in Richtung Lenkrad katapultierte. Zum Glück war niemand in Sichtweite und Anke stieg leicht benommen aus. Trotzdem war ihre Neugierde geweckt und unbefangen, wie Anke nun einmal war, linste sie durch die Hecke und umrundete diese schlussendlich. Tatsächlich, hier stand mutterseelenverlassen Martinas roter Flitzer. Und er machte überhaupt nicht den Eindruck, als wäre irgendetwas Mysteriöses mit ihm passiert. Im Gegenteil, er wirkte wie immer. Komisch, dass Christine ihr erzählt hatte, dass das Fahrzeug wie vom

Erdboden verschwunden war. Hier stand er doch. Wieso hatte Christine ihn nicht entdeckt? Denn so ausgesprochen gut war das Versteck dann doch auch wieder nicht. Aber Christine hatte ja auch neben sich gestanden, als sie telefoniert hatten. Anke kannte sie schon unglaublich lange, aber so verpeilt hatte sie sie tatsächlich noch nie erlebt. Gut, dass sie jetzt da war, um aufzuklären, was hier Merkwürdiges vor sich ging. Besonders gespannt war sie schon auf ihre erste Begegnung mit Tim van Heeren und natürlich auch auf Friederich und seine unberechenbaren Machenschaften.

Wenige Minuten später lagen sich die beiden Freundinnen in den Armen und Christine merkte, wie eine schwere Last auf ihren Schultern plötzlich leichter wurde. So, als wenn ein Zweiter die eine Hälfte für sie trüge.

Als Christine sie dann endlich fragte, ob sie auch Hunger hätte, lachte Anke nur und meinte ganz trocken: „Ja, ja, ich weiß. Das Brötchenbüfett atmete Freude. Und bei mir auch Verlangen. Mädel, ich bin total ausgehungert. Meinst du, die machen mir noch eine Kleinigkeit?"

„Klar, komm, lass uns zum Essen in den *Reiherhorst* gehen, da kannst du dir dann auch gleich die Örtlichkeiten der Feier ansehen."

„Super Idee und du kannst da auch gleich Martinas roten Flitzer inspizieren, der steht da nämlich auf dem Gelände."

Christine konnte gar nicht glauben, was sie hörte. Kaum war Anke da, schon hatte sie etwas entdeckt, was ihr selbst vor lauter Aufregung völlig entgangen war.

So kam es, dass die beiden sich im *Reiherhorst* wiederfanden und Genuss paarte sich mit intensiver Gesprächs-Recherche. Dass sie dabei von Tim van Heeren belauscht wurden, fiel beiden nicht auf. Denn Tim hatte seinen Platz so gewählt, dass er in der Nische sitzend vor neugierigen Blicken nahezu unbeobachtet war. Und er ließ ganz unbemerkt die Diktierfunktion an seinem Handy mitlaufen. Mit einer solchen Ausbeute an weiteren Informationen von Christine, die sie ihm morgens nicht verraten hatte und von denen für ihn manche äußerst wertvoll waren, hatte er überhaupt nicht gerechnet. Grinsend überlegte er, wie er sie zu seinem Vorteil einsetzen konnte. Auf jeden Fall wusste er schon jetzt, dass er die beiden Damen auch in den nächsten Tagen nicht aus den Augen lassen würde. Es lohnte sich dranzubleiben.

Rhauderfehn – Sonntagnachmittag, 25. April

Sehnsüchtig wartete Karla auf Pfarrer Solius. Immer noch hatte sie nichts von ihm gehört und auch von Hermine nicht. Noch nicht einmal Bescheid hatte sie ihr gesagt. Ob der Pfarrer heute wohl noch kommen würde? Unwillig schüttelte Karla ihren Kopf. Warum glaubten ihre Kinder eigentlich immer, dass sie genau wüssten, was sie, Karla, zu tun und zu lassen habe?

Wer oder was gab ihnen eigentlich das Recht, über sie zu bestimmen und sie langsam, aber sicher so zu steuern, wie sie das für richtig hielten? Meinten sie etwa das tun zu können, nur weil sie mittlerweile ein Alter hatte, das jenseits der 90 lag? Karla machte dieses Denken, gegen das sie sich im Alltag immer wieder einmal glaubte durchsetzen zu müssen, regelrecht wütend. Von Friederich war sie ja nichts anderes gewohnt, er hatte sich fast sein ganzes Leben lang so verhalten. Sie hatte das eigentlich früher schon immer nur widerwillig gebilligt, aber tatsächlich auch kein einziges Sterbenswort dazu fallengelassen. Das war ein großer Fehler von ihr gewesen, wie sie heute zugeben musste. Und es war längst nicht der einzige, wie sie mittlerweile die ganze Entwicklung im Rückblick für sich bewertete. Aber dass auch Hermine und Achim ihr inzwischen so in den Rücken fielen, anders konnte oder wollte sie ihr Schweigen gar nicht deuten, fand sie einfach ungeheuerlich.

Kaum hatte Karla sich gedanklich in Rage geredet, kam Achim vorbei. Und Karla glaubte zu verstehen: Hermine traute sich einfach nicht, ihrer Mutter unter die Augen zu treten und ihr einzugestehen, dass sie, aus welchen Gründen auch immer, Pfarrer Solius nicht Bescheid gegeben hatte. Dass dem so war, erkannte sie, sobald Achim ihre Küche betrat. Er war noch nie ein guter Schauspieler gewesen. Und weil dem so war, schoss Karla ihre ersten Salven auch gleich ab: „Was hat Pfarrer Solius gesagt? Kommt er gleich, später oder gar nicht? Oder habt ihr euch nicht getraut ihn anzurufen, weil Sonntag ist? Na, sag schon …" Zornig sah Karla ihren Schwiegersohn an und bevor er auch nur den Hauch einer Chance hatte, etwas zu entgegnen, legte sie mit erbitterter Miene nach: „Traut sich deine Frau mal wieder nicht, ihrer alten Mutter gegenüberzutreten? Los, sag schon, was hat sie gesagt?"

Achim stand der Schweiß auf der Stirn. Er hatte ja gleich gewusst, dass es keinen Sinn ergab, dass er und nicht Hermine selbst, Karla aufgesucht hatte. Warum nur ließ er sich immer wieder in diese brenzligen Situationen hineinziehen? Denn eigentlich verstand er sich ja ganz gut mit Karla. Nur, wenn der Haussegen schief hing, und heute hing er eindeutig schief, dann hatte er schon früh gelernt, sich nicht zwischen seine zwei duellierenden Lieblingsfrauen, wie er zu sagen pflegte, zu stellen. Achim schloss kurz die Augen, schalt sich selbst einen Narren und versuchte wieder Land für sich und Hermine gutzumachen.

„Ach, mein zweitliebster Goldschatz …", normalerweise lachte Karla immer, wenn er das irgendwann einmal einstreute, weil sie es einfach witzig fand, wenn er sie so nannte, wie sie immer wieder gegenüber anderen beteuerte, was Achim zufällig einmal mitgehört hatte. Aber heute traf er sie, wie man so schön sagte, auf dem falschen Fuß und sie unterbrach ihn schon, kaum, dass er den Satz begonnen hatte.

„Papperlapapp, Goldschatz, ihr macht mit mir, was ihr wollt. Ich bitte euch, den Pfarrer anzurufen, und ihr stellt euch taub auf allen vier Ohren."

„Mutter, es ist Sonntag, da wollten wir den Pfarrer nicht noch zusätzlich stören. Du weißt doch, dass er zurzeit sonntags oft zweimal predigen muss und immer total ausgelastet ist. Und Solius haben noch relativ kleine Kinder, die wollen doch auch mal etwas von ihrem Papa haben. Bitte hab doch auch dafür Verständnis."

Und wie so oft lenkte Karla, wenn man vernünftig mit ihr sprach, auch tatsächlich ein und bestätigte ihn sogar. „Ja, du hast ja recht. Aber Pfarrer Solius hat noch gestern Abend zu mir gesagt, dass ich ihn, wann auch immer ich etwas hätte, anrufen dürfe und ihn um Rat fragen könne."

„Aber warum hast du ihn denn dann nicht auf der Rückfahrt von Halte hierher gefragt? Kann das denn dann nicht auch noch bis morgen oder übermorgen warten?"

Plötzlich wirkte Karla sehr betrübt und blickte seufzend auf den Boden: „Eigentlich nicht. Es ist mir so schwer ums Herz, so …", und wieder schwieg sie.

„Udo und Anna kommen gleich zum Tee. Du weißt doch, dass Anna sich auch sehr in der Kirche engagiert. Hilft es dir vielleicht, wenn sie anschließend noch zu dir zum Reden kommt?", fragend sah Achim sie an und legte sein Hand auf ihre Schulter.

Wie von der Tarantel gestochen, sprang Karla, was man ihr in ihrem Alter gar nicht mehr zutrauen würde, hoch und sah Achim entgeistert an. „Auf gar keinen Fall! Sie steht ja nicht unter Schweigepflicht!", entgegnete sie sehr bestimmt und kraftvoll.

„Aber Karla, nun hör doch auf. Was wirst ausgerechnet du denn schon Schlimmes getan haben? Gott vergibt, wenn man bereut, das weißt du doch."
„Ja, das weiß ich. Aber er kennt auch keine billige Gnade, wie Pfarrer Dietrich Bonhoeffer immer gesagt hat. Ich muss, ich wiederhole, ich will und ich muss mit Pfarrer Solius reden. Spätestens morgen!"

Papenburg – Sonntagnachmittag, 25. April

Nachdem Christine und Anke Martinas Zimmer, das der Page ihnen äußerst widerwillig und unter großem Protest dann aber doch aufgeschlossen hatte, auf irgendwelche verdächtigen Spuren durchsucht und nichts Auffälliges entdeckt hatten, nahmen sie sich den roten Flitzer vor. Den Autoschlüssel musste Martina bei sich haben, im Zimmer hatten sie ihn auf jeden Fall nicht entdeckt. Auffällig war, dass Martina das Auto irgendwann am Abend umgeparkt haben musste. Und zwar, nachdem Christine die Feier verlassen hatte, denn vorher, und da war Christine sich absolut sicher, war Martina die ganze Zeit bei der Feier gewesen.

Anke setzte sich neben dem Wagen in die Hocke und hatte plötzlich eine Erleuchtung: „Schau mal, Christine, von hier aus kann man nicht nur den Eingang vom *Reiherhorst* überblicken, sondern auch die nähere Umgebung."

„Stimmt. Aber was soll das bringen?"

„Na ja, vielleicht hat Martina irgendetwas oder besser irgendjemanden beobachtet und wollte demjenigen mit dem Auto folgen. Dass würde ja auch erklären, warum sie den Wagen umgeparkt hat. Nur, dass es aus irgendeinem Grund nicht mehr dazu gekommen ist. Hast du keine Idee, wer das gewesen sein könnte? Komm, denk mal nach. War irgendetwas auffällig?"

Von Karlas auffälligem Sohn Friederich hatte Christine Anke schon vorher im *Reiherhorst* erzählt. Sie hatte erwähnt, dass er hier ganz in der Nähe eine Firma besaß, von der sie aber nichts Weiteres wüsste. Und dann hatte Christine regelrecht mit sich gerungen und Anke dann schließlich doch mit schwerem Herzen anvertraut, dass Friederich früher ebenfalls in Gießen studiert hatte und sie ein paar Monate lang ein Paar gewesen seien. „In der Zeit vor Johann", hatte sie hinzugefügt, als Anke sie mit großen Augen angesehen hatte. Allerdings hatte sie weitere Details ausgelassen, außer, dass Friederich ein ausgeprägter Narzisst gewesen sei und sich irgendwann urplötzlich vom Acker gemacht hatte. Sie hätte nie wieder etwas von ihm gehört und der Schreck am Samstagabend sei ihr total in die Glieder gefahren, als Friederich dann plötzlich auf der Bildfläche erschienen war. Daraufhin hätte sie die Feier fluchtartig verlassen und sich erst einmal wieder beruhigen müssen. „Ich stand total neben mir", hatte Christine schließlich leise seufzend ergänzt.

Anke hatte bei Tisch dieses Thema nicht weiter vertieft, ihr war schlagartig klar gewesen, dass es hier noch deutlich mehr zu erzählen gab. Aber Christine war so peinlich berührt gewesen, dass sie zunächst nicht weiter nachgefragt hatte. Alles zu seiner Zeit, war ihr durch den Kopf gegangen.

Und auch jetzt hakte sie nicht weiter nach. Dafür ermutigte sie Christine, einfach mal genau das zu tun, was sie am Samstagabend im Anschluss an ihre Flucht getan hatte, und die beiden liefen genau dieselbe Strecke, die Christine am Samstag zurückgelegt hatte. Anke hinterfragte dabei immer wieder, zu welcher Uhrzeit das in etwa gewesen sei und was das Geschilderte oder Beobachtete in ihr ausgelöst hatte.

So beschrieb Christine schließlich von ganz allein, dass sie zunächst auf ihrem Zimmer gewesen sei, um sich richtig auszuheulen und schließlich an die frische Luft hatte gehen müssen und dann auf den Deich an der Ems gelaufen war. Christine veranschaulichte ihr die erlebten Ereignisse in einzelnen Szenen und Anke kitzelte die dazugehörigen beschreibenden Adjektive aus ihr so heraus, dass Christines Empfindungen mehr und mehr das Erzählte untermalten. Langsam, aber sicher, gewann Anke einen Eindruck von all dem, was Christine erlebt hatte und was in ihr vorgegangen war. Was beiden half, war, dass sie zeitgleich zu den Schilderungen die jeweiligen Örtlichkeiten durchstreiften. Als Christine Anke den Schauplatz des Autounfalls sowohl von der Bank unten am Emsdeich als auch direkt auf der Brücke, von zahlreichen Gesten untermalt, zeigte – beschrieben hatte sie ihr das Ganze schon vorher im *Reiherhorst* – realisierte auch Anke sehr deutlich, dass all das, was Christine beobachtet hatte, absolut nicht mit rechten Dingen zugegangen sein konnte, und sie nickte bejahend in Christines Richtung. Was wiederum von Tim van Heeren beobachtet wurde, und er stimmte ihnen, ausgerüstet mit seinem Fernglas, im selben Maße aus der Ferne zu. Obgleich er unzweifelhaft nicht hören konnte, was sie besprachen, so hatte er am Mittagstisch doch genügend Informationen aufgeschnappt, um sich ein Bild von der geschilderten Lage zu machen. Im nächsten Moment allerdings ließ er es mit der Observierung der beiden genug sein, kehrte zu seinem Fahrzeug zurück, das merkwürdigerweise deutsche Kennzeichen statt der zu erwartenden niederländischen trug, und fuhr ins Industriegebiet zu Friederichs Firma. Sie zu finden, war nicht schwer, er wusste längst, wo sie war und auch, wo er seinen Wagen unauffällig parken konnte, ohne dass er Neugierde erregen würde. Nicht aufzufallen, war Tims oberstes Gebot.

Viel später trafen auch Anke und Christine bei Friederichs Firma ein. Sie waren zu Fuß gegangen, weil sie beide hofften, sich so auszupowern, dass sie in der kommenden Nacht, trotz der Ungewissheit in Bezug auf Martina, vor lauter Erschöpfung würden wenigstens etwas schlafen können. Auf beide machte das Fabrikgelände einen unauffälligen Eindruck. Sie umkreisten es, waren erstaunt über die tatsächliche Größe und den immensen Fuhrpark, auf den sie dort trafen, und nahmen erstaunt wahr, dass es sogar einen eigenen Schiffsanlegeplatz direkt neben den vorhandenen zahlreichen Gebäuden gab. Auf sie machte das Ganze einen ruhigen, nach Sonntag wirkenden Eindruck, was sich wahrscheinlich in den nächsten Stunden ändern würde. Schließlich durften LKW ja am späten Abend wieder auf den Autobahnen fahren, um dann erneut in eine rastlose, hektische Arbeitswoche zu starten. Kurz überlegten die beiden Frauen, ob es etwas brachte, noch länger auf dem Gelände zu bleiben und zu beobachten, ob etwas passierte, aber sie beschlossen, dass sie sich diese Mühe für heute wohl würden sparen können. Weder Christine noch Anke ahnten auch nur im Entferntesten, dass ihnen Martina seit Stunden nicht mehr so nahe gewesen war, wie gerade jetzt in diesem Augenblick. So marschierten sie ahnungslos wieder von dannen. Und das zur großen Erleichterung von Tim van Heeren, der schon befürchtet hatte, dass sie, wie er, versuchen würden ins Gebäude einzusteigen. Das hätte gefährlich werden können. Wie gut, dass er so ganz zufällig in der Nähe eines Bürofensters gewesen war, wo er mitbekommen hatte, wie die beiden für ihn unerwarteterweise das Gelände durchstreiften. Wie gut, dass sie ihn nicht hatten sehen können. Glück musste der Mensch haben, Tim atmete tief durch. Gerade noch einmal war alles gut gegangen. Und er machte eilig bei dem weiter, was er gerade getan hatte. Auch Tim wusste, dass seine Zeit eng bemessen war und hier bald emsiger Betrieb herrschen konnte. Und den konnte er für sein

Vorhaben nun absolut nicht gebrauchen. Genauso wenig wie zwei schnüffelnde Frauen, die ihm dazwischenfunkten.

Papenburg – Sonntagnachmittag, 25. April

Langsam, ganz langsam, kam Martina wieder zu sich und öffnete, noch völlig groggy im Kopf, wie in Zeitlupe ihre Augen. Sie musste geschlafen haben. Im selben Moment bemerkte sie, dass nicht nur ihre Hände und Füße gefesselt waren, sondern auch irgendetwas Ekeliges ihren Mund verschloss. Noch lag die Erinnerung an das, was passiert war, in tiefschwarzer Finsternis. Immerhin konnte sie etwas sehen, auch wenn es in ihrer Umgebung fast stockdunkel war. Nur an einer Stelle in Bodennähe leuchtete etwas, das aussah wie ein helles Band. Wahrscheinlich befand sich dort eine Tür und Licht schien unter dem Türblatt hindurch.

Martina hatte rasende Kopfschmerzen. Und außerdem war ihr speiübel. Irgendetwas von dem, was in ihrem Mund steckte, hinterließ jedes Mal, wenn sie schluckte, einen abscheulichen Nachgeschmack. Wenn ich doch nur etwas trinken oder wenigstens das fiese Etwas aus meinem Mund ausspucken könnte, ich würde ... Kaum hatte sie diese Gedanken, wurde ihr klar, dass all das kompletter Unsinn war. Ihre Lage war misslich und sie tat gut daran, sich vorzubereiten auf das, was möglicherweise auf sie zukommen würde. Wie ärgerlich, dass sie nirgends ihr Handy sehen oder spüren konnte. Es schien einfach nicht mehr da zu sein. Wahrscheinlich hatte derjenige das Handy an sich genommen, der sie gefesselt und ihr den Mund verklebt hatte. Wie dumm, schalt sie sich selbst, dass sie auch wirklich niemandem eine, wenn auch nur klitzekleine, Nachricht geschickt und damit Hinweise hinterlassen hatte, als sie sich noch frei auf dem Gelände hatte bewegen können. Typisch ich, dachte Martina erbost und war seit langer Zeit zum ersten Mal richtig sauer über ihr eigenes Verhalten und ihre fortwährende Tendenz zur Selbstüberschätzung, über die sie immer wieder einmal kräftig stolperte. Von wem um alles in der Welt mochte sie das nur geerbt haben? Komisch, welche Gedanken einem kamen, wenn man nicht mehr Herr der eigenen Lage war …

Wieder schloss Martina ihre Augen. Dieses Mal, um sich bewusst auf das zu konzentrieren, was wichtig war, und alles andere abzuschieben ins Reich der Sinn- und Bedeutungslosigkeit. Und schließlich, endlich, kam langsam, Stück für Stück, die Erinnerung zurück. Zwei Männer hatten sie in den noch dunklen frühen Morgenstunden im Gelände aufgegriffen, ihr eins über den Schädel gezogen und sie war später in einem Büro wieder zu sich gekommen …

Wie spät mochte es wohl sein? Auch jegliches Zeitgefühl war ihr abhandengekommen. Ob es noch derselbe Tag war, an dem sie aufgegriffen worden war? Oder schon der nächste? War es Nacht und der helle Schein über dem Bodenbelag kam vom gleißenden

Licht einer Lampe? Oder war es Tageslicht, das durch den Türspalt hindurchströmte? Auf jeden Fall konnte sie sich kaum bewegen. Immerhin lag sie auf dem Fußboden mit dem Rücken zu einer Wand, so dass sie sich etwas drehen und leicht aufrichten konnte. Wieder erinnerte sie sich an die beiden Männer und daran, dass sie Motorradsturmhauben getragen und sie total genervt hatten mit ihrem gefühlskalten Gewäsch. Aber sie waren nun einmal in der Überzahl und fatalerweise auch in der besseren Position gewesen. Einer der beiden hatte unaufhörlich mit seinem Handy telefoniert, während der andere sie zunächst auf einen Bürostuhl platziert hatte. Und plötzlich fielen Martina sogar Teile ihres überheblichen Geschwurbels ein.

„Sieh dir unsere Trophäe an, plötzlich ganz schön klein mit Hut, die Lady, oder hast du Muffensausen?", der Typ hatte sich vor Lachen gebogen und war ihr dabei ziemlich nahe gekommen, was sie so gar nicht leiden konnte. „Nimm's mir nicht übel, Schätzchen, aber ich habe immer gute Laune, wenn ich dem Boss einen großen Gefallen tun kann und er mir dafür reichlich Cash auf die Kralle gibt. Er ist nämlich ..."

„Halt deine Fresse, du Blödhammel. Wirst du fürs Quatschen bezahlt?"

Wie befreit erinnerte sich Martina nun plötzlich auch wieder an den Rest des Debakels. Sie hatte von einem zum anderen geschaut und sich fürchterlich geärgert. Die beiden hatten sie regelrecht angestachelt, aber aufgrund ihres Knebels hatte sie gesprächstechnisch nichts beisteuern können. Und machen konnte sie auch nichts. Sie war völlig außer Gefecht gesetzt gewesen, was sie total auf die Palme gebracht hatte, ohne dass sie dies in irgendeiner Weise zum Ausdruck hatte bringen können. Wohl oder übel hatte sie die beiden ertragen müssen.

Dass die beiden Typen nur Handlanger waren, hatte sie auf den ersten Blick erkannt. Vor ihnen hatte sie sich nicht fürchten müssen, das war ihr schnell klar gewesen, aber sehr wahrscheinlich wohl vor dem, mit dem der eine Typ versucht hatte zu telefonieren. Wer auch immer der Kerl war, er schien der Boss zu sein, sein ärgerliches Schreien am Telefon hatte sie sogar von Weitem mitbekommen. Aber irgendwie schien er sich nicht mit ihr befassen zu wollen oder zu können. Zumindest jetzt noch nicht, so deutete Martina die Reaktionen des Telefonierenden. Unwillkürlich musste sie in diesem Moment an Friederich denken. Ihr journalistischer Spürsinn ließ sie nicht daran zweifeln, dass er auf jeden Fall ein Mitwisser oder Mitbeteiligter war. Kaum hatte sie diesen Gedanken, erkannte sie den Fehler ihres Denkens. Friederichs Dünkel, seine Überheblichkeit und Vermessenheit bei der Geburtstagsfeier von Karla sprachen gegen ihre Annahme. Niemals, niemals wäre Friederich nur Handlanger, alles, wirklich alles, sprach dafür, dass er zur Führungsriege von was auch immer gehörte oder noch wahrscheinlicher sogar selbst der Boss war. Friederich war der geborene Typ eines Machthabers, der sich niemals die Fälle aus der Hand würde nehmen lassen. Zumindest nicht ungestraft für denjenigen, der es auf einen

Versuch ankommen lassen würde. Glasklar sah Martina Friederich plötzlich in einem völlig neuen, anderen Licht. Ihn, Friederich, den Cousin ihres Vaters, den sie erst gestern, oder war es vorgestern, ein wenig kennengelernt hatte. Dass von ihm eine Gefahr ausging, stand für sie plötzlich außer Frage. Getroffen von dieser herben Erkenntnis, die auch für sie in ihrer jetzigen Situation nichts Gutes würde bedeuten können, brach ihr der Schweiß aus. Wenn dem so war, würde sie bald nichts mehr zu lachen haben und sich auf ihre gemeinsame Verwandtschaft zu berufen, würde ihr mit absoluter Wahrscheinlichkeit auch nicht wirklich weiterhelfen.

Ich muss nachdenken, dachte Martina. Weiter nachdenken und auch den Rest all dessen herausfinden, was noch passiert ist. Nur so habe ich eine Chance, hier lebend herauszukommen. Dass es genau darum gehen würde, daran zweifelte sie nicht mehr.

Wieder schloss sie die Augen, konzentrierte sich und überlegte, was passiert war, nachdem der Typ ihr so nahekommen war, als sie auf dem Bürostuhl gesessen hatte. Sie hatte sich unauffällig umsehen können und sie erinnerte sich daran, dass sie in einem Büro gewesen war, mehr noch, in einem großen Büro, wie es wohl nur den oberen Zehntausend zukam. Ein merkwürdiger Ort, um Geiseln aufzubewahren, hatte sie noch überlegt und sich weiter umgesehen. Erneut hatte der eine Kerl an seinem Handy herumgespielt, aber augenscheinlich keine Verbindung zu wem oder auch immer bekommen. Genervt hatte er schließlich aufgegeben und zu seinem Kompagnon gesagt: „Komm, wir machen uns vom Acker." Dann hatte er sich zu ihr umgedreht: „Aber vorher verräumen wir dich noch, du Holde. Sollst es ja gut haben, hier beim Chef. Und das wirst du. Solange er nicht da ist." Schlagartig fiel ihr sein darauf folgendes diabolisches Lachen wieder ein, und sie wusste, daran würde sie sich wohl noch lange erinnern können. Und auch daran, dass sie schon sehr, sehr lange nicht mehr eine solche innere aufkeimende Panik in sich gespürt hatte.

Wenige Minuten später hatten die beiden Männer sie übelst gepackt und sie ziemlich unwirsch in einen benachbarten kleinen Innenraum geworfen. Die blauen Flecken und diverse Prellungen würden sie auch noch in den nächsten Wochen daran erinnern. So sie diese noch erleben würde. Wieder sah Martina auf den schmalen Streifen unter der Tür entlang und versuchte sich auf ihren rechten Arm zu drehen, was ziemlich schmerzte. Anscheinend befand sie sich nach wie vor in diesem kleinen Innenraum. Wieder kam eine Erinnerung. Dieses Mal an einen Stich in den Arm, der plötzlich und unerwartet gekommen war, und an eine Stimme, die noch lauthals verkündet hatte: „Na, lange wird die es sowieso nicht mehr machen. Lass man erst den Chef kommen. Ist auch zu blöd, dass wir nicht wissen, wer sie ist und sie weder Handy noch Perso dabei hat …" Wieder hatte der Typ gelacht und dieses grausige Lachen war das Allerletzte, an das Martina sich noch erinnern konnte.

Rhauderfehn – Sonntagnachmittag, 25. April

Als Achim von Karla zurückkam, telefonierte Hermine gerade und war regelrecht blass geworden. Auch Udo und Anna saßen erschüttert am Tisch und hatten weder ihren Tee noch die Ostfriesentorte auf den vor ihnen stehenden Tellern angerührt, die noch von Karlas Geburtstag übriggeblieben war. Erstaunt sah Achim die drei an und wunderte sich, dass sie ihren geliebten Tee kalt werden ließen.

„Nanu, ihr sitzt vor Tee und Torte und rührt beides nicht an? Was ist los? Mit wem telefoniert Hermine?"

„Mit Christine. Es sind keine guten Nachrichten, mir ist …", begann Udo und Anna fiel ein: „Mir ist auch der Appetit vergangen. Martina, ihre Tochter, ist wie vom Erdboden verschwunden. Und zwar, nachdem sie sich mit Friederich unterhalten hat." Anna sah die beiden Männer vielsagend an.

Nun wurde auch Achim blass, was fast nur dann vorkam, wenn der Name Friederich genannt wurde. „Was bedeutet das, sie ist verschwunden? Abgehauen? Weggefahren? Oder was sonst noch?"

Beide zuckten nur mit den Schultern und Anna ergänzte: „Als wir weggefahren sind in Halte, war sie doch noch da. Oder etwa nicht?", wandte sie sich fragend an Udo, der wie auf Kommando die Schultern hochzog, die Hände seitlich in Schulterhöhe hob und dem das Fragezeichen regelrecht im Gesicht zu stehen schien und der damit zum Ausdruck brachte, dass er absolut keine Ahnung hatte.

Beunruhigt sahen alle drei auf die noch telefonierende Hermine und warteten ungeduldig darauf, dass sie endlich den Hörer auflegte und ihnen von all dem erzählte, was sie gerade zu hören bekommen hatte. Währenddessen wurde der Tee kalt und Hermine musste nach ihrem Bericht über das plötzliche und unerklärliche Verschwinden von Martina erst einmal einen neuen Tee ansetzen. Bei diesem besprachen sie dann alles Weitere. Und Hermine erzählte, dass Christine morgen am Vormittag mit ihrer Freundin Anke nach Rhauderfehn kommen wolle, damit sie gemeinsam die nächsten Schritte überlegen könnten. Achim hatte das Ganze stumm verfolgt und als Hermine und Anke mit ihren Überlegungen und Mutmaßungen fertig waren, sah er sie nur an und erzählte ihnen von Karla und ihrem sofortigen Wunsch nach einem Gespräch mit Pfarrer Solius. Was auch immer geschehen sein mochte, verstehen konnte es keiner der Vier, aber sie waren gespannt auf das, was Christine ihnen morgen erzählen würde. Dass sie sich noch in Halte aufhielt und ihre Freundin Anke extra aus Gießen angereist war, sprach ja an sich schon eine deutliche Sprache. Und sie waren gespannt auf die Auflösung dieses großen Rätsels.

Papenburg – Sonntagnachmittag, 25. April

Nachdem Martina sich wieder an alles Durchlebte erinnern konnte, wurde ihr schlagartig klar, dass sie sich, auf welche Weise auch immer, befreien musste, um fliehen zu können. Hier durfte sie auf jeden Fall nicht bleiben. Sie saß in der Falle. Würden die Männer wiederkommen oder schlimmer noch, Friederich, oder wer auch immer, dann hatte sie keine einzige Chance mehr. Aber was konnte sie schon machen, hier in der Dunkelheit, hier im abgeschiedenen Raum, den sie nicht einmal erkunden konnte, gerade auch deshalb, weil es so stockfinster in ihm war?

„Denk nach! Denk nach!" Wie oft hatte sie diesen Appell von ihrem Vater Johann zu hören bekommen. „Gott hat dir einen messerscharfen Verstand geschenkt, damit du ihn benutzt, Martina", hatte er immer wieder gesagt und sie ermutigt, genau das auch zu tun. Sie hatte ihren Vater geliebt, er war ihr so nahe gewesen mit seinem analytischen Denken und pragmatischen Handeln. Und doch, und das war ihr immer fremd geblieben, hatte ihr Vater eine tiefgründige Beziehung zu seinem Gott gehabt. Ohne Jesus, so hatte er ihr immer wieder vor Augen geführt, könnte ich all das Leid, mit dem ich im Krankenhaus konfrontiert werde, gar nicht aushalten und ertragen. Aber das muss ich auch nicht, Martina. Jesus trägt mit und manches Mal trägt er es ganz alleine und ich darf vor Ort sein und die Menschen, die er mir anvertraut, trösten, stärken und für sie da sein. Manchmal weine ich mit und oft freue ich mich nach überstandener Krankheit mit meinen Patienten. Aber immer bete ich für die Menschen, die Gott mir anvertraut! Für viele auch dann noch, wenn sie gar nicht mehr bei mir in Behandlung sind. „Vertraue Gott, Martina", hatte er ihr immer wieder Mut gemacht. „Er kann viel mehr, als du ihm zutraust."

Ihr Vater hatte gerne über Gott gesprochen, über seine Beziehung zu Jesus, die er aktiv lebte und die ihm die wichtigste war, die es gab. Ach, Papa. Tränen liefen Martina über die Wangen. Wenn ich doch nur deinen Glauben hätte. Aber den habe ich nicht. Ehrlich gesagt, kann ich auch nicht viel damit anfangen. Ich weiß, du hast Gott in allem vertraut! Aber für mich ist das irgendwie nichts …

Die Zeit lief ihm davon. In Windeseile und doch hochkonzentriert und aufmerksam schlich er von Raum zu Raum und verschaffte sich wichtige unerlässliche Informationen über das operative Geschäft der Firma, deren oberster Chef Friederich Koers war. Immer wieder machte er Fotos, die im selben Moment in einer geheimen Cloud gespeichert wurden, auf die auch andere Autorisierte im Notfall Zugriff hatten. Ein Notfall, der jederzeit eintreten konnte, falls er bei seinen jeweiligen Unternehmungen erwischt werden sollte. Sein System war durchdacht. Was er tat, hatte Hand und Fuß. Informationen, die er sammelte, konnten an anderer Stelle sofort ausgewertet werden, wenn er das Signal dazu gab. Aber dazu war es noch viel zu früh. Ihm war klar, die dicken Brocken, die er brauchte, lagen nicht einfach so offen herum. Er musste bis ins Zentrum der Macht vordringen. Und er wusste, dass dieses alarmgesichert war und er kaum Zeit hatte, um sich das zu besorgen, was er dringend benötigte. Er musste bald wieder verschwinden. In Kürze würde es hier in der Firma von Mitarbeitern nur so wimmeln. Die LKW würden irgendwann demnächst beladen werden.

Zu seinem großen Glück hatte er mitbekommen, dass Friederich urplötzlich einen Auswärtstermin hatte. Trotzdem, auch Frau Schmidt konnte ihm gefährlich werden. Wann sie eintreffen würde, wusste er nicht. Also beeilte er sich und drang möglichst leise und ohne Spuren zu hinterlassen in Friederichs und Frau Schmidts Büros ein. Er wusste, hier gab es genau die Informationen, die er dringend brauchte. Friederichs großes, exklusives Büro ermöglichte mit seinen breiten Fensterfronten zudem einen hervorragenden Überblick über das Betriebsgelände. Sehen und Gesehen-Werden lagen hier wirklich dicht beieinander. Er musste grinsen, als er an diese Redewendung dachte. Anders, als ursprünglich gemeint zwar, aber eben doch den Tatsachen entsprechend. Er musste also vorsichtig sein. Zwar konnte er so sehen, was sich auf dem Gelände abspielte, aber dadurch handelte er sich gleichzeitig die Gefahr einer schnellen Entdeckung ein. Und das vor allem dann, wenn irgendjemand draußen irgendetwas Leuchtendes im Raum erkennen würde wie sein Handy zum Beispiel. Aber wie hieß es so schön: „Vorsicht ist die Mutter der Porzellankiste." Und *Vorsicht* war schließlich sein zweiter Vorname. Zumindest beteuerte sein engster Kumpel dies immer wieder. Und der musste es ja wissen.

Durch seine Undercover-Recherchen im Vorfeld war er am gestrigen Tag mehr oder weniger durch Zufall an die Passwörter diverser Rechner der Firma gelangt. Er wusste, er musste schnell handeln, bevor irgendjemand erkannte, dass die Passwörter abgefischt worden waren. Und tatsächlich gelang es ihm, das Passwort von Friederichs Computer einzugeben, ohne dass augenscheinlich ein Problem auftat. Trotzdem, ob möglicherweise ein stiller Alarm ausgelöst worden war, war für ihn nicht ersichtlich. Aber er war sich dieser Gefahr bewusst. Und er hatte sich seine eigene Strategie zurechtgelegt: Notfalls würde er selbst die Polizei informieren und sich festnehmen lassen. Das war auf jeden Fall sicherer, als von Friederichs Komplizen geschnappt zu werden. Aber bis es so weit war, fischte er sprichwörtlich auf den PCs, die er knacken konnte, und Datei um Datei fand ihren Weg auf seine USB-Sticks. Er wusste schon jetzt, dass es eine fette Beute war, die ihm in seine Netze ging. Nur die Zeit, die lief ihm dann doch irgendwie davon …

So hilflos war Martina zu keiner Zeit zuvor in ihrem Leben jemals gewesen. So alleingelassen hatte sie sich noch nie gefühlt. Sie hatte hin und her überlegt, was sie in ihrer Situation zu tun in der Lage war, geholfen hatten ihr die Gedanken nicht. Ans Aufstehen war überhaupt nicht zu denken, im Gegenteil, die Typen hatten sie so verschnürt, dass es keine Chance dazu gab, das Gleichgewicht in irgendeiner Form zu halten. Da ihr die Hände auf dem Rücken zusammengebunden worden waren, schränkte das jegliches Abtasten der Wände, Gegenstände oder was auch immer im Raum sein mochte, von vornherein ein. Sie hatte versucht, sich den Klebestreifen oder was auch immer ihren Mund verschloss an ihren Beinen abzustreifen, und hatte sich dabei alles abverlangt. Aber egal, was sie versucht hatte, war kläglich gescheitert. Nichts, gar nichts, hatte irgendetwas Positives bewirkt. Martina schluckte und wieder wurde ihr übel von dem erbärmlichen Geschmack, den jedes Schlucken auslöste. Und trotzdem gab sie nicht auf, immer wieder forderte der Appell ihres Vaters sie zum Nachdenken auf. Aber für dieses Problem, das andere bewirkt hatten, schien es einfach keine Lösung zu geben. Keine einzige, ganz gleich, wie man das Problem auch drehte und wendete.

Wieder musste sie an ihren Vater denken und es kamen viele Erinnerungen und Bilder aus vergangenen Jahren in ihr hoch. Ihr Vater war ganz in seinem Beruf als Arzt aufgegangen und hatte nur begrenzt Zeit für seine Familie gehabt. Sie hatte es ihm oft vorgeworfen. Aber wenn sie jetzt daran zurückdachte, bewertete sie das Ganze schon anders. Und wenn sie ehrlich war, lebte sie ihre Berufstätigkeit genauso wie ihr Vater. Aber schließlich war sie ja auch aus Überzeugung Single und hatte niemanden, für den sie Verantwortung zu tragen hatte und um den sie sich hätte kümmern müssen.

Martina wusste, was ihr Vater ihr genau jetzt geraten haben würde, er war überzeugt davon gewesen, dass es half, Gott um Hilfe zu bitten. Beten mochte sie aber trotzdem nicht. Mit Gott konnte sie einfach nichts anfangen. Also musste sie allein mit dieser problematischen Situation fertigwerden. Plötzlich fiel ihr ein, dass ihre Mutter sich furchtbare Sorgen machen musste. Typisch ich, überlegte Martina, an ihre Mutter hatte sie überhaupt noch nicht gedacht. Sie musste ja irre werden, so völlig ohne Informationen über ihr plötzliches Verschwinden und sich unendliche Sorgen machen. Wie furchtbar musste es für sie sein, nichts zu wissen und nichts machen zu können. Und dazu kam noch, dass irgendetwas auf Karlas Geburtstag vorgefallen sein musste, was sie zutiefst verstört hatte, das war Martina in den letzten Stunden ziemlich klar geworden. Nie und nimmer hätte ihre Mutter sonst wort- und grußlos eine Feier verlassen. Gerade ihre Mutter nicht, die so viel Wert auf Gemeinsinn und Etikette legte ...

Es kam nicht so oft vor, dass Martina sich Gedanken um andere machte. Sie lebte ihr Leben, entschied nach Lust und Laune, eigenen Bedürfnissen, Überzeugungen und Wünschen und in den allermeisten Fällen kümmerte es sie überhaupt nicht, was mit den anderen war und welche Folgen ihre Entscheidungen für diese haben konnten. Hauptsache, sie selber kam so zum Zug, wie es ihr passte. Aber jetzt, jetzt in dieser misslichen Lage, reflektierte Martina das Alltägliche ihres Lebens, bedachte und erkannte, wie egoistisch doch viele ihrer Handlungen und Reaktionen waren und wie selbstsüchtig sie auch ihre Beziehungen lebte.

Auch die zu ihrer Mutter und ihrem Bruder und seiner Familie. Es war lange, sehr lange, her, dass Martina sich auf solche Gedanken eingelassen hatte. Komisch, hier saß sie nun und wusste nicht, ob sie lebend hier herauskommen würde, konnte sich kaum rühren und überdachte Dinge, die im Augenblick gar nicht die Hauptrolle ihres derzeitigen Lebens spielten. Und doch wurde ihr mehr und mehr klar, dass sie dieses Bilanzziehen dringend gebraucht hatte. Aber dass es gerade in so einer Notsituation sein musste, war alles andere als erklärbar. Erneut schloss Martina die Augen und erkannte, dass sie sich nie und nimmer die Zeit genommen hätte, um all das einfach einmal zu durchdenken. So viel Zeit hatte sie normalerweise ja auch nicht, oder ehrlicherweise nahm sie sich diese einfach nicht. Zeit haben und Zeit nehmen waren die zwei Seiten derselben Medaille. Die Entscheidung, welche man wie, wann und wofür einsetzte, traf schließlich jeder für sich selbst. Man konnte sie egoistisch einsetzen oder auch so, dass auch andere davon profitierten. Und plötzlich erkannte Martina, dass ihre beiden Eltern nichts anderes getan hatten, als ihr Können, ihre Zeit und ihre Fürsorge sehr wohl für andere einzusetzen. Für all die Menschen, die ihnen anvertraut waren. Und das galt für ihre Patienten genauso wie für ihre Familie. Jetzt, in diesem Moment, nahm Martina wahr, welchen immensen Wert die Zeit in Wirklichkeit gehabt hatte, die sich ihre Eltern dann doch für ihren Bruder und sie genommen hatten. Und sie erkannte, dass ihr eigenes Ego nie damit zufrieden gewesen war, weil sie immer nach dem Mehr geschielt hatte, mit dem andere überhäuft worden waren, und das galt für Geld und materielle Güter ebenso wie für Urlaub, Ausflüge und Events. Noch nie hatte sie das so klar erkennen und sehen können. Und plötzlich wurde ihr warm ums Herz, wenn sie an ihre Eltern dachte.

Es war schon komisch, dass sie ausgerechnet in dieser Situation ihres Lebens, von der sie nicht wusste, wie sie ausgehen würde, all das durchdachte. Aber plötzlich hatte all das Durchdachte eine Qualität, die sie nicht wieder missen wollte. Ich werde mich ändern, nahm sie sich fest vor. Ich verspreche es, Mama. Wenn es noch eine gemeinsame Zukunft für uns beide geben sollte, dann werde ich mich anders dir gegenüber verhalten. Kaum hatte sie diesen Gedanken, nahm sie Geräusche aus den Nachbarräumen wahr, die vorher noch nicht dagewesen waren. Und Martina wusste, dass sich das Rad der Zeit unaufhörlich weiterdrehte und damit auch die Entwicklung ihres eigenen Schicksals. Ihr kam es vor, wie der Ritt auf einer scharfen Rasierklinge.

Papenburg – später Sonntagnachmittag, 25. April

Wie von einer Tarantel gestochen, lief oder besser rannte Frau Schmidt über das Betriebsgelände. Eigentlich hatte sie heute frei. „Frei heißt frei", hatte ihr Mann ihr mehr als deutlich erklärt und mit seiner Frau einen handfesten Streit darüber begonnen, dass sie in letzter Zeit, sobald Friederich anrief oder ihr auch nur eine Nachricht auf dem Smartphone hinterließ, zu Hause alles stehen und liegen ließ und sich ohne zu zögern in ihren Wagen setzte und zur Firma fuhr. Sie würde wie von Friederich hypnotisiert reagieren. Was zu Hause passierte, egal, ob Geburtstag, Hochzeitstag oder ein sonstiges Familienfest schien sie ab einem solchen Anruf von *Friederichs Gnaden* überhaupt nicht mehr zu interessieren, hatte er ihr vorgeworfen und war regelrecht lautstark in seinen Ausführungen geworden. Frau Schmidt wusste, dass ihm der Name Friederich schon seit vielen Jahren aufs Gemüt schlug und ihn aus der Fassung brachte. Aber sie war trotzdem gegangen, und zwar wortlos.

Eigentlich hatte ihr Mann ja recht. Aber mit ihm darüber reden konnte sie nicht. Sie verstand seine Sichtweise, stimmte ihr innerlich sogar zu. Aber aufklären konnte sie das Ganze nicht. Ihr war klar, dass vor allem ihr derzeitiges Verhalten zum Bruch ihrer Ehe führen konnte. Aber sie hoffte, dass es nicht dazu kommen würde. Ein Jahr musste sie noch durchhalten, dann konnte sie endlich in Rente gehen, darauf hatte sie in den letzten Jahren schon hingelebt. Aber ob Friederich sie seit dem verhängnisvollen Geschehen vor kurzem überhaupt noch gehenlassen würde? Sie war sich alles andere als sicher. Sie hatte sich erpressbar gemacht. Und jetzt musste sie es ausbaden. Der Preis dafür war hoch. Aber bezahlbar. Ihr war klar, wenn sie nicht spurtete oder wenn alles aufflog, dann rollte nicht nur Friederichs Kopf, sondern auch ihr eigener. Und zwar in eine sehr unschöne Zukunft. In eine, die sie auf keinen Fall haben wollte. Und dabei hatte sie sich so viele Jahre gegenüber Friederich in taffer Weise durchgesetzt und war ihren eigenen stringenten Stil gefahren. Wenn sie doch nur dabei geblieben wäre! Aber das war sie nicht. Leider!

Eilig und überstürzt entfernte er seine drei USB-Sticks von den PCs im großen, exklusiven Büro, in dem er sich gerade aufhielt, weil er urplötzlich die Etagentür quietschen und jemanden auf dem Gang laufen hörte. Buchstäblich auf dem letzten Drücker gelang es ihm noch, den großen Rechner auf dem Schreibtisch herunterzufahren und die zwei Laptops, die auf einem kleineren Tisch standen, zuzuklappen. Ihm war klar, sollte jemand eines der Geräte berühren oder einen der Laptops an sich nehmen, würde es sofort auffallen, dass diese erst kürzlich benutzt worden waren. Und zwar schon allein deshalb, weil die Laptops sich nur im Ruhezustand befanden. Es war zum Mäusemelken. Er hatte an alles gedacht, aber zum Schluss waren ihm so viele Daten in die Hände gefallen, dass er die Zeit völlig vergessen hatte. Jetzt waren alle Rechner noch warm und verrieten per se, dass sich hier jemand bedient hatte. Und außerdem würde ihn jeder, der den Raum aufmerksam durchsuchte, sofort finden. Es gab auf die Schnelle nur eine einzige Möglichkeit, sich zu verstecken, und zwar zwischen der hochlehnigen Loungeecke und dem Heizkörper, die sich beide vor einer großen Fensterfront befanden.

Und so quetschte er sich dazwischen, wohlwissend, dass er in den nächsten Tagen mit blauen Flecken übersät sein würde und jederzeit entdeckt werden konnte. Und er hoffte, dass die Person, die gleich den Raum betreten würde, keinen Argwohn schöpfte.

Kaum hatte er diese Gedanken, öffnete sich auch schon die seitlich angebrachte Bürotür und er hielt den Atem an. Man hätte die sprichwörtliche Nadel fallen hören können, es war mucksmäuschenstill. Augenscheinlich hatte die in der Tür stehengebliebene Person vorher Geräusche vernommen und war misstrauisch geworden. Der Schweiß stand ihm auf der Stirn und er hätte sich ohrfeigen können. Warum um alles in der Welt war er nicht noch viel vorsichtiger gewesen? Und warum nicht schneller? Warum hatte er nicht einfach schon viel früher mit seinem Projekt angefangen? Während er sich marterte, schalt und mit sich rang, verharrte die Person in eisigem Schweigen und wartete. Irgendwie beruhigte ihn das etwas. Wie bei einem Wettkampf warteten offenbar beide Gegner auf die Fehler des jeweils anderen, um dann erfolgreich zuzustoßen. Zumindest kam es ihm so vor und es erleichterte ihn zugleich. Zum Glück suchte die Person das Zimmer nicht ab und lief nicht umher. Jedenfalls konnte er keinerlei Laufgeräusche hören. Er hoffte, dass sie dort stehenbleiben oder - noch besser - wieder gehen würde. Aber immerhin konnte sie auf diese Weise die Wärme der Rechner auch nicht ertasten. Und leise sein, das konnte er auch. Wenn es darauf ankam, auch noch sehr, sehr lange. Hauptsache, die Person überprüfte den Raum nur von der Tür aus. Alles andere würde für ihn schlecht enden. Das auf die Schnelle gewählte Versteck hatte einen großen Nachtteil: Er lag eingepfercht wie eine Sardine in der Dose. An schnelle Reaktionen seinerseits war aus dieser Position heraus überhaupt nicht zu denken.

Plötzlich wurde die Bürotür ganz leise wieder geschlossen. Aber er wusste, auch jetzt musste er ultravorsichtig und weiterhin still sein und mit allem rechnen. Es konnte eine Falle sein … Nur weil die Tür geschlossen worden war, bedeutete es ja nicht, dass die Person auch tatsächlich den Raum verlassen hatte. Also wartete er ab. Minuten später hörte er Telefonklingeln aus dem Nachbarzimmer. Erst jetzt wurde ihm klar, dass die Person die Tür zum Flur hin doch offengelassen haben musste, wie auch immer sie das bewerkstelligt haben mochte. Aber sonst hätte man das Klingeln und auch die leisen Sprechgeräusche hier in diesem Büro niemals hören können. Also befand er sich keineswegs in Sicherheit.

Leise schälte er sich aus seinem Versteck heraus, schlich auf die Laptops zu, immer mit einem Ohr in Richtung Flur und fuhr mit rasender Geschwindigkeit über die Tasten und die Geräte herunter. In Nullkommanichts durchquerte er gleich darauf erneut das große Büro, mit dem Rücken zur Seitentür des Hauptflurs, und sah sich nach einem besseren Versteck um. Die zweite, direkt gegenüberliegende, Tür hatte er vom Schreibtisch aus schon sehen können. Dummerweise war sie abgeschlossen, wie er postwendend bemerkte, es wäre ja auch zu leicht gewesen ... Kaum hatte er sich umgedreht, fiel sein Blick auf eine weitere Tür, die nahezu versteckt ganz weit links und nur aus dieser Perspektive heraus zu sehen war. Schon beim Eintreten ins Büro war ihm gegenüberliegend der hinteren Fensterfront die runde Wand aufgefallen, die ungefähr im hinteren Zimmerviertel in den Raum hineingebaut worden war. Aber nicht nur das, sie war gleichzeitig links nach vorne hin versetzt. Er hatte sich schon beim Betreten des Raumes über diese runde Wölbung gewundert. Nicht nur ihr, aber auch ihr, war es zu verdanken, dass der Raum einzigartig wirkte. Sie und die abgestimmte Fensterfront belebten den architektonischen Stil durch ihre raffinierte Formen immens. Aber erst hier hinten, an dieser Stelle, an der er jetzt stand, erkannte er, dass sich hinter der runden Wölbung ein weiterer Raum befand, der durch die unscheinbare, versteckt gehaltene Tür betreten werden konnte.

Leise drehte er den steckenden Schlüssel, öffnete die Tür vorsichtig und verschwand blitzartig im selben Moment in der Dunkelheit des Raumes. Erneut hatte er Geräusche gehört und befürchtete, dass die Person von vorhin sich abermals dem Büro näherte. Doch kaum hatte er den Raum betreten, fiel er der Länge nach hin. Irgendetwas hatte ihn zum Stolpern gebracht. In diesem Moment war ihm klar, dass er höchstwahrscheinlich aufgeflogen war. Dieses Geräusch konnte man unmöglich überhört haben. Aber wieder hatte er Glück im Unglück. Im Büro, welches einem seiner Transporter vorgekommen war, auf dem kurzen Anfahrtsweg von Papenburg bis nach Bad Neuschanz (Nieuweschans, NL) von der deutschen Polizei wegen des Sonntagfahrverbots angehalten werden, war das auch kein Problem. Der zu erwartende Ertrag seiner heutigen Fahrt würde das mickrige Bußgeld zigfach wieder hereinspülen. Aber auf keinen Fall durfte er sich noch in der Firma aufhalten, wenn die ersten seiner Angestellten eintrudelten, um alles für ihre eigenen Touren vorzubereiten. Auch wenn das Sonntagsfahrverbot in Deutschland bis 22.00 Uhr galt, beluden die Fahrer ihre LKW schon möglichst früh, um sich dann später ohne Verzögerungen in alle Richtungen aufmachen zu können.

Besser, sie bekamen ihn nicht zu sehen. Denn das, was er heute zu erledigen hatte, war einem äußerst lukrativen Nebengeschäft geschuldet. Und es war die ganz große Ausnahme, dass er in Kürze selbst den Sattelzug mit dem Schwanenhals-Auflieger fahren würde. Es würde ihm Spaß machen, einen Heidenspaß. Friederich liebte das Katz-und-Maus-Spielen mit anderen und genau das würde es heute Nacht wieder geben. Er freute sich schon sehr darauf. Aber er wollte bewusst die Fahrten auch nicht zur Gewohnheit werden lassen, obwohl ihn das ganze Abenteuer, denn nichts anderes war es für ihn, tatsächlich überaus reizte. Aber es war nur ein Nebengeschäft und sollte dieses irgendwann einmal auffliegen, was dank Friederichs genialem Verstand bisher noch nie passiert war und seiner Meinung nach auch nicht passieren konnte, würde er ganz sicher nicht in Erscheinung treten und den Kopf dafür hinhalten. Aber heute war eines dieser wenigen Male, an denen er den Truck selber fahren würde. Sein von ihm rigoros abhängiger Fahrer, den er zum Komplizen erkoren hatte und der sich seitdem eine goldene Nase verdiente, war urplötzlich krank geworden. Und damit er sich mit den lästigen Vorbereitungen nicht lange aufhalten musste, brauchte er Frau Schmidt. Sie nahm ihm alles notwendige Bürokratische ab und Friederich gratulierte sich dazu. Denn außer einem ganz normalen Warenhandel, der zur Tarnung vorgetäuscht wurde, und für den er die notwendigen Papiere benötigte, wusste Frau Schmidt über dieses Nebengeschäft rein gar nichts. Nun musste sie auch am Sonntagnachmittag ran, dafür hatte Friederich ihr aber auch ein überzeugendes Argument geliefert, und sie konnte sich noch nicht einmal beschweren. Frau Schmidt kannte Friederich seit eh und je und sie wusste, dass er nicht zögern würde, sie für was auch immer verantwortlich zu machen und sie leichten Herzens auch über „des Messers Klinge springen" zu lassen, so hatte er sich wörtlich ihr gegenüber ausgedrückt. Und sie konnte sich noch nicht einmal wehren, ohne sich selbst ans Messer zu liefern. Es stand viel auf dem Spiel. Auch für Frau Schmidt. Und sie ließ Friederich lieber gewähren, als dass sie sich selbst bei der Polizei anzeigte. Dass sie jemals so weit kommen und dabei so tief fallen würde, hätte sie noch vor einem Vierteljahr vehement von sich gewiesen.

Völlig entgeistert sah er die gefesselte Frau an, die wiederum ihn unruhig mit den Augen taxierte. Solange Friederich im Nebenzimmer war, konnte er ihr den Klebestreifen nicht vom Mund abziehen. Es würde zu sehr schmerzen und sie möglicherweise aufschreien. Schweiß stand ihm auf der Stirn, kalter rinnender Schweiß. Er musste nachdenken. Dass er möglicherweise von der Frau selbst Hilfe erwarten konnte, fiel ihm erst gar nicht ein. Er war einfach zu sehr mit seiner eigenen misslichen Lage beschäftigt.

Plötzlich bollerte Friederich im Nebenzimmer herum, als wenn er einen Stimmwettbewerb gewinnen wollte, und trieb irgendjemanden zur Eile an. Doch schlagartig wurde seine Stimme leiser und leiser und war schließlich gar nicht mehr zu hören.

Genau auf einen solchen Moment hatte er gewartet und ihn herbeigesehnt und riss heftig den Klebestreifen vom Mund der Frau ab. Sie zuckte schmerzvoll zusammen, gab aber keinen einzigen Laut von sich und spuckte aus, was sie im Mund gehabt hatte.

„Oh sorry, ich wollte nicht grob sein", flüsterte er leise und sah die Frau an, die ungefähr in seinem Alter zu sein schien. „Ich ..." Auf einmal traf ihn wie ein Blitz die Erkenntnis, wer die junge Frau sein könnte: „Martina? Sind Sie Martina?"

Sie raunte ihm ein leises erstauntes „Ja" zu. Das Sprechen fiel ihr unglaublich schwer, Mund und Hals waren total ausgetrocknet. Seit dem gestrigen Abend hatte sie nichts mehr zu trinken gehabt. Immer noch taxierte sie ihn. Die beiden Männer, die sie hierher gebracht hatten, hatten beide eine Sturmhaube getragen, aber ihm schien es nichts auszumachen, dass sie sein Gesicht sah. Das konnte gut für sie sein oder eben auch nicht. Aber warum hätte er den Klebestreifen abziehen sollen, wenn er ... Und woher kannte er ihren Namen? Gerade eben wollte sie ihn bitten, die Fesseln zu entfernen, da hatte er sie auch schon durchschnitten.

„Bitte seien Sie ganz leise, Martina. Ich habe mit Ihrer Mutter, Christine, gesprochen. Mein Name ist Tim. Tim van Heeren. Wir sind in Gefahr und müssen hier raus. Haben Sie vielleicht eine Ahnung, wie?", fragend sah er sie an und hielt ihr gleichzeitig eine kleine Flasche mit Mineralwasser hin, die sie äußerst gerne annahm. Wie gut sie taten, diese ersten Schlucke. Und das nach so langer Zeit. Für Martina waren sie das Köstlichste, was sie seit langem getrunken hatte.

„Wie spät ist es und was ist heute für ein Tag?", aufgewühlt kamen ihre ersten Worte.

„Sonntag. Fast schon Abend." Spärlich und schnell schossen ihm die Worte aus dem Mund: „Martina, wir haben keine Zeit mehr und müssen dringend hier weg. Können Sie laufen?"

Martina nickte, wollte aufstehen, aber die Beine knickten ihr sofort weg. Tim fing sie gerade noch auf.

„Okay, dann werden wir es gemeinsam nach draußen schaffen. Ich bin einer von den Guten, bitte glaub mir. Deine Mutter ist total fix und fertig. Ihre Freundin Anke ist aus Gießen angereist. Sie suchen dich." Unwillkürlich war er zum Du übergegangen und behielt es auch bei. Als Niederländer verstand er sowieso nicht, warum sich die Deutschen so schwer mit dem Duzen taten und vieles so unnötig verkomplizierten. „Ich habe heute Vormittag länger mit Christine gesprochen ..." Er hoffte so sehr, ihr Vertrauen gewinnen zu können. Nur so hatten sie beide eine Chance vom Betriebsgelände zu entkommen. Keine üppige zwar, aber immerhin war es eine. Er würde alles tun, um aus dieser misslichen Lage herauszukommen.

Langsam öffnete Tim die Tür zu Friederichs Büro und horchte. Immer noch schienen die Worte, die an sein Ohr drangen, aus einem Nebenraum zu kommen. Was sollte er nur machen? Es war nervenzerreißend. Zurücklassen konnte er Martina nicht. Die Kerle, von denen Martina ihm kurz erzählt hatte und die sie schließlich in der Finsternis des kleinen Raumes alleingelassen hatten, würden unter Garantie bald wieder auf der Bildfläche erscheinen. Und dann? Was passierte dann mit ihr? Schnell schloss er die Tür wieder, um sich kurz mit ihr zu besprechen. Immerhin war sie ja auch irgendwie in den Raum hineingelangt und sie hatte dabei keine Augenbinde getragen.

„Wir sind hier neben Friederichs Büro. Vorhin bin ich über ein Fenster des Haupteingangs ins Gebäude hineingelangt. War das bei euch auch so? Wo seid ihr langgegangen?"

Martina hatte keinen blassen Schimmer und so zuckte sie leise seufzend ihre Schultern: „Das Letzte, an das ich mich erinnere, war, dass mir draußen auf dem Gelände jemand eins über den Schädel gezogen hat. Und dann bin ich in einem Büro wieder zu mir gekommen, bevor ich in den dunklen Raum geschoben wurde. Die Männer trugen beide Sturmhauben."

Erschüttert sah er sie an. Aber wie hieß es so schön? Die Hoffnung starb zuletzt: „Okay, lass uns überlegen. Ich habe mein Handy dabei. Ich könnte einen Notruf an die Polizei absetzen, aber was soll ich ihnen dann erzählen? Das Einzige wäre deine Entführung und die …"

Martina fiel ihm ins Wort: „Das können wir doch immer noch machen. Ich bin Journalistin und will aufdecken, was Friederich und seine Konsorten hier alles so treiben. Irgendetwas stinkt hier gewaltig, und ich will wissen, was. Ich …"

Dieses Mal unterbrach er sie: „Da haben wir doch schon etwas gemeinsam. Ich bin ihm auch auf den Fersen und ebenfalls Journalist, ein investigativer."

Nun war es an Martina, ihn mit aufgerissenen Augen anzusehen: „Das gibt es doch gar nicht. Dann lass uns das Beste daraus machen. Wie wäre es, wenn wir gemeinsam fliehen würden und sollten wir es nicht gemeinsam schaffen, werde ich jeden aufhalten, der sich mir in den Weg stellt, und du fliehst mit dem Handy und informierst die Polizei. Okay?"

„Na ja, du könntest ja auch mit dem Handy fliehen und ich bin der Kavalier, der dir den Weg freiräumt …"

„Kavalier der alten Schule, wie?", feixend sah Martina ihn an.

„Wortklauberei. Ok, ich bin derjenige, der flieht", schnell hatte Tim erkannt, dass jede Diskussion nur Zeit kosten würde, die sie nicht hatten. Und außerdem war ihm gerade bewusst geworden, dass Martina so schwach auf den Beinen war, dass sie beim Fluchtversuch ohnehin nicht weit kommen würde.

Wieder öffnete Tim die Tür und horchte erneut. Immer noch war es still im Büro. Mit Martina im Schlepptau, die er tatsächlich stützen musste, wollte er schon in Richtung Schreibtisch laufen, nur von hier aus ging es ja zum Haupteingang. Aber Martina bremste ihn aus und zeigte auf die Tür, die gegenüber auf der anderen Seite des Raumes lag und die er kurz davor schon überprüft hatte.

„Stopp. Die Kerle haben mich durch diese Tür hierher gebracht. Ich bin mir jetzt ganz sicher", flüsterte Martina ihm zu. Wieder war ein Erinnerungsfetzen gekommen.

„Die Tür ist abgeschlossen. Das habe ich vorhin schon versucht", erwiderte er leise.

„Hast du oben auf dem Türrahmen nachgeschaut, ob dort ein Schlüssel liegt? Einer der Kerle hat dort etwas hingelegt, als wir im Büro waren. Da haben wir zunächst auf irgendwen gewartet, keine Ahnung, auf wen ..."

„Gut, versuchen wir es." Arm in Arm preschten sie auf die Tür zu und Tim tastete den Rahmen der Tür ab. Tatsächlich lag dort ein Schlüssel. Kaum hatte er sie auf- und wieder zugeschlossen, nachdem sie hindurchgegangen waren, ertönte in Friederichs Büro eine aufpeitschende Stimme, die alles andere als freundlich klang und die in erboster Weise schwere sprachliche Geschütze auffuhr. Quasi in letzter Sekunde war ihnen die Flucht aus dem Büro gelungen. Tim atmete ebenso erleichtert auf wie Martina und sie sahen einander ernst an. Noch waren sie längst nicht in Sicherheit. Zwar gab es auch in diesem Treppenhaus einen Aufzug, aber beide hatten Bedenken ihn zu benutzen. Wenn schon laute Worte zu hören gewesen waren, wie leicht erst würde ein fahrender Aufzug bemerkt werden? Es blieb ihnen nichts anderes übrig, als sich quälend über die Treppe einen Weg zu suchen. Nach wie vor versuchten sie, Geräusche zu vermeiden, und nach wie vor redeten sie, wenn überhaupt, nur flüsternd miteinander.

Wie dramatisch, dachte Martina, und wie gut zugleich. Ohne Tim wäre ich nie dort heraus-gekommen, zumindest nicht so schnell und vielleicht auch nicht einmal mehr lebend. Sie war sich der Gefahr, in der sie geschwebt hatte und in der sie sich immer noch befanden, sehr wohl bewusst. Aber zugleich war sie unglaublich froh, in Tim jemanden zu haben, der anscheinend genau das wollte, was sie auch wollte. Ihnen ging es beiden darum, das Geheimnis um Friederich zu lüften. Und sie hoffte, dass Tim der war, als der er sich ausgab. Ihr war klar, auch den Namen ihrer Mutter und den von Anke konnte er sich, auf welche Art und Weise auch immer, irgendwo erschlichen haben. Sollte er zu den Kerlen dazugehören, die sie entführt hatten, hätte er automatisch von ihrer

Entführung gewusst. Sie war nicht naiv und wägte alles genau ab. Aber wenn er ein falsches Spiel spielen sollte, warum um alles in der Welt sollte er sich so große Mühe machen und sie mitschleppen? Tim keuchte ganz schön und schien atemlos zu sein. Tatsächlich war sie viel schwächer, als sie geglaubt hatte. Und sie erkannte, dass sie niemals ohne ihn hätte fliehen können. Die Fesseln waren ganz schön stramm gewesen und hatten das Ihrige getan, um sie quasi außer Gefecht zu setzen. Und Tim hatte sich ihr gegenüber tatsächlich gentlemanlike verhalten. Aber das alles konnte natürlich auch eine Masche sein.

Während ihr all diese Gedanken durch den Kopf gingen, hatten sie endlich das Erdgeschoss erreicht. Begegnet war ihnen bisher niemand und Tim war froh darüber. Aber bedeutete das nicht auch, dass die Tür am Ende abgeschlossen sein könnte und alle Mühe umsonst gewesen war?

„Jetzt geht es um fast alles", Tim sah Martina ermutigend an und zog an der Tür. Aber wie schon befürchtet, war sie verschlossen. Und auf diesem Türrahmen befand sich kein Schlüssel. Aber immerhin gab es hier ein WC. Was ja auch nicht ganz unwichtig war.

Friederich wurde langsam nervös. Warum um alles in der Welt dauerte es so lange, bis Frau Schmidt die Papiere fertig hatte? Ja, er hatte den Befehl dazu recht kurzfristig erteilt, und zwar ganz einfach deshalb, weil er selbst erst kurzfristig davon erfahren hatte, dass er persönlich die Lieferung nach Hessen fahren musste. Ursprünglich war es anders geplant gewesen. Nun mussten die Papiere neu ausgestellt werden, was an sich kein Problem war, aber Zeit kostete. Zeit, die er nicht mehr zu haben glaubte. Trotzdem grinste Friederich immer noch gutgelaunt. Ja, es stimmte, dass er in der Nähe von Gießen etwas abzuliefern hatte, aber das diente eigentlich nur der Tarnung und, falls nötig, als Vorwand für ein möglicherweise notwendiges Alibi. Viel wichtiger und entscheidender war das, was er auf der Rückfahrt zu erledigen und zu transportieren hatte. Gut getarnt und versteckt in seinem Auflieger.

Etliche Fahrten hatten seine Komplizen, von denen kaum einer wusste, dass er mitbeteiligt war, schon durchgeführt und dabei manche Polizeikontrolle unbeschadet überstanden. Was sie geladen hatten, war noch nie entdeckt worden, und das dank Friederichs einmaliger Raffinesse.

Friederich war, wie immer, wenn er die Entscheidungen traf, siegessicher. Von ihm entwickelte Pläne waren immer und ausnahmslos erfolgreich gewesen. Na ja, fast. Ein oder zwei seiner Schachzüge waren in all den Jahren seiner Selbstständigkeit danebengegangen, aber mehr auf jeden Fall nicht. Er hatte daraus gelernt und seine Projekte noch ausgereifter und methodisch exakter konzipiert. Und das ließ er jeden wissen. Natürlich sprach er dabei nicht von den Niederlagen. Das lag außerhalb seines Denkens. Aber jede seiner Optimierungen hatte er gewinnbringend und überaus stolz in seine Erzählungen eingebaut. Nur über das jetzige Manöver und ein paar weitere hatte er absolutes Stillschweigen verfügt. Wer sich nicht daran hielt, wusste schon im Voraus, was ihn erwartete. Und das verhieß absolut nichts Gutes. Auch dafür war Friederich bekannt. Aber auch darüber schwiegen vor allem diejenigen, die etwas wussten. Dank Friederichs Gerissenheit und dank ihres übertariflichen Gehalts, von dem sie wussten, dass es einmalig in ihrer Branche war und das sie zu einem übersteigerten Lebenswandel verführt hatte. Was natürlich bewusst von Friederich so lanciert worden war, dessen innere Durchtriebenheit auf Marker, wie Wohlstand, Besitz und Geld, setzte. Friederich wusste, sie würden dichthalten, schon allein, um all das nicht zu verlieren und am Ende bankrott zurückzubleiben. Friederich selbst sonnte sich mit vollem Vergnügen am jeweiligen Erfolg seiner Machenschaften und aalte sich stets genüsslich auf der Sonnenseite seines Lebens.

Erneut sah Friederich auf die Uhr und wollte gerade zu Frau Schmidt ins Büro rauschen, um ihr den Marsch zu blasen, als sein Handy klingelte. In diesem Moment kam Frau Schmidt auch schon mit den notwendigen Unterlagen und Friederich ignorierte das Handyklingeln beharrlich.

Rhauderfehn – später Sonntagnachmittag, 25. April

Trotz der wunderschönen Geburtstagsfeier, die sie zunächst sehr genossen hatte, konnte Karla sich im Nachhinein gar nicht mehr richtig über den gestrigen

Tag freuen. Alles war zunächst äußerst harmonisch und in sich stimmig, das Ambiente des Restaurants mit seinen kulinarischen Leckerbissen ein absoluter Höhepunkt, die Gäste total gut gelaunt und sie selbst freudig erregt gewesen, bis, ja, bis Friederich auf dem Parkett aufgetaucht war. Ab da, so hatte Karla es empfunden, hatte alles nicht mehr annäherungsweise den vorherigen Hauch einer perfekten Feier ausgestrahlt, im Gegenteil, alles war irgendwie den Bach hinuntergegangen. Zumindest hatte sie das so empfunden und war dann auch dankbar für die nicht lange auf sich warten lassende Mitfahrgelegenheit von Pfarrer Solius zurück nach Rhauderfehn gewesen. Erst nachdem der sie ganz fürsorglich noch bis in ihre Wohnung hineinbegleitet hatte, war der Entschluss in ihr gereift, Pfarrer Solius all das anzuvertrauen, was sie als dickes Lebenspaket mit sich herumtrug.

Mehrere ihrer Besucherinnen hatten in den letzten Wochen von ihren zu tragenden Lebenspäckchen und der Last, die ihnen das Leben aufbürdete, gesprochen. Lebenspäckchen hatte Karla bei sich gedacht, Lebenspäckchen, ich wäre froh, wenn es nur das bei mir wäre. Bei mir ist es ein ganzes Lebenspaket, das ich mit mir herumschleppe. Ein Paket voller Sorgen, Angst und Bangen, voller Stress, Unsicherheit und beklemmender Hilflosigkeit, durchmischt mit Bedrohung, erlebter Gewalt und daraus resultierender Panik, gespickt mit Abscheu, Befürchtungen und verstärktem Entsetzen. Aus dem Trümmerfeld der einzelnen Erlebnisse und deren Begleiterscheinungen heraus war ein großes Kummerpotenzial gewachsen, das mehr und mehr an ihr nagte, je älter sie wurde. Entstanden war daraus die letztendliche Erkenntnis, dass sie selbst es gewesen war, die sich schuldig gemacht hatte und für vieles die Verantwortung trug. Lange war sie sich unschlüssig gewesen, wie sie mit all dem umgehen sollte. Sehr lange hatte sie es verdrängt und beiseite geschoben, aber sie wusste auch, dass ihre Lebenszeit sich von Tag zu Tag rasant verringerte. Natürlich hatte es durchaus ja auch sehr gute Zeiten in ihrem Leben gegeben, an die sie sehr gerne zurückdachte. Aber die negativen nahmen mehr und mehr Raum ein und sie wusste, es wurde dringend Zeit, um Tabula Rasa zu machen. Und dabei konnte ihr nur Pfarrer Solius helfen.

Noch nie war sie sich darin sicherer gewesen als seit dem gestrigen Abend. Auf Hermine und Achim konnte sie nicht zählen, sie sahen keinerlei Notwendigkeit dafür, dass sie eine Art Lebensbeichte ablegen wollte. Deren Verständnis für ihren Kummer konnte sie nicht erwarten. Woher denn auch? Sie selbst hatte es immer wieder verstanden, zu harmonisieren und zu beschönigen und damit alles schönzureden. Und hatte sich damit zum Opfer der eigenen Lebenslüge gemacht.

„Jetzt oder nie", entschlossen sprach Karla sich laut Mut zu, nahm den Telefonhörer in die Hand und rief, Sonntag hin oder her, selbst bei Pfarrer Solius an. Seiner Frau schien die Dringlichkeit in Karlas Stimme sofort aufzufallen, jedenfalls fackelte sie nicht lange und lief schnurstracks zu ihrem Mann. Und dieser versprach sofort, Karla schon früh am nächsten Morgen aufzusuchen, später am Vormittag hätte er schon Termine.

Papenburg – später Sonntagnachmittag, 25. April

Tim und Martina entschlossen sich zu einem Ausstieg aus einem der Fenster, die seitlich vom Ausgang lagen. Eine andere Chance sahen sie nicht, um aus dem Gebäude zu kommen. Es war ganz einfach unabwendbar, dass sie die einzige Fluchtmöglichkeit nutzen mussten, die sich ihnen anbot. Mit Sicherheit war das Fenster alarmgesichert, aber auffallen würden sie auch, wenn sie den Rückzug über Friederichs Büro antraten und versuchten durch den Haupteingang zu entwischen. Der Nebeneingang, so viel stand fest, wurde kaum genutzt, zumindest sah man nirgendwo typische Gebrauchsspuren. Aller Wahrscheinlichkeit nach handelte es sich um den gesetzlich notwendigen Rettungsweg aus dem Gebäude heraus und musste als solcher von innen eigentlich ohne Probleme zu öffnen sein. War er aber nicht. Was weder Tim noch Martina nachvollziehen konnten. Es wäre ja auch zu schön gewesen. Aber sie nahmen an, dass er womöglich dazu diente, für Friederich eine zusätzliche Fluchtmöglichkeit offen zu halten, so er diese denn brauchte. Wahrscheinlich war die Tür deshalb verschlossen, damit andere Angestellte gar nicht erst auf die Idee kamen, sie zu nutzen.

Dass sie mit ihrer Einschätzung der Wahrheit ziemlich nahekamen, konnten sie beide nicht wirklich wissen. Aber dass sie mit dem Auslösen des Alarms richtig lagen, dann schon eher. Trotzdem versuchten sie es. Mit Schwung packte Tim den Fenstergriff, riss das Fenster auf und half Martina in Windeseile hinaus, bevor er selbst hinterhersprang. Sie flohen vom Gebäude weg in Richtung eines Bereichs des Parkplatzes, der etwas abseits und versteckter lag und ihnen somit zumindest am Anfang Möglichkeiten zur Tarnung bieten würde. Das Entkommen war auf die Schnelle gar nicht so einfach, da Tim Martina mehr oder weniger mitschleppen musste. Außerdem näherten sich mittlerweile von der anderen Seite der Straße her schon die ersten Mitarbeiter der Firma mit ihren PKW und so blieb ihnen nur dieser eine Weg, um nicht sofort aufzufallen.

Tatsächlich war ein Alarm ausgelöst worden und Frau Schmidt setzte sich sofort an ihren PC, um nachzuforschen, an welcher Stelle der Alarm entstanden war. Zeitgleich hatte Friederich auf die Schnelle die gerade von ihr ausgehändigten Papiere in seine Aktentasche fallen gelassen, sich die Jacke geschnappt und war im Fahrstuhl des Haupteinganges verschwunden. Er wusste, er musste sich sputen, seine Leute würden jeden Moment eintreffen und er musste dringend mit seinem Laster verschwinden. Vielleicht wäre das Treppe-Laufen schneller gegangen, dachte Friederich noch, aber es war auch deutlich unbequemer. Und Unbequemlichkeit konnte er gar nicht leiden. Kaum hatte der Fahrstuhl im Erdgeschoss angehalten, war Friederich auch schon draußen und in Richtung seines Sattelschleppers unterwegs, der auf dem weniger einsehbaren Parkplatzgelände stand, der aber trotzdem schnell zu erreichen war. Der Sattelzug war längst für die Firma in der Nähe von Gießen beladen worden. Nur die Ladebordwand, die als Bordwand ebenso diente wie als Hebebühne, stand noch weit offen. Was Friederich, der sich schon in Sichtweite seines LKWs befand, sehr ärgerte, aber immerhin konnte er sie auch von der Fahrerkabine aus schließen. Plötzlich stellten sich zwei seiner Mitarbeiter für Spezialaufträge, wie er sie nannte, in den Weg und beschwerten sich lautstark, dass er nicht an sein Handy gehen würde und so für sie nicht erreichbar wäre.

„Ihr Dumpfbacken. Was soll das? Ich habe es eilig. Was fällt euch ein?"

„Reg dich ab, Chef. Du hast uns immer noch nicht gesagt, was wir mit der Tussi machen sollen."

Friederich, der es absolut nicht leiden konnte, wenn jemand, der bei ihm angestellt war, die Probleme, die sich ihm in den Weg stellten, nicht alleine zu lösen vermochte, wurde jetzt richtig sauer und warf ihnen in wenig schöner Manier Dinge an den Kopf, die manch einem schlaflose Nächte beschieden hätten. Nicht aber diesen beiden hartgesottenen Kerlen, für die sie sich hielten. Und da sie wesentlich weniger an wirksamer Hirnmasse bei sich trugen als an Muskulatur, mangelte es den beiden, laut Friederichs

Wahrnehmung, zudem schlicht an Fantasie und er schleuderte ihnen wortkarg entgegen: „Ist mir doch egal. Entsorgt sie einfach."

Verdutzt blieben die beiden Männer stehen und waren sich nicht im Klaren darüber, ob der Chef das ernst gemeint hatte oder ob es einer seiner typischen Sprüche war, die er ständig von sich gab und die sie, wenn sie sie nicht so umsetzten, wie er es hatte haben wollen, in Teufels Küche brachten. Während Friederich Richtung LKW davonstob, blieben beide mit offenen Mündern und ohne einen Funken innerer Erleuchtung zurück. Da es ihnen zudem an Entschlusskraft mangelte, war der einzige Geistesblitz, den einer der beiden hatte, sich erst einmal in ihre Stammkneipe zurückzuziehen und dort bei Bier und Schnaps genau zu überlegen, was der Chef denn nun wohl gemeint haben könnte. Und da sie dort auf lange Zeit erst einmal hängenblieben, fiel auch niemandem auf - weil ja auch niemand sonst wusste, dass Martina im Nebenraum des Chefbüros gefesselt herumliegen sollte - dass diese längst verschwunden war.

Martina und Tim hatten die Unterhaltung von Friederich mit den beiden Männern ebenfalls mitangehört. Sie hatten nach ihrer Flucht aus dem Gebäude gerade so eben noch in das einzige sich ihnen bietende Versteck fliehen können. Und das war, was sie natürlich nicht hatten erahnen können, ausgerechnet Friederichs abseits stehender Sattelzug, in dessen geöffneten Auflieger sie sich schnellstens verkrümelt hatten. Hätten sie diese Gelegenheit nicht genutzt, wären sie den beiden Männern in die Arme gelaufen, von denen Martina glaubte, in ihnen ihre Entführer wiederzuerkennen.

„Das haben wir gerade noch so eben geschafft", raunte Tim Martina zu. „Wenn die gleich wieder verschwinden, laufen wir in Richtung der kleinen Straße weiter, die nach links hier vom Weg wegführt. Aber jetzt müssen wir wohl erst einmal abwarten, bis die Typen von hier weg sind." Wobei er nicht nur die Entführer, sondern auch Friederich meinte. Martina nickte nur, sie war so aus der Puste gekommen, dass sie kaum Atem holen, geschweige denn sprechen konnte. Niemals hätte sie gedacht, dass ihr das Laufen so schwer fallen würde. Aber ihre Fesseln waren in der Tat auch sehr enggefasst gewesen. Ohne Tim hätte sie eine Flucht niemals schaffen können, das wurde ihr in diesem Moment vollkommen bewusst.

Plötzlich sprang der Motor an und zeitgleich schloss sich die Ladebordwand vollautomatisch und Martina und Tim saßen nicht nur erneut in der Falle, sondern nunmehr auch im Stockdunkeln. Immerhin hatten sie Glück im Unglück und der Laderaum war nicht komplett mit Euro-Paletten vollgestellt. Mindestens eine Palettenreihe im vorderen Bereich fehlte. Tim hatte sofort seine Handytaschenlampe angeschaltet und sich nach einem Lichtschalter umgesehen, den er auch fand, aber nicht betätigte. Möglicherweise würde dadurch in der Fahrerkabine ein Signal ausgelöst werden und könnte Friederich auf ihre Spur bringen. Sie hatten nicht nur keine andere Wahl, als mit

Friederich mitzufahren, sie hatten auch nur das Funzellicht von Tims Handytaschenlampe. Gemütlich ging anders. Für Martina war es das „Worst-Case-Szenario", schlechter ging es nicht mehr. Außerdem war sie hungrig, durstig, völlig übermüdet und irgendwie tat ihr alles weh. Und auf einmal sehnte sie sich nach ihrer Mutter. Langsam liefen die Tränen. Martina konnte sich kaum erinnern, wann ihr beides zum letzten Mal passiert war. Was nur mochte Tim von ihr denken? So ein Weichei war sie doch normalerweise gar nicht. Wie peinlich, wie peinlich war das denn nur? Martina schämte sich fürchterlich. Doch genau in diesem Moment legte Tim ihr wortlos tröstend den Arm auf die Schulter. Und sie, die sonst so taffe, mit allem immer allein fertig werdende Frau ließ es einfach geschehen … Ein Novum - und Martina wunderte sich selbst darüber.

Mit sich und der Welt zufrieden machte Friederich sich mit seinem modernsten Sattelschlepper mit Schwanenhals-Auflieger auf, den er besaß. Das ganze Gefährt inklusive Zugmaschine, die Friederich schon länger gehörte, ließ sich nicht nur ultrabequem fahren, sondern bot etliche Extras und luxuriösen Komfort in der Fahrer- und der gemütlich eingerichteten Schlafkabine und überdies vielfältige, unterschiedliche Nutzungs- und Gestaltungsmöglichkeiten des Laderaums, der gerade dadurch seine große Attraktivität bekam. Das meiste davon war von Friederich selbst konzipiert worden. Und Friederich war immens stolz darauf. Zudem konnte die Ladebordwand, eine Hubladebühne, in multifunktionalen Positionen genutzt und so auf das Fahrbahnniveau herabgesenkt werden, dass das Frachtgut völlig unkompliziert aufgeladen werden konnte. Auch, wenn ihm dieser Auftrag dazwischengekommen war und seine eigentlichen Pläne durcheinandergebracht hatte, liebte Friederich es, sich mal wieder den „Truckerwind", wie er es nannte, um die Nase wehen zu lassen. Aber was ihn wirklich glücklich machte, war der Erfolg, den er mit diesen Fahrten seit langem immer wieder hatte. Kaum jemand, auch Frau Schmidt nicht, wusste, dass diese Touren einem äußerst speziellen Zweck dienten, dessen Geheimnis niemand herauszufinden in der Lage war. Friederich musste lachen. Er, Friederich, war einfach der King of the Road, der Profi und Spezialist, der, wenn er wollte, ausnahmslos jeden durch seine List und intelligenten und kreativen Schachzüge täuschen und problemlos in die Tasche stecken konnte, wie man so schön sagte. Genau dieses Wissen, diese Bestätigungen, diese Erfolge immer wieder, beflügelten ihn im hohen Maße und machten sein Lebenselixier aus, exakt das brachte sein Blut zum Rauschen und seine Fantasie zum Explodieren und war ihm längst in Mark und Bein übergegangen.

Halte – später Sonntagnachmittag, 25. April

Christine und Anke saßen nach wie vor auf der Bank an der Ems und schütteten im wahrsten Sinn des

Wortes Gott sprichwörtlich alles vor die Füße, was sie belastete, und sie baten ihn gemeinsam um sein konkretes Eingreifen und seine Hilfe. Und beide rechneten fest damit, dass Jesus eingreifen würde. Erst vor kurzem hatte Christine in Johanns alten Unterlagen einen Spruch von Susanne Tello Harbich entdeckt, der ihr unglaublich gut gefallen hatte, weil er genau das auf den Punkt brachte, was sie im Lauf ihres Lebens verstärkt immer wieder erlebt hatte und sie zitierte ihn.

Wie gut, dass man es besonders in schwierigen Zeiten lernt,
auf Jesus zu schauen anstatt auf die Umstände.
Die Umstände können aufbauend oder auch entmutigend sein
und sich innerhalb von kurzer Zeit völlig verändern,
aber Jesus ist immer zuverlässig und unser Fels in der Brandung. Susanne Tello Harbich

Langsam, aber sicher, näherte sich der Abend, auch, wenn es noch länger dauern würde, bis es dunkel wurde. Tatsächlich hatten Anke und Christine nach ihrem Gebet schweigend und in Gedanken versunken die momentane Ruhe und Stille an der Ems genossen. Es hatte beiden unglaublich gutgetan. Doch urplötzlich donnerte wie aus dem Nichts und völlig abrupt ein großer LKW aus Papenburg kommend über die Emsbrücke in Richtung Halte und schoss mit überhöhter Geschwindigkeit, zumindest kam es beiden Frauen so vor, am Ort vorbei in Richtung Autobahn.

„Donnerlittchen", entfuhr Anke eines ihrer Lieblingsworte, das sie immer dann ausrief, wenn ihr irgendetwas ungewöhnlich, unmöglich oder spektakulär vorkam: „Der hat es aber mega eilig."

Und Christine stimmte ihr zu: „Der rast, als wenn er schnell etwas außer Landes bringen will. Und das mit dem großen Auflieger. Unglaublich. Aber wie sagte meine Mutter immer? „Wo kein Ankläger ist, gibt es keinen Richter, dafür tanzen dann aber die Mäuse auf dem Tisch."

Anke musste lauthals lachen: „Na, da hat sie aber einen schrägen Wortsalat aus zwei Redewendungen geschnipselt." Worauf Christine zum ersten Mal an diesem Tag amüsiert mit einstimmte und dabei nicht im Entferntesten ahnte, welche ihr kostbare Ladung der sich entfernende LKW an Bord mit sich führte.

Unterwegs, Sonntagabend, 25. April

„Nenn es Neugierde oder was auch immer, aber irgendwie habe ich das Gefühl, ich sollte die Ladung mal näher untersuchen. Glaubst du, du könntest es hier allein aushalten, während ich da hinten mal ein wenig rumstöbere?" Tim sah sie fragend an und zeigte auf den hinteren Laderaum.

„Also wirklich, Tim! … Klar, mach das. Wenn ich hier stundenlang auf dem harten Boden herumsitzen soll, schließ ich mich Horst Schlämmer an und sage auch bald: ‚Ich hab' Rücken'. Aber eine gemütliche

Sitzecke mit Kaffeeautomat wirst du da hinten wahrscheinlich ja auch nicht finden, leider ..."

Tim grinste. Immerhin hatte Martina noch Humor: „Ich versuche einfach mal über die Paletten zu klettern. Bei der Länge des Laderaums sollten eigentlich 11 Reihen zu je 3 Euro-Paletten auf einer Ebene reinpassen, und zwar, ohne Stauraum zu verschenken. Dankenswerterweise haben sie die erste ja weggelassen, sonst wären wir zwei schon jetzt plattgedrückt wie zwei Flundern. Ich schau mal nach, was sich da hinten verbirgt ..."

Tim überprüfte, ob die jeweilige Palette sein Gewicht auch aushalten können würde, und schwang sich dann vorsichtig von Palettenreihe zu Palettenreihe, was gar nicht so einfach war, schließlich musste er sein Handy ja dabei noch als Lichtquelle festhalten. Zudem forderte ihn das Ausbalancieren seines Gewichts während der Fahrt. Doch Tim wäre nicht Tim gewesen, wenn ihm diese sportliche Herausforderung nicht gelungen wäre.

Beim Ausleuchten des Laderaums hatte Tim sofort gesehen, dass es im hinteren Bereich ein paar höher gestapelte Palettenaufbauten gab, die bis an die Decke heranreichten. In diesem Moment spürte er, wie er es jetzt empfand, den ganzen Frust seiner Aktion. Hier würde er nicht weiterkommen und er hatte nicht nur sich selbst, sondern auch Martina in eine unnütze Notlage hineinmanövriert, die er so nicht hatte kommen sehen. Was um alles in der Welt hatte ihn getrieben, in diesen Laster zu steigen, um sich vor Friederich und seinen Männern zu verstecken? Hätten es ein paar Büsche nicht auch getan? Tim haderte mit sich selbst. Wie dämlich von ihm, hier Schutz zu suchen. Jetzt würden sie womöglich stundenlang quer durch Deutschland gefahren, hatten keine Ahnung, wohin die Reise ging, und saßen auf dem harten, kalten Stahlboden eines LKWs, dessen Fahrer ihnen alles andere als wohl gesonnen war. Und wenn das stimmte, was er in einem der Dokumente auf dem PC entdeckt und abfotografiert hatte, dann ... Doch daran mochte Tim im Augenblick gar nicht denken. Und allein um Martina nicht auch noch tiefer in das Gefühl des Super-GAUs hineinzustürzen, kletterte er weiter. Weiter in ein Unterfangen, das zu nichts führen würde, zumindest zu nichts Gutem.

Sechs Reihen weiter kam er an die erste hoch aufgebaute Palette. Und weil ihm hier nichts zu tun blieb, außer, seiner Resignation Raum zu geben, klopfte er mehr aus Frust als aus Bedacht die verschiedenen Kartons, die hier gestapelt waren, ab, und wunderte sich keineswegs, dass alle gefüllt zu sein schienen. Zu guter Letzt blieb nur noch ein einziger Karton auf der linken Seite übrig und schon glaubte er, Martina seine ernüchternde Niederlage eingestehen zu müssen, als dieser auf kräftigen Druck hin plötzlich nachgab und sich tatsächlich etwas nach hinten verschieben ließ. Ein voll beladener Karton dieser Größe konnte nicht einfach so verlagert werden, es sei denn, er war nicht das, was er vorgab zu sein: beladen. Blitzschnell erkannte Tim die volle Bedeutung seiner Entdeckung.

Da war es wieder, dieses kleine Fünkchen Hoffnung, dieses Aufglimmen einer Ahnung, die in ihm plötzlich Kräfte entzündeten und ihn beherzt am Karton ziehen ließen. Und tatsächlich gelang es ihm, den großen Karton, der genau der Größe dieser Palette entsprach, in seine Richtung zu ziehen. Wenig später hielt er den Karton in der Hand und stellte ihn neben sich, kroch nun mit Leichtigkeit auf den freigewordenen Platz der siebten Palettenreihe und erneut traf er auf eine deckenhohe Wand vor sich. Aber auch dieser Karton vor ihm ließ sich, routiniert wie er nun war, in seine Richtung ziehen und der in der nächsten Reihe ebenfalls.

Und dann erblickte er ihn, den freigelassenen Raum einer ganzen Palettenreihe. Tim leuchtete den Raum aus. Was er sah, ließ sein Herz höher schlagen. Hier lagen nicht nur Matratzen auf dem Boden, es gab auch Decken, Kissen und ... er konnte es kaum glauben, einige Wasserflaschen und Schokoriegel oder was auch immer das war, was er von hier aus an der rechten Bordwand erspähte. Die Bedeutung des Entdeckten war ihm sofort klar. Irgendwer wurde hier erwartet und sollte höchst wahrscheinlich auf der Rücktour transportiert werden. Wer auch immer das sein mochte, illegal war es auf jeden Fall. Warum sonst dieser Aufwand? Warum sonst dieses gut präparierte Versteck, das, wenn man wusste, wie, leicht zu erreichen, aber schwer zu entdecken war? Für sie war das alles auf jeden Fall nicht geschaffen, nicht gedacht. Aber das würde sie beide nicht daran hindern, es zu nutzen. Im Gegenteil, es war das ideale Versteck. Und

Tim begann innerlich zu jauchzen und seine miese Stimmung war wie weggeblasen. Schnell machte er sich auf den Rückweg zu Martina und wenig später saßen beide auf den durchaus bequemen Matratzen und nahmen Wasser und Schokoriegel zu sich, um zumindest den ersten Hunger etwas zu stillen. Allerdings ließen sie einige Schokoriegel für denjenigen übrig, für den sie eigentlich gedacht waren. Mineralwasserflaschen waren sowieso reichlich vorhanden. Niemand sollte auf die Idee kommen, dass sich schon jemand an dem Vorrat bedient haben könnte und so auf ihre Spur stoßen. Die ausgetrunkenen Wasserflaschen quetschte Tim so zusammen, dass sie, wie auch der sonst entstandene Müll, in seinen Rucksack passten und nicht weiter auffielen.

„Wir werden den Laster am Zielort verlassen, Martina. Glaub mir, wir schaffen das. Wie auch immer. Und es soll niemand bemerken, dass hier jemand an Bord war", munterte Tim Martina auf und sie machten sich gemeinsam daran, die Kartons wieder aufzustapeln, und mussten abwarten, was die nächsten Stunden für sie bringen würden.

Friederich ahnte von all dem nichts und fuhr zügig, aber nicht zu schnell, auf den niederländischen Autobahnen in Richtung Süden nach Arnhem. Immer schön unauffällig und sich an die Regeln haltend. Eigentlich konnte er sich sicher sein, dass ihm selbst bei einer Kontrolle nichts passieren würde. Die Frachtpapiere waren allesamt in Ordnung und in sich schlüssig, der Laderaum unauffällig und die Fahrt auf der Hinfahrt stellte sowieso kein Problem dar. Allein, dass er in den Niederlanden mit dem modernen Truck würde auffallen können, bereitete ihm ein wenig Kopfschmerzen. Aber notfalls konnte er, sollte eine Polizeistreife mal auffällige Fragen stellen, auch eine niederländische Spedition als Zwischenziel nennen, die einem Kumpel von ihm gehörte, der ihm noch einen Gefallen schuldete. Noch hatte er reichlich Zeit, um seinen eigentlichen Zielort zu erreichen, und Friederich genoss jeden Moment an Bord mit all dem Luxus, der ihn hier in der Fahrerkabine umgab. Später würde er, nachdem der Laster seine Ladung ausgespuckt hatte, noch ein paar Stunden schlafen und dann ging es zurück in die Heimat. Und wieder würde er Fracht an Bord haben, und zwar hoffentlich einen abermaligen Haupttreffer. Einer, der Spannung verhieß und ihn wie einige Male zuvor mächtig unter Adrenalin setzen würde. Ein Gefühl, das er liebte und das seine Energiereserven zu Höchstleistungen steigerte. Hin und wieder brauchte er das einfach. Friederich lachte, als er daran denken musste. Während Adrenalin bei anderen Angst, Herzrasen und Stress auslöste, spornte es ihn an. Genau das war ein Grund für diese Fahrten, die ein gewisses Gefahrenpotenzial enthielten, ihn entfesselte es und er spürte sich nie lebendiger. Zudem glaubte Friederich selbstverständlich alles voll im Griff zu haben.

Beglückt fuhr er gerade an Zwolle vorbei, als in diesem Moment sein Prepaidhandy klingelte, das er nur auf diesen Fahrten benutzte und regelmäßig austauschte. Friederich nahm das kurze Gespräch mit der Freisprechanlage an. Auch sein Gesprächspartner signalisierte ihm, dass das Projekt wie geplant laufe und in der Nacht durchgeführt werden konnte. Nichts anderes hatte Friederich erwartet. Wie denn auch, war er doch einer der beiden Chef-Organisatoren im Hintergrund.

Dass Friederich selbst fuhr, hatte Tim aus dem Streit mit den beiden Entführern heraushören können, kurz bevor die Ladebordwand geschlossen wurde. Und das beunruhigte ihn am meisten. Mit jedem anderen Fahrer hätte er es aufnehmen können, hätte es auf einen Kampf ankommen lassen oder was auch immer auf Martina und ihn zukommen würde beim Öffnen der Ladebordwand und beim Entladen der Ware. Aber Friederich war ihm im Laufe seiner Ermittlungen schon einmal begegnet und stellte somit eine besondere Gefahr für sie beide dar. Zumal er ja auch Martina von Karlas Geburtstagsfeier her kannte. Wenn Friederich dann ein wenig nachdenken und eins und eins zusammenzählen würde ... Tim mochte nicht daran denken, aber vielleicht war Friederich, was das betraf, ja mit Blindheit geschlagen. Nur eins war sicher, Friederich durfte sie beim Verlassen des LKWs nicht ertappen.

Martina war ziemlich schnell auf der Matratze, umhüllt von einer der Decken, eingeschlafen und er war sich im Klaren darüber, dass sie völlig fertig war. Sie hatte so viel durchgemacht in den letzten Stunden. Während ihrer Flucht aus Friederichs Firma hatte sie sich so sehr gefreut, dass sie endlich wieder in Freiheit sein würde. Tim verstand das total. Aber es hatte sich dann auf einmal völlig anders entwickelt. Tim sah diese Entwicklung jedoch gleichzeitig auch als seine Chance an. Endlich konnte er herausfinden, was Friederich noch so alles trieb. Diese Fahrt würde sicherlich noch manches Geheimnis enthüllen und ihn vielleicht auf die ganz große Spur setzen, die er sich als Journalist so sehr erhoffte. Zudem hatte er jetzt genügend Zeit und würde Martina, die ja eine Kollegin von ihm war, später in all das einweihen, was er schon über Friederich und seine Machenschaften in Erfahrung gebracht hatte. Wie gut, dass sie dabei noch nicht einmal leise würden reden müssen. Aus diesem festen Auflieger würde mit Sicherheit kein einziges Wort nach draußen dringen. Allerdings kamen sie auch nicht wieder einfach so heraus, er war hermetisch abgeriegelt. Außerdem hatten sie nicht sonderlich viel zu essen und trinken dabei, außer, sie würden alles aufessen, was jedweder Intelligenz widersprach. Ein WC gab es hier an Bord natürlich auch nicht, was die Situation zudem noch verschärfte. Immerhin gab es aber die Decken, sodass sie nicht frieren mussten. Trotzdem, Martina hatte schon seit Stunden viel zu wenig getrunken und gegessen und würde noch sehr lange auf ein ausgiebiges Mahl warten müssen. Und das war alles andere als gut ...

Tim hatte eine Schwester, mit der er seit ihrer Kindheit durch Dick und Dünn ging. Irgendwie war er schon ein Frauen-Versteher, auch wenn seine Schwester das manchmal bezweifelte. Martina tat ihm einfach leid. Endlich war sie aus dem einen Dilemma herausgekommen, da stand schon das nächste vor der Tür und er hatte sie auch noch geradewegs hineinmanövriert. Irgendwie fühlte er sich verantwortlich für sie. Aber ihm war schon sehr schnell klar geworden, dass sie eine engagierte, selbstständige Frau war, die offensichtlich ihr Leben erfolgreich meisterte und seine Hilfe auch nur bedingt zulassen würde. Was er durchaus auch nachvollziehen konnte. Aber Tim kannte auch Lebensbrüche und Höhen und Tiefen, die einander manchmal die Hand gaben. Dass solche Erlebnisse für Martina Tiefpunkte waren, hatte er sehr schnell realisiert und es tat ihm leid, dass er ihr den jetzigen nicht hatte ersparen können. Aber er würde, so gut es eben ging, für sie sorgen, solange sie gemeinsam in diesem Abenteuer, und das war es für ihn, steckten. Tim schwor sich, ab jetzt würde er besser aufpassen. Aufpassen, dass sie nicht noch tiefer in eine Misere hineingerieten, aus der sie möglicherweise nicht mehr lebend würden herauskommen können. Dass Friederich seinen Männern unmittelbar vor ihrer Abfahrt geradezu aufgetragen hatte, *Martina mal eben einfach so zu entsorgen,* hatte ihn total entsetzt. Wie zynisch und menschenverachtend war doch diese Aussage gewesen, wie barbarisch in ihrer ganzen Dimension. Gleichzeitig hatte er durch diese Bemerkung realisiert, in welcher tödlichen Gefahr sie ausgerechnet in Friederichs Sattelschlepper schwebten ...

Gut Halte, späterer Sonntagabend, 25. April

Christine wurde fortwährend nervöser, je später es wurde. Immer noch hatte sie nichts von Martina gehört. „Mir ist es noch nie so schwer gefallen, nichts zu tun. Ach, Anke, was soll ich bloß machen? Denkst du, die Polizei nimmt schon eine Vermisstenanzeige auf?"

„Also wirklich, Christine. Wie stellst du dir das im Detail vor? Du marschierst noch heute mitten in der Nacht ins Polizeirevier in Papenburg oder ist die Polizei in Leer für Halte zuständig, keine Ahnung, wie auch immer, also du meldest deine erwachsene Tochter, die zweiundvierzig Jahre alt ist und sich erst seit gestern Mittag hier in der Gegend aufhält, als vermisst? Glaubst du wirklich, dass sie dich ernst nehmen? Soviel ich weiß, musst du schon einen gewichtigen Grund für eine Suche nach einer Erwachsenen angeben. Etwa, wenn eine Gefahr für Leib und Leben besteht, die aber auch wirklich real ist und die du nachweisen musst. Und - kannst du das? Es gibt nicht einen einzigen Beweis, dass sie in einer Gefahrenlage ist."

„Hast ja recht. Aber was ist, wenn Friederich sie bedroht und wenn irgendetwas wirklich Schlimmes passiert ist? Das ist doch nicht normal, dass sie sich nicht meldet!"

Anke sah sie mit großen Augen an: „Äh, wer hat mir noch vor kurzem am Telefon vorgejammert, dass ihre Tochter sich länger nicht mehr bei ihr gemeldet hätte und dass sie oft nicht wüsste, wo in der Weltgeschichte sich diese aufhalten würde?"

„Ja, ja, ich weiß, aber ... Aber jetzt sind wir ja gemeinsam hierhergefahren und wollten doch nur Karlas Geburtstag feiern und da ist dann eben Friederich ..."

„Und wie willst du beweisen, dass Friederich, der dir möglicherweise als Ralle als junge Studentin in Gießen begegnet ist und in den du verliebt warst, der sich dann aber vom Acker gemacht hat und den du ausgerechnet hier bei den Verwandten deines verstorbenen Mannes wiedergetroffen haben willst, dass du genau diesem Herrn unterstellst, dass er deine Tochter entführt haben soll oder so ähnlich ... Glaubst du im Ernst, dass sie dir solch eine Räubergeschichte glauben, ohne dass du auch nur ein Fitzelchen eines Beweises hast, sondern nur die haarsträubenden Fantasien einer Mutter, die keine einzige Beobachtung gemacht hat, geschweige denn belegen kann? Zumal genau diese Mutter selbst nahezu geflüchtet ist, als eben besagter Friederich verspätet zur 95. Geburtstagsfeier am späteren Abend gekommen ist, den sie außerdem nur aus der Ferne gesehen hat? Und dann sollen sie dir glauben, dass du ausgerechnet in diesem kurzen Moment gemerkt haben willst, dass er der Ralle von früher ist, der dich als junge Frau belogen hat, du dir gleichzeitig dabei aber alles andere als sicher bist, weil dieser Typ hier Friederich heißt, einen Namen, den du noch nie in Verbindung mit ihm gehört hast und dass du ihn trotzdem sofort erkannt haben willst, obwohl inzwischen mehr als vierzig Jahre vergangen sind und dein Ralle eigentlich immer gesagt hat, dass er aus der Gegend von Göttingen stammen würde, der Friederich aber nicht? Glaubst du tatsächlich, die Beamten lassen dich wieder nach Hause gehen, ohne die Herren mit der weißen Weste zu rufen? Also, sorry, ich würde dich bei dem Sammelsurium jedenfalls nicht für voll nehmen, wie man so schön sagt."

Erst als Anke das Ganze auf die Schnelle überspitzt zusammenfasste, musste Christine zugeben, wie abwegig es klang und wie aberwitzig es sich anhörte. Aber sie wusste gleichzeitig auch, dass Anke längst nicht die ganze Wahrheit kannte. Und die war weitaus schlimmer und machte das Szenario irgendwie dann doch schon wieder viel wahrscheinlicher. Trotzdem gab sie Anke recht und schob das Vorhaben auf. Es gab immer noch ein Morgen. Selbst dann konnte sie noch zur Polizei gehen. Aber ihr dämmerte mit einem Mal auch, dass sie die Wahrheit zunächst selbst herausfinden musste. Falls Martina doch etwas zugestoßen sein sollte, war es ihre Aufgabe, sich auf die Fährte der möglicherweise toxischen Wahrheit zu machen.

„Ja, das sehe ich alles ein. Also, ich werde versuchen, selbst etwas herauszufinden. Zum Beispiel, ob der Friederich von Karla, der Ralle aus meiner Studentenzeit ist und wer Friederich eigentlich ist. Morgen besuche ich Karla und recherchiere. Hilfst du mir dabei?"

„Na, das klingt doch nach einem guten Plan. Klar bin ich dabei. Dann lass uns keine Zeit verschwenden. Rufst du Hermine jetzt noch an?"

Wenige Minuten später hatte Christine ihren Besuch am Montagvormittag mit Hermine abgesprochen, die Karla, die sich schon hingelegt hatte, am nächsten Morgen Bescheid sagen wollte. Erschrocken hatte Hermine zugehört, als Christine ihr von Martinas mysteriösem Verschwinden berichtet hatte. Hermine klang, was Christine sofort auffiel, unglaublich bestürzt, rettete sich allerdings in Allgemeinplätze, als sie nachfragte. Hermines Reaktion kam Christine absolut merkwürdig vor und sie witterte sofort einen Zusammenhang mit Friederich, erwähnte das aber nicht weiter, sondern beendete das Telefonat und bemerkte nur, dass sie sich schon sehr auf Karla und sie freue.

„Irgendetwas stinkt da gewaltig", Christine sah Anke nachdenklich an. „Du kannst mir nicht ausreden, dass es mit Hermines Bruder Friederich zu tun hat. Ich hatte den Eindruck, dass Hermine total schockiert war, als sie hörte, dass Martina wie vom Erdboden verschwunden ist. Es klang fast so, als wenn es ein geheimnisumwittertes Erlebnis gäbe, das schon häufiger vorgekommen sein muss."

Anke blickte sie äußerst bestürzt an: „Du meinst mit anderen Worten, es gibt irgendein Familiengeheimnis, das sie kennen und einfach so laufen lassen? So oder so ähnlich?"

Christine nickte: „Ja, wenn ich darüber nachdenke, muss es wohl so sein. Ich glaube, das wird morgen eine harte Nuss werden, die wir zu knacken haben." Sorgenvoll sah sie Anke an und seufzte: „So hatte ich mir diesen Geburtstagsbesuch hier auch nicht vorgestellt. Ich dachte, wir tun Karla einen Gefallen, weil es ihr so unglaublich wichtig war, dass wir als Johanns Familie kommen, das hat mir Hermine bei der Feier mehrfach bestätigt. Aber irgendetwas scheint sich dahinter zu verbergen. Und ich weiß absolut nicht, was das sein könnte."

„Dann knacken wir die Nuss morgen gemeinsam und horchen die beiden aus. Ich bin schon gespannt auf die Familiengeschichten von Johanns Verwandten. Dass sie geheimnisumwittert sein könnten, hätte ich niemals erwartet. Aber jetzt bin ich richtig froh, dass ich dich begleiten und notfalls auch beschützen kann, vor was oder wem auch immer", theatralisch servierte Anke Christine Satz für Satz und untermalte diese mit zahlreichen Gesten.

Unterwegs, Sonntagnacht, 25. April

Es war kurz vor zwei Uhr, als der Sattelzug zum zweiten Mal an diesem Abend anhielt. Nur einen einzigen Stopp hatte es unterwegs gegeben. Und er war nur sehr kurz gewesen. Tim hatte daraus geschlossen, dass Friederich einen Autobahnparkplatz angesteuert hatte. Wie gerne wäre er mit ausgestiegen ... Auch er hätte dringend mal eine Snack- und Toilettenpause gebraucht. Aber dieser Wunsch würde sich wohl nicht so schnell erfüllen lassen. Wie denn auch, Friederich schien nicht im Geringsten zu ahnen, dass er zwei blinde Passagiere an Bord hatte. Zum Glück nicht. Martina hatte tatsächlich die ganze Zeit bisher geschlafen. Tims Bein hatte irgendwann als Kopfkissen herhalten müssen und Tim hatte sich fast nicht mehr rühren mögen, um sie ja nicht aufzuwecken. Er selbst war immer wieder nur ganz kurz eingenickt. Aber er hatte die Nacht davor ja auch gut geschlafen. Dafür hatte er sich aber in Ruhe die Dateien, die er von Friederichs und Frau Schmidts Computern auf sein Handy übertragen hatte, anschauen und manche brisante Information daraus gewinnen können. Nur das Weiterleiten seiner Rechercheergebnisse an seinen Freund bei der Polizei, den er vor einigen Tagen über seine Ermittlungsabsichten informiert hatte, wollte aufgrund mangelnder Internetverbindung momentan partout nicht funktionieren. Was Tim sehr bedauerte. Immerhin war dieser besagte Freund sein persönlicher Joker, den er stets bei brisanten, hochkriminellen Einsätzen in seinem Ärmel als Sicherheitsfaktor hatte. Also musste er, sobald er den LKW verlassen konnte, daran denken, dass so schnell wie möglich eine Verbindung zustande kam. Dummerweise ging sein Akku aber zur Neige und hier gab es nirgends eine Steckdose zum Aufladen und auch seine Powerbank zeigte nur noch eine geringe Kapazität an. Dass aber auch alles zusammenkommen musste. Lauter Unglück. Genervt schüttelte Tim seinen Kopf.

In diesem Moment verlangsamte der LKW plötzlich seine Geschwindigkeit und hielt kurz darauf zum zweiten Mal an. Sofort weckte Tim Martina, der er bisher nur äußerst wenig von seinen Recherchen über Friederich und dessen krumme Geschäfte hatte berichten können, weil sie tief geschlafen hatte.

„Martina, du musst sofort aufwachen. Es kann sein, dass wir am Zielort angekommen sind. Wach bitte auf! Falls die Ladebordwand gleich geöffnet wird. Martina, ... bitte."

Wieder und wieder rüttelte er sie, bis sie ihn schließlich schlaftrunken ansah und langsam wieder zu sich kam. Der Sattelzug war nach dem kurzen Stopp noch eine Kurve gefahren, hatte wenige Meter später vollends abgebremst und das Motorengeräusch war bereits verstummt.

Tim reagierte sofort. Sollten sie tatsächlich am Zielort sein, dann mussten sie bei der ersten sich bietenden Gelegenheit vom Laster herunter. Mit wenigen Handgriffen faltete Tim die Decken und beseitigte auch die letzten Spuren ihres kleinen begrenzten Lagers. Niemand würde auf die Idee kommen, dass hier jemand geschlafen haben konnte. Zufrieden sah er sich um, aber gleichzeitig graute ihm auch vor den nächsten Minuten, in denen die Ladebordwand heruntergefahren werden würde. Dieses war der ausschlaggebende Moment: Entdeckung ja oder nein. Er war der Faktor, der über all das entscheiden würde, was sich in den nächsten Augenblicken abspielen würde, auf ihn kam es maßgeblich an. Tims

Adrenalinspiegel schoss in unendliche Höhen. Er wusste, diese Klappe konnte man von innen her aus der Fahrerkabine öffnen oder direkt hinten unmittelbar an der Hubladebühne selbst. Ihm kam es wie ein Glücksspiel vor. Ein Glücksspiel, das schnell über Leben und Tod entscheiden konnte. Friederich war alles zuzutrauen. Wirklich alles.

Durch seine Recherchen zu Friederich und dessen Machenschaften war Vorsicht zu Tims zweitem Namen geworden. Noch hielten Martina und er sich im hinteren Bereich der Ladezone verborgen. Sie hatten bereits die ersten beiden Kartons der ihnen nächsten Palettenreihe entfernt, auf der sie nun saßen und aufmerksam auf das horchten, was sich am hinteren Ende des LKWs tat. Noch bot ihnen die erste hohe Palette, von der Ladebordwand her gesehen, Schutz vor Entdeckung, gleichzeitig aber würde es sie auch Zeit kosten, auch den letzten Karton nach außen wegzuschieben, über die Paletten zu kriechen und in den vorderen Bereich des Aufliegers zu gelangen, immerhin waren das geschätzte 13 m. Dass sie nicht gesehen werden konnten, war gut, bedeutete gleichzeitig aber auch, dass sie selbst nichts sehen konnten. Sollte Friederich hinten am Laster stehen und die Bordwand herunterfahren, durfte er sie auf gar keinen Fall zu Gesicht bekommen. Dann wäre alles aus. Tim wusste, Friederich scheute vor nichts zurück. Seine Nachforschungen zu Friederichs Vergangenheit sprachen eine deutliche Sprache und offenbarten lauter dunkle Seiten. Leise instruierte Tim Martina. Beide hofften, dass sie, wie auch immer, in der Dunkelheit der Nacht unbehelligt verschwinden können würden. Immerhin war Friederich ja allein und nicht darauf vorbereitet, dass er zwei blinde Passagiere an Bord hatte, so Tims Annahme. Wenige Minuten später wurde er eines Besseren belehrt.

Langgöns – Sonntagnacht auf Montag, 25./26. April

Friederich hatte mit seinem Kontaktmann der Firma Xentix am Magna Park in Langgöns, den er unter dem Namen Holger Seidel kannte, bereits seit einer Stunde in Kontakt gestanden. Ob das sein tatsächlicher Name war, interessierte Friederich nicht, Hauptsache, der Kerl funktionierte nach Plan. Seidel hatte abrufbereit zu sein, wenn einer von Friederichs Fahrern mit einer ähnlichen Fuhre, aber dem gleichen Auftrag, kam, wie in der heutigen Nacht. Und so war es dann auch. Ein Anruf bei Seidel hatte genügt und er war passgenau zur Stelle. Das Entladen der für die Firma Xentix bestimmten Ware war sein Part. Gab es neues Frachtgut für den Rücktransport, was nur selten und wenn, in geringer Stückzahl, vorkam, platzierte er es neben den Laster, der dann aber bereits auf dem äußeren Gelände parkte. Mit dem späteren Verladen hatte er nichts mehr zu tun, außer, dass er einen Gabelstapler direkt neben den Sattelzug stellen sollte. Er brauchte noch nicht einmal den Schlüssel stecken zu lassen, einer, von dem in Seidels Firma niemand etwas wusste, befand sich als Dauerleihgabe, wie er schmunzelnd vor etlichen Monaten bei der Übergabe an Friederich gemeint hatte, im LKW selbst.

Dass Seidel den Gabelstapler draußen stehenließ, war zwar von seinem Firmenchef nicht erwünscht, war aber längst nichts Ungewöhnliches mehr. Seidel und auch seine Kollegen - die von Seidel irgendwann einmal diesen Tipp erhalten hatten - erleichterten sich dadurch die morgendliche Arbeit, die ja auf jede hin und wieder stattfindende nächtliche Lieferung auch anderer Firmen ganz selbstverständlich folgte. Und der Chef, der um einiges später als seine Angestellten seinen Arbeitstag in der Firma begann, hatte bislang nichts von dieser praktischen Nutzung durch seine Leute bemerkt und von daher auch nichts monieren können.

Damit Friederich auf dem Firmenparkplatz niemals mit anderen Lieferanten zusammentraf - Zeugen konnte er nicht gebrauchen - checkte er noch während der Fahrt die Lage telefonisch mit Seidel ab. Im Bedarfsfall baute er dann eine zusätzliche Wartezeit auf der Fahrt ein, die er aber gerne investierte, was für Friederichs Naturell eigentlich sehr ungewöhnlich war. Auf der anderen Seite aber wusste Friederich es zu schätzen, dass auch andere Lieferanten die Firma Xentix nachts immer wieder einmal belieferten, so gehörten diese Vorgänge zur Normalität und niemand, der ihn zufällig beobachtete, würde sich über den norddeutschen Laster wundern. Dass Holger Seidel in seiner Firma fast ausschließlich die letzte nächtliche Schicht übernahm, begründete er, so jemand nachfragte, mit seinem ungewöhnlichen, schlechten Schlafverhalten. Überprüft hatte das niemand, geglaubt hingegen jeder. Und alle anderen waren froh, dass sie nur bis höchstens ein Uhr nachts arbeiten mussten und Seidel die Endabfertigung übernahm. Eine Win-win-Situation für alle. Und vor allem für Seidel!

So war alles geplant, so wurde alles durchgezogen. Friederichs Namen kannte Seidel ebenfalls nicht, dieser hatte sich ihm als Willi vorgestellt. So war Willi, von der A485 kommend, an Langgöns vorbeigefahren und bei der nächsten Abfahrt zum Magna Park Langgöns/Butzbach-Kirchgöns, abgebogen. Seidel wartete schon auf die Ladung. Dass der jeweilige Laster dann auf dem Gelände bis in die frühen Morgenstunden parken durfte, würde er als ehemaliger Berufskraftfahrer mit mangelnden LKW-Stellplätzen an den Autobahnen begründen, sollte irgendjemand Neugieriges einmal nachforschen. In Wirklichkeit aber war es Bestandteil des äußerst lukrativen Zusatzgeschäfts für Seidel, das auch die Nutzung des firmeneigenen Gabelstaplers beinhaltete, von der bisher nie jemand erfahren hatte. Auch Seidel würde gegebenenfalls angeben, nichts davon zu wissen. Den nachgemachten Schlüssel würde man ihm ebenfalls nicht zur Last legen können, aber alles zusammen steigerte das im Vorfeld bar auf die Hand zu zahlende Salär erheblich. Holger Seidel liebte und brauchte Geld, viel Geld, und ihm war grundsätzlich daran gelegen, dieses nach Möglichkeit zu multiplizieren. Dafür war er bereit, einiges zu riskieren, und nahm auch manches Ungemach in Kauf. Hauptsache, es zahlte sich aus.

Martina und Tim warteten also zunächst einmal ab, ganz nach dem Motto: Sicher war sicher! Alles andere wäre ein Selbstmord auf Raten, hatte Tim Martina verklickert, die am liebsten auf den Überraschungseffekt gesetzt hätte. „Süß", hatte er belustigend gemeint, „wirklich süß. Du kannst dich kaum auf den Beinen halten, aber willst es mit einem Typen aufnehmen, der vollgepumpt mit krimineller Mannespower rund um sich zu lauter Leichen hinterlässt."

Martina ging es tatsächlich alles andere als gut und sie gab sich geschlagen: „Hast ja recht. Ich hoffe, ich bin schnell genug, um vom Laster herunterzukommen. Und ich bin mega gespannt, wo wir gerade sind."

Wenige Minuten später wurde die Ladebordwand heruntergefahren. Zeitgleich schaltete sich das Licht im Laderaum ein. Martina und Tim verharrten lautlos, gefasst auf alles, was passieren würde. Im selben Moment näherten sich lautstark zwei Männer: „Du siehst die Palette in Deckenhöhe dort hinten, oder? Die lässt du stehen. Alles, was davor steht, ist Ware für euch und muss vom Hänger runter. Klaro?"

„Klar, Willi. Wie beim letzten Mal. Als dein Kumpel neulich hier war, gab es ordentlich Wumms hier in der Gegend, es ..." Holger Seidel schien tatsächlich nicht zu wissen, dass er mit „Willi" nicht einfach nur einen Fahrer vor sich hatte. Hätte er auch nur ansatzweise geahnt, dass dieser Willi in Wirklichkeit einer der führenden Köpfe der ganzen obskuren Organisation war, er hätte versucht, seine gesammelten Beweise bereits in dieser Nacht in bares Geld umzumünzen. Er hatte allerdings nicht den blassesten Schimmer. Was sich jedoch bei diesen nächtlichen Aktionen abspielte, das hatte er mit eigenen Augen beobachtet, als keiner ahnte, dass er noch in der Nähe war. Aber mit Willi war nicht gut Kirschen essen, heute Nacht würde er so schnell wie möglich verschwinden, und zwar so, dass Willi mitbekam, dass er das Gelände verließ.

„Nun quatsch nicht so viel. Mach, dass du fertig wirst. In einer halben Stunde bin ich wieder da. Bevor ich morgen früh fahre, will ich noch ein wenig pennen", fiel ihm die Stimme, die Martina und Tim als Friederich identifizierten, ins Wort. Schon hatte Holger Seidel die erste Palette auf dem Stapler und man hörte den Gabelstapler vom LKW wegfahren. Friederich schien sich zunächst noch an der Ladebordwand aufzuhalten, was er machte, konnten Tim und Martina aber nur mutmaßen. Doch schon wenig später ertönte am Fahrzeug ein deutlich vernehmbarer Knall.

„Die Fahrertür", wisperte Martina und Tim nickte. Friederich schien sich ins Führerhaus zurückgezogen zu haben. Trotzdem warteten sie, bis der Gabelstaplerfahrer drei weitere Male vorgefahren kam, und Tim stoppte die Zeit, die er dafür brauchte. Beruhigt nickte er Martina zu. Es wurde Zeit und sie mussten sich an ihre Flucht machen, eine halbe Stunde zum Ausladen war äußerst sportlich. Dass Friederich diese Zeitspanne pedantisch einhalten würde, war ihm durchaus zuzutrauen. Er verlangte stets Höchstleistungen für sein Geld, das hatte Tim schon aus den Aufzeichnungen in Friederichs Büro erkennen können.

Langsam schob Tim den Karton nach vorne durch die Palettenwand, um ihn dann behutsam auf die davor stehende Palette fallen zu lassen. Die Gelegenheit schien günstig, das Summen des Gabelstaplers klang ziemlich weit entfernt. Aber Tim wollte trotzdem kein unnötiges Risiko eingehen und beeilte sich. Im Nu war Martina, die wieder etwas zu Kräften gekommen war, durch die Lücke geklettert und Tim folgte sofort. Doch schon konnten sie hören, dass sich der Gabelstapler wieder näherte. In Windeseile reichte Martina ihm den Karton, den er auch sofort an seinen vorherigen Platz schob, während Martina blitzschnell in Richtung Ladebordwand preschte. Noch bevor sie die Laderampe leise herunterrannte, blickte sie kurz nach allen Seiten und lief, dicht gefolgt von Tim, in die fast völlige Dunkelheit der Nacht hinein. Ihr fiel sofort das Rauschen der Blätter im Wind auf und Martina spurtete, verdeckt durch den LKW, sodass Holger Seidel sie nicht sehen konnte, in Richtung dieser Bäume, die ein wenig vom Mondlicht beschienen wurden. Erst dort kamen sie und Tim, beide völlig aus der Puste, zum Stehen und gingen sofort völlig in Deckung.

„Das war keine Minute zu früh", ächzte Tim, der gleichzeitig schon wieder an seinem Handy herumfingerte, „kurz nach uns kam der Typ schon, um die nächste Palette zu holen. Hoffentlich hat uns niemand gehört und gesehen ..."

„Niemand nicht, aber ich ...", scholl eine ihnen sehr bekannte Stimme aus der Dunkelheit heraus entgegen, „und das reicht. Also los, ihr zwei Hübschen. Kommando rückwärts. Umdrehen. Hierherkommen, und zwar zack, zack." Hinter ihnen stand Friederich und richtete eine Pistole direkt auf Martina. Auch wenn Friederich locker und lässig auf sie zielte, schien er doch völlig schockiert zu sein, als sie sich zu ihm umdrehte und er sie im Licht seiner nun aufflammenden Handytaschenlampe erkennen konnte.

Diesen einen, vielleicht einzigen ihm zur Verfügung stehenden Moment nutzte Tim, der noch mit dem Rücken zu Friederich stehengeblieben war, und hoffte, dass er wenigstens hier Internetempfang hatte. Wie gut, dass er unmittelbar vor Friederichs Auftauchen gerade dabei gewesen war, seinem Freund, der bei der norddeutschen Polizei arbeitete und der stets Zugriff auf Tims Cloud hatte, eine Nachricht zu senden. In Windeseile flogen seine Finger über die Handytastatur und der verabredete Code sowie ein zweiter, der auf ihre Notsituation aufmerksam machte, waren in Sekundenschnelle auf dem Weg und prompt versendet. Tim war erleichtert. Gleichzeitig mit dieser Nachricht würde sein Freund den augenblicklichen Standort von ihm einsehen können. So er denn gerade Zeit hatte und an sein Handy konnte, was nur eingeschränkt der Fall war, wenn er dienstlich zu tun hatte.

Langsam wandte sich nun auch Tim auf Friederichs wiederholten Befehl um, hatte vorher aber in Windeseile sein Handy ausgestellt und in der Hosentasche versenkt. Friederich würde ihm höchstwahrscheinlich das Handy wegnehmen, sollte aber keine Gelegenheit bekommen, die Nachricht und die Codes zu lesen oder diese auch für den Empfänger nachträglich zu löschen. Und irgendwie hoffte Tim, dass Friederich, der ja schon seine gut 70 Lenze zählte, sich technisch mit Handys nicht so gut auskannte oder zumindest in dieser Überraschungssituation an solche Möglichkeiten gar nicht erst dachte.

Ich muss ihn ablenken, dachte Tim, ablenken mit einer für ihn gepfefferten Information, die ihn zumindest zunächst regelrecht aus den Latschen wirft. Sitzen wir erst wieder hinten abgeschirmt im Versteck hinter den Paletten und mein Handy ist in Friederichs Besitz übergegangen, kann ich gar nichts mehr machen und wer weiß, wann und ob wir jemals den Laster wieder lebend verlassen können. Also muss ich unbedingt noch Zeit schinden.

Tim war sich im Klaren, dass er dazu ein unwiderlegbares Statement absetzen musste, mit dem er Friederich aus der Reserve locken würde, und so setzte er auf den Überraschungseffekt einer Information, die er in Friederichs Schreibtisch gefunden hatte, und wusste gleichzeitig, dass er Martina damit einen Bärendienst erweisen würde. Aber es musste sein. Ihm fiel partout nichts anderes ein. Und doch, im allerletzten Moment gab er eine abgemilderte Version seines

Wissens preis: „Die Tochter deiner Ex aus Studentenzeiten wirst du ja wohl nicht wirklich erschießen wollen, oder?" Verächtlich blickte Friederich ihn an und Tim erkannte blitzschnell, dass er doch nachlegen musste: „Oder soll ich besser sagen: deine eigene Tochter ..."

Fassungslos und entgeistert sah Martina Tim an und konnte nicht glauben, mit was für haarsträubenden Aussagen er hantierte. Anders konnte es gar nicht sein. Anscheinend wollte er Friederich damit aus dem Gleichgewicht bringen. Beruhigt glaubte sie Tims Strategie zu durchschauen, aber schon im nächsten Moment wurde ihr bewusst, wie leicht Friederich ein solches Manöver würde entlarven können. Irritiert und zugleich bestürzt blickte sie zu Friederich hinüber und erkannte an seinen sekundenschnellen, kontrastreich wechselnden Gesichtszügen, wie nahe Tim der vermeintlichen Wahrheit gekommen sein musste. Dass Friederich und ihre Mutter eine Beziehung gehabt haben könnten, hatte sie selbst ja schon vermutet, aber dass sie aus dieser hervorgegangen sein sollte ... Diese Kröte mochte und wollte sie nicht schlucken. Das war so unvorstellbar und unglaublich, dass ... In Gedanken sah sie, wie sie im Alter von ungefähr 10 Jahren das Familienstammbuch gesucht, gefunden und durchblättert hatte, nachdem bei einer Schulfreundin gemunkelt worden war, dass diese adoptiert worden sei. Die Überlegung, ob das auch auf sie selbst hatte zutreffen können, hatte ihr Angst gemacht und sie permanent gequält. Sie hatte mit niemandem darüber reden mögen und schon gar nicht mit ihren Eltern. Im Schulunterricht war das Thema schließlich zur Sprache gekommen und ihre Lehrerin hatte unter anderem auch die Funktion eines Familien-Stammbuchs erklärt. So hatte Martina sich auf die Suche nach dem von ihrer Familie gemacht und das Buch mehrere Tage mit ins Bett genommen und sich immer wieder ihre Geburtsurkunde angeschaut, bis es eines Tages verschwunden war. Für sie war das in Ordnung gewesen, sie hatte ja längst herausgefunden, dass ihre Eltern ihre Eltern waren. Noch heute erinnerte sich Martina an dieses beglückende, ermutigende Gefühl. Damals hatte sie mit der Naivität eines Kindes hingeschaut. Aber heute wusste sie, dass es durchaus Mittel und Methoden gab, sich eine gewünschte Wahrheit so zusammenzupuzzeln, dass sie ins eigene Lebenskonzept hineinpasste. Hatte Tim tatsächlich ins Schwarze getroffen? Wurde sie jetzt gerade mit einer Lebenslüge ihrer Mutter oder besser, ihrer Eltern, konfrontiert? Und wenn das so war, woher sollte ausgerechnet Tim davon wissen?

Auch Friederich fühlte sich unangenehm überrannt von Tims Aussagen. Dass Christine schwanger geworden war, hatte er ganz zufällig mitbekommen und sich augenblicklich aus dem Staub gemacht und war schleunigst aus Gießen verschwunden. Für ihn war bereits in ganz jungen Jahren klargewesen, dass man sich auf solche möglichen Eventualitäten lange im Voraus vorbereitete. So hatte er sie schon allein deshalb von Anfang an, was seine Herkunft und seinen Namen betraf, belogen, damit sie ihn, zu welchem Zweck auch immer, niemals würde ausfindig machen können. Und da sie in zwei ganz unterschiedlichen Fakultäten studierten und ihn auch seine Kommilitonen nur unter seinem Spitznamen kannten, war niemandem etwas aufgefallen. Wie bei allem, was er plante und umsetzte, war auch diese, seine, Form der Wahrheit in sich perfekt stimmig gewesen. Außerdem hatte er auch nie vorgehabt, Vater zu werden. „Besser das Balg stirbt, als dass es mir auf der Tasche liegt", hatte er - leichtsinnigerweise, wie er später urteilte - wütend in dem zufällig aufblitzenden Moment der Offenbarung dieses Fakts zu einem seiner Mitbewohner im Studentenheim gesagt. Wenige Stunden danach war er für immer von der Bildfläche Gießens verschwunden. Er hatte nie wieder Kontakt zu Christine oder einem seiner sonstigen Kommilitonen gesucht. Sie alle waren ihm sowieso völlig gleichgültig gewesen, aber jeder Einzelne von ihnen hatte seinen Nutzen für ihn gehabt.

Dass nun ausgerechnet Christine zum 95. Geburtstag seiner Mutter eingeladen worden war - tragischerweise hatten sie beide den jeweils anderen auch noch sofort erkannt - konnte er überhaupt nicht nachvollziehen. Aber da sie, kaum dass er im Raum aufgetaucht war, prompt den Rückzug angetreten hatte, hatte er seine Performance als ältester Sohn tatsächlich aufrecht erhalten können, ohne sich in irgendeiner Form outen zu müssen. Wie auch sonst hätte er seiner

Mutter erklären sollen - in Wirklichkeit hatte er seiner Mutter seit über fünf Jahrzehnten keine einzige seiner Verhaltensweisen mehr begründet - dass er unmittelbar nach seiner verspäteten Ankunft auf dem Absatz postwendend wieder hatte gehen müssen. Er sah es als Glücksfall an, dass Christine ohne jegliche Aufklärung ihrerseits still und leise von der Bildfläche verschwunden war. Dass er sich höchstwahrscheinlich im Nachhinein noch um sie kümmern und sie zum Schweigen bringen musste, wurde ihm jetzt immer deutlicher. Dabei war er davon ausgegangen, dass sich dieses Problem aus alten Zeiten längst erledigt hatte. Auch bei Martina war er einer Fehleinschätzung unterlegen. Sie hatte ihm von Anfang an unglaublich gut gefallen. Wer sie war, hatte ihn nicht weiter interessiert, aber er war gerade wieder einmal - völlig unverschuldet natürlich - solo geworden und allein der Gedanke an ihr attraktives junges Alter reizte ihn überaus ... Mit Christine hatte er sie nun überhaupt nicht in Verbindung gebracht. Ein Fehler. Sein Fehler. Aber einer, den er jetzt wieder ausmerzen konnte und musste. Wieder hatte ihm der Zufall in die Hände gespielt, wie damals noch weit vor ihrer Geburt. Und er gratulierte sich zu seinem unermesslichen Glück ...

Friederich drehte sich zu Tim herum und zielte auf seinen Kopf: „Kein Wort mehr, du Bastard, sonst erledige ich dich gleich hier an Ort und Stelle. Halte deine dreckige Schnauze, du ..." Weiter kam er nicht, in diesem Moment klingelte Friederichs Handy und er wusste, dass er weder zwei Leichen hier am Ort hinterlassen durfte noch, dass er Zeit genug haben würde, sie anderweitig irgendwo zu entsorgen. Das alles musste bis Norddeutschland warten, also blieben sie besser noch eine Weile am Leben ... Jetzt musste er sich seinem anderen, dringenderen, Projekt widmen, es durfte auf gar keinen Fall scheitern. Er hätte aus der Haut fahren können, diese zwei Idioten konnten alles zerstören, alles, wirklich alles. Und zum ersten Mal seit langer Zeit zwang sich Friedrich dazu, Ruhe zu bewahren und sich erst später um die beiden zu kümmern und sie der ihnen gerechten Strafe zuzuführen. Alles zu seiner Zeit, kam ihm in den Sinn. Wo hatte er das nur schon mal gehört? Er wusste es nicht, aber das war ja schließlich auch egal. Zweifellos hatte Holger Seidel längst seine Arbeit beendet, er sah ihn in der Ferne gerade noch vom Gelände herunterfahren. Wenigstens das hatte gut geklappt. Und auch die andere Sache verlief voll und ganz nach Plan. Immerhin.

Mittlerweile waren sie in Richtung Laster gelaufen und dort gerade angekommen, als Friedrich die Ladebordwand plötzlich herunterfahren ließ. Wenige Minuten später saßen Martina und Tim handlungsunfähig, an Händen und Füßen gefesselt und an einer metallischen Querstrebe in Bodennähe festgezurrt, im vorderen Bereich des hellbeleuchteten Laderaums und damit in Friederichs unmittelbarem Sichtfeld. Da Holger Seidel, wie besprochen, den Gabelstapler ganz in der Nähe des Lasters abgestellt hatte, brauchte

Friederich nur wenige Schritte zu gehen, um mit dem Abladen der beiden hinteren im Laster verbliebenen hohen Palettenreihen zu beginnen. Dabei platzierte er alles so strategisch geschickt neben seinem Sattelzug, dass das Ganze in Windeseile wieder aufgeladen werden konnte, wenn die Zeit reif dafür war. Dass es dann rasend schnell gehen musste, lag in der Natur der Sache. Kurzerhand darauf nahm er die dritte und damit letzte Reihe in Angriff, entfernte hier aber nur eine einzige der hohen Paletten und ließ sie mitsamt Gabelstapler im Laderaum stehen. Mit Genugtuung, aber innerlich vor Zorn bebend, beförderte er Tim und Martina anschließend unsanft zurück auf den Platz, den sie vor gar nicht so langer Zeit erst verlassen hatten, und riss sowohl das Wasser als auch die übriggebliebenen Schokoriegel mit bissigem Kommentar an sich: „Wie ich sehe, habt ihr euch ja bereits fleißig vollgefressen ... Glaubt ja nicht, dass ich euch davonkommen lasse. Aus reiner Menschlichkeit stopfe ich euch den Mund nicht zu, man wird euch sowieso nicht hören können. Aber ich warne euch ..." Die dazugehörige Geste war eindeutig und bedurfte keiner weiteren Erklärung.

Da Friederichs Geduldstemperatur am Sieden war und kurz vor dem Überkochen stand, verzichteten sowohl Tim als auch Martina auf jegliche Widerworte. Sie hätten ihnen in dieser Situation sowieso nichts genützt. Im Gegenteil. Friederich bollerte nur so um sich herum. Er musste sich also außerordentlich sicher sein, dass er auf diesem Gelände, von jeglichem

Publikum abgeschirmt, schalten und walten konnte, wie er wollte. Was sowohl Martina als auch Tim sehr wunderte. Normal war das nicht. Was hier passierte, musste System haben. Erstaunlicherweise brachte ihnen Friederich kurze Zeit später sogar zwei kleine Wasserflaschen und warf sie den beiden direkt vor die Füße. „Ich bin ja kein Unmensch. Eine Pulle für jeden. Seid froh, dass ich euch die Hände nicht hinter dem Rücken festgetackert habe." Sprachs, fügte die Palette wieder in die Reihe ein und verließ den Laster, um in Ruhe telefonieren zu können.

Nun saßen Martina und Tim wieder im Dunkeln in ihrem ehemaligen Versteck, das für sie jetzt zur Falle geworden war, und ärgerten sich über alle Maßen. „Wie konnten wir nur so naiv sein … Ich habe echt geglaubt, dass wir einfach so hätten abhauen können", genervt sah Martina Tim an. „Immerhin können wir noch miteinander reden. Aber, was hat der Irre nur mit uns vor?"

„Keine Ahnung. Auf jeden Fall nichts Gutes. Friederich ist ein Schwerverbrecher. Ich habe seine Unterlagen in seinem Büro durchgesehen und bin auf manche Ungereimtheiten gestoßen. Zum Beispiel …"

„Die Gegend hier kenne ich übrigens", fiel Martina ihm ins Wort. „Wir sind im Magna Park in Butzbach/Langgöns, ungefähr 17 km von Gießen entfernt. Er ist auf dem ehemaligen Gebiet der U.S.-Army entstanden und ein riesiger Logistik-Park hier in Mittelhessen. Ich habe vorhin die grell beleuchtete hohe

Hinweissäule mit dem charakteristischen Emblem erkannt."

Verblüfft sah Tim sie an: „Du hast hier in der Nähe quasi deine Kindheit verbracht?"

„Ja. Außerdem wohnte eine Schulfreundin von mir in Langgöns. Aber nicht nur das, ich habe vor Jahren auch einen Zeitungsbericht über den damals entstehenden Park geschrieben."

War Tim auch zunächst äußerst perplex, dass sie ausgerechnet in der Nähe waren, wo Martina als Kind und Jugendliche gewohnt hatte, so erschloss sich ihm diese Logik plötzlich, aber bevor er etwas entgegnen konnte, sprach sie schon weiter: „Tim, bitte, lass uns gleich alles Weitere besprechen. Aber …, ist das wahr, dass meine Mutter schon mit mir schwanger war, als sie noch mit Friederich liiert war? Ist er wirklich mein …" Das Wort „Vater" wollte ihr einfach nicht über die Lippen kommen.

„Ist es nicht besser, du besprichst das mit deiner Mutter?"

„Weiß ich, ob ich noch so lange lebe? Bitte, Tim …"

Tim nickte, auch ihm war die letzte Frage gerade eben durch den Kopf gegangen. Schon beim Durchstöbern mancher Dateien war ihm deutlich geworden, wie aggressiv Friederich all das durchzusetzen wusste, was zu seinem Besten diente. Und eins war ganz sicher, Martina und er standen Friederichs Zielen absolut im Weg. Das hier, was sie gerade erlebten, konnte äußerst böse enden. Hoffentlich hatte sein Freund bei der Polizei seine Nachricht frühzeitig genug bekommen und in der kurzen Zeitspanne eine Handyortung in Auftrag geben können, in der sein Akku, Tim hatte das Handy wieder hochgefahren, noch über die wenig verbleibende Kapazität verfügte. Es war nur eine winzige Chance, aber immerhin war es noch eine. Bald könnten sie nicht mehr geortet werden können. Behutsam berichtete er Martina, dass er einen Brief gefunden hatte, den Friederich von seinem Freund aus Gießen bekommen hatte. Er war kurz, nachdem Friederich Gießen verlassen hatte, versendet worden und darin hatte gestanden, dass Christine tatsächlich schwanger sei.

Martina war total fix und fertig und konnte immer noch nicht glauben, was sie in der letzten Stunde alles erlebt und erfahren hatte, und sie war dankbar, dass Tim zunächst erst einmal schwieg. Es schmerzte, sehr. Irgendwie hatte sie das Gefühl, als wenn sich ausgerechnet hier in dieser Gegend, in der sie so behütet aufgewachsen war, plötzlich alles in Staub und Asche verwandelte. Dass ihre Mutter einmal in einen Typen aus einer früheren Clique in ihrer Studentenzeit, wie Christine es in einem Mutter-Tochter-Gespräch beschönigend genannt hatte, verliebt gewesen sei, war während ihrer Pubertät irgendwann einmal zur Sprache gekommen, aber von mehr war nie die Rede gewesen. Dass es sich bei dem Typen möglicherweise um Friederich handeln könnte, der Gedanke war ihr urplötzlich bei Karlas Geburtstag auf Christines merkwürdiges Verhalten hin gekommen, erschien ihr zunächst aber auch wiederum total abwegig. Aber dass dieser Fiesling tatsächlich ihr Vater sein sollte, nein, das wollte und konnte sie nicht glauben. Johann war immer ihr Vater gewesen und er würde es bis in alle Ewigkeit hinein bleiben. Tränen liefen Martina über die Wangen. Sie schloss kurz die Augen und bekam eine völlig neue, unglaublich liebevolle, wertschätzende Sicht auf Johann, ihren Papa, der so ganz selbstverständlich für sie dagewesen war.

Tim kramte gerade nach dem Handy in seiner Hosentasche - nach dem Friederich nach Tims Ablenkungsmanöver noch nicht einmal gesucht hatte, und dafür beglückwünschte sich Tim - um nachzusehen, ob er schon eine Antwort bekommen hatte. Immerhin war ja die Ladebordwand des LKWs noch geöffnet und er hatte möglicherweise noch Handyempfang. Doch als er das Handy einschaltete, konnte er gerade noch erkennen, dass es 3:55 Uhr war. Der Akku war leer. Bitter, dachte Tim, äußerst bitter. Jetzt saßen sie gefangen im völlig dunklen Laster. Verdeckt von einer hohen Palette, gefesselt, abgeschirmt und isoliert und jeder Möglichkeit beraubt, nach außen Kontakt aufzunehmen. Zum ersten Mal packte auch Tim die schiere, nackte Angst und die bittere Erkenntnis, dass Friederich völlig unberechenbar und ihnen in ihrer derzeitigen Lage haushoch überlegen war.

Kaum hatte Tim diese Gedanken, als keine drei Minuten später, wie aus dem Nichts, Geräusche eines mit hoher Geschwindigkeit auf den Sattelzug zurasenden Fahrzeugs zu hören waren.

„Was in aller Welt ist das?", reagierte Martina total aufgeschreckt.

Schlagartig brach im nächsten Moment im Laster ein Spektakel aus. Mit quietschenden Bremsen donnerte etwas über der abgesenkten Laderampe in den Laderaum hinein, um augenblicklich in lautloser Stille zu verharren. Und Tim begriff sofort, was das zu bedeuten hatte. Jetzt verstand er auch die letzten Zusammenhänge der Informationen, die sich ihm aus den Dateien so nicht erschlossen hatten. Natürlich nicht, dachte er. Keiner ist so dämlich und dokumentiert die praktische Umsetzung einer gelungenen Straftat in einem öffentlich herumstehenden PC im Büro. Leider konnte er Martina weder ihre Frage beantworten noch seine Theorie verraten. Wieder wurde es laut. In Rekordzeit brauste der Gabelstapler ebenfalls ins Innere des Lasters und spuckte seine Ladung aus, um direkt anschließend wieder von der Rampe zu brettern. Immerhin wurde der Laderaum jetzt wieder beleuchtet.

Tim und Martina konnten zwar nicht beobachten, was hinter der Palettenreihe vor sich ging, aber es waren Stimmen von mindestens zwei weiteren Männern außer Friederich zu hören. Was sie jedoch gerade eben noch erkennen konnten, war, dass in Windeseile an den Innenseiten des LKWs Schienen hochgeklappt wurden, die ihnen vorher gar nicht aufgefallen waren. Die Schienen reichten auch über ihre Köpfe hinaus. Die beiden Männer, die sie nach wie vor nur orten konnten, arbeiteten schnell und schoben ein ausgeklügeltes System speziell angefertigter Kartonagen über die eigentlichen Paletten, die deren Ober- und Unterseite 1:1 ähnelten. Martina und Tim wurde sofort klar, dass sie so die gesamte obere Ladefläche verhüllten. Bei einer etwaigen Polizeikontrolle würde beim Ausleuchten überhaupt nicht auffallen, dass die Ladefläche nicht durchgängig für Paletten genutzt wurde. Clever, dachte Tim. Immer noch konnten sie ein stetiges Anfahren und Abbremsen des Gabelstaplers hören, der in irrsinniger Geschwindigkeit die von Friederich auf dem Parkplatz abgestellten Paletten wieder im Bauch des Lasters verschwinden ließ, bis genauso plötzlich, wie der Lärm entstanden war, wieder geisterhafte Stille und Dunkelheit herrschten. Bis auf eine plötzlich laut vernehmbare Männerstimme, die über die zwei Idioten schimpfte, die dafür verantwortlich waren, dass sie nun im Auto übernachten müssten. „Was soll das? Die werden doch sowieso demnächst entsorgt. Und wir liegen hier zusammengequetscht wie die Ölsardinen. Und das noch stundenlang. Es ist zum Kotzen!" Und der Zweite stimmte unisono ein: „Warum können die nicht in den Kofferraum? Ich bin müde und will pennen."

Aber Friederich wäre nicht Friederich gewesen, wenn er sich in seine Entscheidungen hätte hineinreden lassen, und so blieb alles, wie es war. Noch hinten am Heck stehend, ließ er die Ladebordwand wieder hochfahren und blickte zur nicht weit entfernten B3 hin. Auch wenn er hin und wieder einmal ein

Polizeifahrzeug mit Blaulicht fahren sah, wusste er, dass ihre Aktion erfolgreich verlaufen war und man von dort durch seinen äußerst geschickt gewählten Standort weder den noch kurz zuvor im Innenraum erleuchteten LKW noch den Audi, an dem mittlerweile Kennzeichen aus dem Emsland befestigt waren, hatte sehen können. Zufrieden fuhr er den Gabelstapler an seinen angestammten Platz und schlenderte in Richtung seiner Schlafkabine. Ein paar wenige Stunden Schlaf würden ihm guttun. Dann musste auch er dieses Gelände wieder verlassen. Aber da Holger Seidel auch über die regelmäßigen morgendlichen Abfahrten mit Argusaugen wachte, konnte er sich den Umständen entsprechend Zeit lassen. Zumindest so lange, bis Seidels Chef auftauchen würde. Und das konnte morgens dauern, Seidel selbst informierte ihn stets darüber. Woher er auch immer diese Informationen bekam. Friederich interessierte das nur wenig. So legte er sich hin, hörte noch kurz den Polizeifunk ab, wo von großräumigen Sperrungen und massiven Polizeikontrollen auf den Autobahnen rund um Butzbach, Wetzlar, Dillenburg, Gießen und Frankfurt berichtet wurde. Friederich grinste. Wieder einmal hatte er alle überlistet, wieder einmal war er der große Gewinner. Was denn auch sonst? Mit sich und seiner Welt zufrieden schlief er tief und fest und ließ sich auch durch die im Gewerbegebiet früh einsetzenden Geräusche nicht stören. Und tatsächlich wunderte sich niemand aus der Firma über den abseits stehenden Sattelzug aus Norddeutschland. Warum denn auch?

Nächtliches Beladen gehörte zu ihrem Geschäft. Und so gut wie jeder hatte Verständnis, dass die Fahrer anschließend noch auf dem riesigen Gelände stehen blieben und schliefen. Wo sollten sie denn auch sonst hin, bei den dramatisch fehlenden öffentlichen LKW-Parkplätzen an den Autobahnen und den strengen Vorschriften zum Einhalten der Ruhezeiten?

Rhauderfehn – Montagmorgen, 26. April

Hermine wunderte sich total, dass ihre Mutter schon so früh am Morgen am Rumkramen war, wie man es hier in der Gegend nannte. Auch wenn die Wohnungen gut isoliert waren, konnte sie doch hören, dass Karla eifrig beschäftigt zu sein schien und das, obwohl es erst kurz nach sechs war.

Auch Achim war schon wach, drehte sich aber noch einmal im Bett herum und murmelte: „Oh man, deine Mutter ist ja schon wach. Ob ihr was passiert ist?" Sprachs, drehte sich erneut um und schlief seelenruhig wieder ein. Hermine hätte ihm am liebsten einen Eimer kalten Wassers über den Kopf geschüttet. Typisch Achim! Statt nachzuschauen, was los war, überließ er es mal wieder ihr, zu ergründen, was Karla hatte. In der Tat war es ungewöhnlich, dass sie so früh am Morgen schon auf und dann auch noch so aktiv war. In den letzten Jahren hatte Karla es sich angewöhnt, erst gegen acht Uhr aufzustehen. Also schien ja irgendetwas passiert zu sein. Hermine schnappte sich ihren Morgenmantel und lief schnell zu Karla hinüber, um in Erfahrung zu bringen, ob sie Hilfe brauchte. Karlas Wohnungstür war noch verschlossen. Hermine klingelte. Natürlich hatte sie so schnell nicht an den Türschlüssel gedacht. Erneut klingelte sie und wollte gerade wieder in ihre eigene Wohnung zurücklaufen, als Karla in ihrem Sonntagsoutfit an der Tür erschien.

„Guten Morgen, mein Schatz. Dass du schon so früh kommst. Damit habe ich gar nicht gerechnet." Karla blickte sie erstaunt an.

„Mutter?", fragend und zugleich völlig verblüfft sah Hermine sie an. „Heute ist Montag und nicht Sonntag und es ist erst sechs Uhr in der Früh. Du hast dich im Tag vertan." Hermine war fassungslos. Was mochte das nun wohl wieder bedeuten? Karla schien völlig überdreht zu sein. Irgendwie war ihr der Geburtstag wohl doch zu viel geworden. Anders konnte sie es sich nicht erklären.

Aber Karla lachte nur. „Das weiß ich doch. Aber ich bekomme bald hohen Besuch. Pfarrer Solius will heute schon früh am Morgen kommen. Da will ich alles vorbereitet haben. Und …", ihre Stimme nahm einen strengen Unterton an: „Hermine, ich will nicht gestört werden, wenn Pfarrer Solius da ist. Hörst du? Ich will allein mit ihm reden."

„Mutter, was hast du denn immer nur mit deinem Pfarrer Solius! Heute Morgen kommt Christine, und eine Freundin von ihr begleitet sie. Sie will mit dir und mir reden. Martina ist spurlos verschwunden, nachdem sie auf deiner Feier war. Warum auch immer! Pfarrer Solius weiß nichts davon, dass du ihn sprechen willst. Wir haben ihm noch gar nicht Bescheid gesagt."

„*Ihr nicht, aber ich!* Und er hat mir zugesagt, dass er heute ganz früh schon kommt. Und ich *will weder dich noch Achim* dabeihaben! *Ich muss mit ihm allein reden!* Ich bitte euch, das zu akzeptieren! Christine kann dann später kommen!" Energisch und sehr bestimmend sah Karla Hermine an und ließ die gesetzten Ausrufezeichen buchstäblich Gestalt annehmen, um schon im nächsten Moment nachzuhaken: „Und was hat das zu bedeuten, Martina ist spurlos verschwunden?"

Hermine war fassungslos. So hatte sie ihre Mutter schon sehr, sehr lange nicht mehr erlebt. Dass sie so forsch auftrat und sie explizit von ihrem Besuch ausschloss, war eine völlig neue Dimension in ihrer Beziehung, mit der sie sich erst einmal auseinandersetzen musste. Daher antworte sie auch ziemlich kurz angebunden, bevor sie sofort den Rückzug antrat: „Keiner weiß, wo Martina ist. Aber ihr Auto ist noch in Halte." Sprachs und verschwand.

Papenburg – Montagmorgen, 26. April

Auch Christine und Anke waren schon sehr früh wach geworden. Wieder hatte Christine nur wenig geschlafen und war in ihren Gedanken bei Martina und auch bei Johannes, den sie am vergangenen Abend darüber informiert hatte, dass Martina wie vom Erdboden verschwunden war. Aber ähnlich wie Anke hatte auch Johannes sie beruhigt und sie an die vielen Male erinnert, wo Martina irgendeiner Spur hinterher gelaufen war, ohne überhaupt auf den Gedanken gekommen zu sein, dass sie sich als Familie Sorgen machen könnten. So sei Martina nun mal, hatte er lapidar gemeint. Irgendwann würde sie garantiert putzmunter wieder auftauchen und sich wundern, warum Christine „so ein Fass aufgemacht" hätte. Und damit hatte Johannes definitiv den richtigen Ton getroffen. Genau das würde Martina ihr entgegenschleudern. Christine nickte, auch wenn Johannes das nicht sehen konnte. Aber er hatte recht, Martina mochte weder die ständige Fragerei noch das Hinterfragen dessen, was ihren täglichen Job ausmachte.

„Mama, Journalist bist du immer. Auch, wenn du unterwegs bist. Und so eine hundertprozentige Journalistin, wie Martina eine ist, die findet immer irgendetwas Interessantes."

„Aber wir sind hier im Urlaub, Johannes. Das ist doch etwas völlig ..."

„Aber Mama", fiel Johannes ihr ins Wort, „wenn du einen Verkehrsunfall auf der Autobahn siehst, da rennst du doch als Krankenschwester trotzdem sofort hin und unternimmst alles, damit die Verletzten genau die Hilfe bekommen, die sie benötigen. Da sagst du doch auch nicht, ich bin im Urlaub, Pech gehabt. Und du denkst doch nicht, es sind ja bereits genug andere Leute da, die machen das schon. Oder: Tut mir leid, ich bin schon in Rente. Das, was man als Beruf erlernt hat, das bleibt einem meistens doch bis in alle Ewigkeit in den Kleidern stecken, egal, wo man ist und wie alt man ist." Und lachend hatte er ein fragendes: „Habe ich recht oder habe ich recht?" hinzugefügt.

Christine lächelte, als sie an Johannes und seine offensichtliche Unbeschwertheit dachte. Sie hatte ihm zwar recht gegeben, aber sich trotzdem weiterhin so ihre Sorgen gemacht. Vielleicht hatte er mit seinen Annahmen tatsächlich ins Schwarze getroffen, aber ... Typisch du, Mama, würden beide Kinder sie ermahnen. Trotzdem, so ganz unbeschwert konnte sie all die sich abzeichnenden Probleme nicht wegschieben ...

Wenige Minuten später tauchte auch schon Anke auf und noch bevor sie den Frühstücksraum erreicht hatten, erwähnte sie, dass der Hessische Rundfunk (HR) eine erneute Sprengung eines Geldautomaten in der Nacht zuvor in einer Butzbacher Bank gemeldet hatte.

„Schon wieder in unserer Gegend", stöhnte Anke. „Die Täter sind wie bei den anderen Malen wie vom Erdboden verschwunden und die Polizei sucht sie deutschlandweit auf Hochtouren. Mit dem Schwerpunkt in Norddeutschland und auf den Straßen dahin. Man geht davon aus, dass es wieder eine Bande aus den Niederlanden sein könnte, das hat der Präsident des hessischen Landeskriminalamts bestätigt und darauf hingewiesen, dass die Taten bislang allesamt akribisch vorbereitet gewesen sind. Mehrere

Polizeibehörden, unter anderem auch aus Hessen, Nordrhein-Westfalen und Niedersachsen sowie die niederländische Polizei, ermitteln und werden dabei von der europäischen Polizeibehörde Europol unterstützt. Ein paar Täter vorheriger Überfälle konnten so vor wenigen Tagen in den Niederlanden geschnappt werden. Zumindest hat der HR das vorhin gemeldet."

„Hat es Verletzte gegeben? Ist der Sachschaden wieder so hoch?"

„Verletzte nein, das ist immerhin eine gute Nachricht. Aber der Schaden soll wiederum immens sein. Und die Täter sind wie bei den letzten Malen mit einem hochmotorisierten Audi entkommen. Ein Augenzeuge will gesehen haben, wie ein solcher mit hoher Geschwindigkeit durch Butzbach gejagt ist. Man sollte doch wirklich annehmen, dass ein schnell rasender Luxusschlitten, um die soll es sich ja immer wieder handeln, irgendwo entdeckt werden müsste. Schon komisch das Ganze."

„Na ja, die A5 grenzt ja direkt an Butzbach. Bis dahin sind es aus der Stadt heraus höchstens zwei/drei Minuten. Wenn man mit hoher Geschwindigkeit fährt, zumindest."

„Stimmt. Das haben sie auch gemeldet. Und sowohl die A5 als auch die nahe A45 sind in Richtung Frankfurt und auch in Richtung Dortmund sofort von Streifen- als auch von Zivilwagen, darunter einem Polizei-Porsche, abgefahren worden, aber nichts war ... Alle in Frage kommenden hochmotorisierten Fahrzeuge, auch die anderer Automarken, sind herausgewinkt und kontrolliert worden. Trotzdem nichts, der Audi ist wie verschollen ..."

„Furchtbar. Wie leicht können diese gewaltsamen Sprengungen mit dem Festsprengstoff Menschenleben kosten. In Langgöns war ja ein Obdachloser in unmittelbarer Nähe und hat dort friedlich geschlafen. Es ist ein Wunder, dass nicht schon längst jemand dabei umgekommen ist. Haben die Täter denn überhaupt kein Gewissen? Ist ihnen das alles so völlig egal? Und dann die ganzen Schäden! Und wofür das Ganze?" Christine schüttelte den Kopf. „Hoffentlich fassen sie die Ganoven endlich einmal." Hätte sie auch nur im Entferntesten geahnt, wer diesen Kriminellen auf der Spur war, ihr hätten die Haare zu Berge gestanden und sie hätte alles in Bewegung gesetzt, um zu retten, was zu retten war.

Langgöns - Magna-Park – Montagmorgen, 26. April

Zu seinem Glück brauchte Friederich wenig Schlaf und konnte, egal, wo er sich gerade befand, überall tief und fest schlafen. Kaffee und Frühstück hatte er an Bord und alles Weitere musste sich den Umständen entsprechend fügen. Ein kurzes Frische-Luft-Schnappen und ein paar Kniebeugen später machte er sich gegen acht Uhr wieder auf den Rückweg in die Heimat auf, als alle ortsnahen Kontrollen und Sperrungen bereits wieder aufgehoben worden waren, wie Friederich aus dem abgehörten Polizeifunk erfuhr. Man ging davon aus, dass der PS-starke Audi längst aus der Gegend wieder verschwunden sei. Wie bei allen vorherigen Überfällen auch. Friederich grinste und eine unverwüstliche Überlegenheit, die ihm sowieso in allen Poren seines Seins steckte, weckte seinen Ehrgeiz aufs Neue, um auch diese Fahrt zur Meisterleistung zu krönen. Das Einzige, was Friederich inzwischen nervte, war, dass er Martina und Tim nicht doch den Mund zugeklebt hatte. In einer eventuellen späteren Polizeikontrolle konnte ihm das noch zur Gefahr werden. Er hatte zwar auf andere Weise vorgesorgt, aber wann und ob das rechtzeitig greifen würde, hing nicht zuletzt auch von den beiden ab. Wie dämlich, dass er sich von all dem Gelaber von Tim hatte ablenken lassen. Das durfte ihm nicht noch einmal passieren.

Rhauderfehn – Montagmorgen, 26. April

Karla residierte in ihrem heißgeliebten Lehnstuhl, von wo aus sie nahezu die ganze Straße überblicken konnte, und wartete schon sehnsüchtig auf Pfarrer Solius. Jetzt wollte sie klar Schiff machen und konnte es gar nicht abwarten, dass sie endlich loslegen konnte. Von ihrer Seite aus hätte er auch gerne schon um 7 Uhr kommen können, aber mittlerweile ging es schon auf halb neun zu. Der Tisch war längst für Kaffee und Plätzchen gedeckt und Karla wartete sehnsüchtig. Dass das junge Volk auch immer erst so spät kam ... „Früh" hatte er gesagt, aber unter früh verstand Karla etwas anderes. Nun denn. Kaum hatte sie diese

Gedanken, da fuhr Pfarrer Solius auch schon mit dem Fahrrad vor, winkte ihr fröhlich zu und wenige Minuten später waren beide schon in ein ernstes Gespräch vertieft. Karla hatte ihm gleich zu Beginn mitgeteilt, dass sie kein „schmales Gerede" wünschte, und war schon mitten im Thema, als Pfarrer Solius noch überlegte, wer ihr wohl von *Smalltalk* auf den Begriff *schmales Gerede* verholfen haben mochte. Aber da Karla gleich loslegte, ließ er sie einfach reden und hörte ihr interessiert zu.

„Meine Eltern haben in der Grafschaft Bentheim einen wunderschönen, alteingesessenen, sehr großen Hof bewirtschaftet, der seit Generationen in der Familie Meyering war. Es war mehr ein prächtiges Anwesen und bei weitem kein normaler Hof ... Ich habe schon als junges Mädchen immer mitgeholfen und es geliebt, wenn ich mich um die Tiere, und wir hatten sehr viele Kühe, Schweine, etliche Pferde und sonstiges Viehzeug, kümmern konnte", Karla lächelte, als sie an all das zurückdachte.

Pfarrer Solius erkannte, wie viel ihr das Leben und Arbeiten auf dem Hof in der Grafschaft Bentheim tatsächlich bedeutet hatte. Gleichzeitig fragte er sich, ob sie wohl noch heute manchmal darunter litt, seit einigen Jahren hier in Ostfriesland zu wohnen.

Aber Karla fuhr schon in ihrer Erzählung fort, streute hin und wieder kleine, fast schwermütige Pausen ein und es war deutlich, dass sie mit ihren Gedanken noch einmal bei all dem Erlebten war. Und Pfarrer Solius ließ sie einfach erzählen.

„Dann kam der Zweite Weltkrieg und mein Vater wurde eingezogen ... Er hatte das bei der damaligen politischen Lage wohl kommen sehen und sah seine Verpflichtung darin, die Hofnachfolge und alles weitere testamentarisch auch im Sinn der Vorfahren der Familie Meyering auf eine gute Weise zu regeln, sollte er den Krieg nicht überleben ... Das hat er zwar, ... aber er ist dann 1946 in der Kriegsgefangenschaft gestorben ...", Karla schluckte und wischte sich eine leise Träne von der Wange. „Wir waren zu Hause drei Töchter und deshalb hatte mein Vater festgelegt, dass diejenige den Hof erbt, deren Mann, und Sie glauben gar nicht, wie wichtig ihm das *deren Mann* war, Herr Pfarrer ...", immer noch erbost über diese für sie als Frau so herabwürdigende Formulierung, brach Karla mitten im Satz ab. Sie sah Pfarrer Solius ernst an und dieser glaubte ihr aufs Wort, kannte er doch aus Erzählungen der eigenen Verwandtschaft, wie streng die Erbschaftsfolge solch alteingesessener Familien früher gewesen war.

Gerade eben wollte er etwas dazu sagen, da formulierte Karla den Satz ein wenig milder: „Also verfügte mein Vater, dass im Falle seines Ablebens der Hof an den Mann derjenigen Tochter gehen sollte, der wie seine Frau mit Herz, Verstand und Liebe Bauer war. Rechtlich war das natürlich anders ausgedrückt, aber sinngemäß stimmt das so ... Und nur mal so nebenbei gesagt, ihm war sehr wohl klar, dass nur ich das sein konnte, denn meine beiden Schwestern hatten überhaupt keinen Bezug zur und überdies auch absolut keine Lust auf Vieh- und Landwirtschaft ... Aber von Alters her war es so, dass das Meyeringsche Anwesen mitsamt allen Gebäuden und Ländereien so erhalten bleiben sollte, wie es war. Die anderen beiden Töchter sollten einen finanziellen Ausgleich erhalten, den mein Vater im Testament festgelegt hatte und der direkt nach seinem Tod an die beiden ausgezahlt werden sollte. Außerdem sollte meine Mutter Hedwig ein lebenslanges Wohnrecht erhalten ... Ja, und dann gab es noch eine Klausel, die man in der heutigen Zeit wohl gar nicht mehr nachvollziehen kann."

Wieder sah Karla zu Pfarrer Solius, der seine Tasse Kaffee längst leergetrunken hatte, was Karla in diesem Moment erst wahrnahm und ihm sofort nachschenkte, während sie weitererzählte: „Meine Mutter Hedwig hatte unseren Nachbarssohn Hermann, schon bald nachdem mein Vater eingezogen worden war, gebeten, ihr zu helfen. Hermann war leidenschaftlicher Bauer, stammte aber aus einer verarmten Arbeiterfamilie und arbeitete als Knecht bei anderen Leuten ... Hermann und ich haben uns sehr gut verstanden und viel Spaß an der Arbeit auf dem Anwesen gehabt. Und uns schließlich ineinander verliebt", Karla lächelte und seufzte tief, als sie von Hermann sprach ... 1950 haben wir dann geheiratet und gemeinsam mit meiner Mutter den Hof bewirtschaftet. Meine Mutter war wirklich froh und dankbar und hat Hermanns Arbeit auch sehr geschätzt ... Aber das Meyeringsche Anwesen gehörte allein meiner Mutter und das bis zu ihrem Tod." Wieder wischte Karla sich eine Träne von der

Wange und es wurde deutlich, wie sehr es sie selbst verletzt hatte, dass ihr Mann Hermann, der alles für diesen Hof und seine spätere Schwiegermutter getan hatte, auf diese für Karla so entwürdigende Weise behandelt worden war.

„Die besagte Klausel, die mein Vater ins Testament hatte einsetzen lassen, legte nämlich fest, dass der Ehemann der Tochter standesgemäß sein müsste und auf keinen Fall aus einer niederen Schicht kommen durfte. Sollte das der Fall sein, würde das Anwesen nach dem Tod meiner Mutter direkt auf die übernächste Generation übergehen. Also auf unsere Kinder. So ist es dann ja auch schließlich gekommen ... Mein Mann war eine Seele von Mensch und er hat nie ein böses Wort über diese Klausel verloren. Dass diese Klausel mit dem Dünkel der damaligen Zeit zusammenhing, war klar. Aber sie war gleichzeitig auch ein Tritt in die Magengrube, so ganz nach dem Motto: Zum Arbeiten bist du gut genug, aber trotzdem unwürdig in deinem eigenen Namen geschäftliche Entscheidungen für das Anwesen zu treffen, denn du bleibst, was du von Anfang an gewesen bist: ein Knecht und Handlanger. Und das haben ihn viele der damaligen Geschäftspartner auch spüren lassen."

Karla war nun richtig böse geworden. „Das hatte mein Hermann nicht verdient. Er war ein so guter, lieber Mensch. Ja, Herr Pfarrer. Und das Ganze hatte noch einige schlimme Folgen. Und ich bin mit Schuld daran. Ich ..."

In diesem Augenblick klingelte das Handy von Pfarrer Solius. Er entschuldigte sich, er müsse aber unbedingt drangehen.

Aus den wenigen Bruchstücken, die Karla mitbekam, konnte sie heraushören, dass es einen Verkehrsunfall in der Nähe gegeben hatte und Pfarrer Solius als Notfallseelsorger dringend erwartet wurde. Und so war es dann auch. Pfarrer Solius versprach aber, sich so schnell er könne, wieder bei Karla zu melden. Ihm sei bewusst, dass das, was Karla auf dem Herz hätte, noch ungesagt geblieben sei, so waren seine Worte. Er sei bald wieder für sie da. Traurig, aber voller Verständnis, ließ Karla ihn dann gehen. Was blieb ihr denn auch schließlich übrig?

Hermine, die gerade dabei war, für Christine und Anke eine frische Kanne Ostfriesentee aufzusetzen, blickte genau in dem Moment aus dem Küchenfenster, als Pfarrer Solius wie von einer Tarantel gestochen mit seinem Fahrrad davonfuhr. Skeptisch sah sie ihm hinterher. Irgendetwas musste passiert sein. Egal, sie würde schon noch erfahren, was es war. Ihre Mutter würde bestimmt gleich herüberkommen. In diesem Moment klingelte es auch schon.

Christine war überaus erfreut, dass Karla nun doch noch auftauchte. Sie hatte schon befürchtet, dass sie mit ihrer Recherche ohne Karlas Anwesenheit nicht weit kommen würde, und sie war unendlich froh, dass der Pfarrer weggemusst hatte. Sie nahm an, dass nur Karla ihr einige ihrer Fragen nach Friederich beantworten konnte. Karla begrüßte sie und Anke freudig und entschuldigte sich, dass sie zunächst nicht hatte dabei sein können, und erkundigte sich dann nach Martina. Im Wechsel informierten Christine und Anke daraufhin die beiden Frauen und schilderten, was ihnen in den letzten Stunden widerfahren war.

Kaum waren sie damit fertig, da brachte Christine Karla dazu, doch von ihrer Familie zu erzählen, indem sie erwähnte, wie sehr Johann es geschätzt hatte, dass sie, Karla, sich immer wieder so lieb nach ihm, ihrem Neffen, erkundigt hatte, und das vor allem nach dem Tod seiner Eltern. Es hätte ihm einfach gut getan, betonte sie mehr als deutlich. Da er das einzige Kind von Waltraud und Horst gewesen sei, sei sie die einzige Verwandte, zu der er immer wieder einmal Kontakt gehabt hatte. Und das sei eindeutig ihr Verdienst gewesen.

Geschickt gemacht, dachte Anke noch, als Karla auch schon brav den ausgelegten Köder schluckte und begann, ihre Geschichte zu präsentieren. Hermine hatte noch versucht, sie zu stoppen. Ihr war bewusst, dass ihre Mutter bei ihrem Lieblingsthema kaum aufzuhalten sein würde. Aber Christine ging sofort auf Karla ein und bestärkte sie fortzufahren. Und Karla ließ sich das nicht zweimal sagen und schwärmte den beiden von ihrem Leben als junge Frau auf dem Meyeringschen Anwesen in der Grafschaft Bentheim und nicht zuletzt auch von ihrem Hermann vor.

In genau diesem Moment klingelte es an der Haustür und Hermine verschwand mit einer

Entschuldigung auf den Lippen, aber voller Dankbarkeit im Herzen. Zumindest konnte sie sich so einen Teil der Schilderungen ihrer Mutter ersparen. Sie hatte das Ganze schon gefühlte hundert Male gehört und war es allmählich einfach leid.

Karla jedoch war ganz in ihrem Element: „Ach, der Hermann brauchte mich nur anschauen und schon war ich wieder schwanger. In jedem Jahr nach unserer Hochzeit kam ein neuer Sohn, eins, zwei, drei und dann kam noch die Hermine. Mir ging es gar nicht gut in der Zeit. Ich war einfach zu dünnhäutig und mich nahm alles mit. Der frühe Tod meines Vaters, die Sorgen und Ängste meiner Mutter, einfach alles. Dass wir den Hof so gut bewirtschaften konnten, verdankten wir zu einem Großteil Hermann. Er hat unermüdlich gearbeitet und angepackt, was anzupacken war. Und immer ...", sie lachte und ergänzte, „also fast immer, ein Lächeln auf den Lippen dabei gehabt. Ich habe mich schon ganz früh in ihn verliebt. Er war soooo ein goldiger Mann, eine Seele von Mensch und dazu noch so ein lieber ..."

Dass er in den Augen ihrer Eltern nicht standesgemäß gewesen war, erwähnte sie mit keiner Silbe, genauso wenig wie die testamentarischen Einzelheiten, von denen sie Pfarrer Solius berichtet hatte. Merkwürdigerweise sprach Karla aber auch nicht über Friederich und seine Geschwister, trotz mancher Steilvorlagen, die ihre Erzählungen boten. Christine gab genau das zu denken. Welche Mutter sprach denn nicht gerne über ihre Kinder und deren Werdegang? Aber auch als Christine nachhakte und konkrete Fragen zu Friederich, Karl und Hermine stellte, umschiffte Karla die Fragen auf eine elegante Weise, indem sie ein paar Allgemeinplätze bediente und, wenn überhaupt, immer nur von „den Kindern" sprach. Auch ein weiterer Versuch, auf Friederich zu sprechen zu kommen, scheiterte kläglich.

Stattdessen schilderte Karla mit ausschmückender Eleganz das Leben auf ihrem Hof, das freundschaftliche, harmonische Zusammenleben mit den ehemaligen Nachbarn, das gegenseitige Helfen untereinander und die dazugehörigen gesellschaftlichen Ereignissen. Ganz nebenbei erwähnte sie, dass es sich um einen Erbhof handelte, der von Generation zu Generation weitergegeben worden war. Da Christine schon von Hermine auf der Geburtstagsfeier über Friederichs Hoferbschaft informiert worden war, warf sie an genau dieser Stelle die Frage ein, was Friederich, vor der Übernahme des Hofes, denn eigentlich in Gießen studiert hätte.

Aber just in diesem Moment verkündete Karla: „Ich kann nicht mehr. Mädels, ich muss mich hinlegen, es geht auch schon auf Mittag zu. Ihr könnt natürlich noch bleiben. Immerhin bin ich ja auch schon 95, da ist die Luft dann auch schnell raus." Sprachs und verschwand dann so eilig, dass ihr das Gesagte irgendwie niemand so richtig abnahm. Und nicht nur Hermine blickte ihr erstaunt hinterher und wunderte sich zudem über die Bezeichnung „Mädels", die sie so noch nie von ihrer Mutter gehört hatte und die ihrem

Alter ja eigentlich auch nicht mehr wirklich entsprach. Immerhin amüsierten sich die drei „Mädels" dann köstlich darüber.

„Meine Mutter redet nicht gerne über Friederich. Er ist irgendwie das schwarze Schaf unserer Familie, aber er hat selbst schuld daran. Er ist überaus narzisstisch. Unsere Ella ist Psychologin und die hat Achim und mir das immer wieder bestätigt. Das fing schon ganz früh an, aber meine Oma Hedwig, der der Hof gehörte, hat immer die Hand über ihn gehalten, wie man so schön sagt. Und meine Mutter letztendlich auch … Und sie tut es heute irgendwie immer noch. Dabei herrscht zwischen den beiden so eine Form von Hassliebe …" Hermine machte eine kleine Pause und sah auf ihre Nägel, als ob sie dadurch inneren Abstand gewinnen könnte.

„Und dein Vater?", warf Christine ein.

„Mein Vater hatte nichts zu sagen. In unserer Kindheit über uns schon, aber nie über Friederich, meine Oma ging sofort dazwischen. Sie hielt große Stücke auf ihn. Aber auch deshalb, weil Friederich sich unglaublich gut verkaufte und schon lange jeden seiner Schritte im Voraus geplant hatte, noch bevor jemand anders, der betroffen war, auch nur gemerkt hat, was er vorhatte."

„Das klingt nach viel krimineller Energie", mischte sich nun auch Anke ein, beschwichtigte aber zugleich ihre Aussage, als sie bemerkte, was sie mit ihrer Äußerung ausgedrückt hatte und dass ihr das als Fremde eigentlich gar nicht zustand. „Ich meine, man könnte fast annehmen, dass hierbei eine Form von nahezu krimineller Energie angewendet wurde." Und sie war erleichtert, dass Hermine ganz ruhig blieb und sich nicht aufregte. Gerade noch die Kurve bekommen, überlegte Christine, die, wie so oft, das Gleiche gedacht hatte wie Anke.

Hermine schien das gar nicht zu bemerken, im Gegenteil, sie verstärkte Ankes Feststellung sogar noch: „Friederich ist kriminell. Zumindest sehen Achim und ich das so. Aber er handhabt das immer so, dass man ihm nichts ans Leder flicken kann, wie man so schön sagt. Aber wir haben alle Angst vor ihm."

Und dann erzählte sie den beiden Frauen von all den Ereignissen, in denen Friederich Gewalt angewendet hatte, an ihr, an Karla, aber auch bei anderen. Nur leider habe ihn noch nie jemand angezeigt. Sie selbst habe sich das auch nicht getraut, auch wenn Ella später mit ihr geschimpft und ihr vorgeworfen hatte, dass sie dadurch Friederichs System nur unterstützen würde. Hermine war nun richtig in Fahrt und beschrieb, wie Friederich den Hof mit sehr großem Gewinn verkauft und Karla, sie und Karl nach allen Regeln der Kunst über den Tisch gezogen hatte. Aber es sei wie immer gewesen, man habe ihm auch in diesem Fall rechtlich nichts vorwerfen können, er hatte sich an sämtliche einzuhaltende Fristen und Gesetzesvorlagen gehalten. Den Gewinn hatte Friederich wahrscheinlich größtenteils in seine Firma gesteckt, die dem Schein nach auch sehr erfolgreich funktionierte.

Und auch das lebenslange Wohnrecht, das Karla auf dem Meyeringschen Anwesen zugestanden hatte, hatte er so umgesetzt, dass er für sie eine Einliegerwohnung in seiner Villa in Papenburg hatte bauen lassen.

„Rechtlich war das alles in Ordnung", meinte Hermine, „aber meine Mutter hat enorm darunter gelitten, dass ausgerechnet eines ihrer Kinder das jahrhundertelang in Familienbesitz gewesene Anwesen verscherbelt hat. Schließlich ist das alles von ihren Vorfahren, und zwar zu manchen Zeiten unter beklagenswerter Mühsal und quälenden Schmerzen, aufgebaut worden. Generationen von Meyerings haben davon gelebt und viele weitere Generationen hätten noch ebenso gut davon leben können, aber Friederich hat das alles überhaupt nicht interessiert. Meine Mutter war damals total am Boden zerstört. Aber ändern konnte sie daran überhaupt nichts mehr. Oma Hedwig hat ja direkt an Friederich weitervererbt."

„Er scheint sehr gewieft und skrupellos zu sein", Christine war mit ihren Gedanken bei Ralle und verglich beider Charaktere.

„Ja, das ist er. Aber Achim und ich haben Mutter vor zehn Jahren dort herausgeholt. Er hatte sie regelrecht malträtiert und unter Druck gesetzt. Noch heute versuchen wir es zu vermeiden, ihn zu treffen. Aber Karla wollte ihn unbedingt zu ihrem Geburtstag einladen, er sei schließlich auch ihr Sohn ..."

„Was ist eigentlich mit eurem Bruder Karl passiert? Johann hat mir damals erzählt, dass er tödlich verunglückt wäre, aber die Umstände nicht so richtig geklärt werden konnten."

„Ja, das ist so", bestätigte Hermine leise. „Karl lag eines Morgens tot im Papenburger Hafenbecken. In der Nähe von Friederichs Firma. Was genau passiert ist, konnte bis heute nicht ermittelt werden. Nur, dass er ertrunken ist. Angeblich soll er einiges an Alkohol im Blut gehabt haben." Hermine sah von Christine zu Anke und wieder zurück: „Achim und ich glauben das einfach nicht. Karl trank nie viel. Ich habe ihn in seinen 50 Lebensjahren nie betrunken gesehen. Bei keinem Fest, auf keiner Kirmes, bei keinem Schützenfest. Er ging überall hin, kam aber immer nur leicht angetrunken wieder. Ein, zwei Bier und vielleicht einen Schnaps. Mehr habe ich ihn nie trinken sehen. Wir haben uns sofort gefragt, warum sollte er sich ausgerechnet in der Nähe von Friederichs Firma dann plötzlich regelrecht volllaufen lassen? Zumal es dort zu dem Zeitpunkt überhaupt keine Feier, kein Fest oder sonstiges gegeben hat und es keinen Anlass für ihn gab, sich dort aufzuhalten."

„Du meinst, Friederich hat seine Finger dabei im Spiel gehabt?"

Hermine atmete tief ein und wartete, bis sie schließlich zu einer Antwort ansetzte: „Ja, wir glauben, dass Friederich seine Handlanger damals auf ihn angesetzt hat, die ihn mit Alkohol vollgepumpt haben. Aber beweisen, beweisen konnten wir das nie. Aber seitdem halten Achim und ich viel Abstand zu Friederich … Dass er mich neulich geschlagen hat, ist nur ein Beweis seiner, wie sagtest du vorhin, Anke, kriminellen Energie, ich würde sogar sagen, seines überaus großen Potenzials an krimineller Energie."

In das betretene Schweigen, das folgte, platzierte Christine schließlich gezielt ihre Frage, der sie bei diesem Besuch nachgehen wollte: „Hast du mal den Namen Ralle in Bezug auf deinen Bruder gehört?"

Hermine wurde noch blasser, als sie ohnehin schon war, und mit entkräfteter Stimme bezeugte sie: „Ja ... So hat er sich als Junge eine Zeitlang genannt. Ralle. Ralle, der Grausame. Mein Vater hat ihm damals zum einzigen und ersten Mal den Hosenboden versohlt und ihm verboten, den Namen jemals wieder zu benutzen."

„Warum?" Ebenso leise kam die Gegenfrage von Christine: „Warum, Hermine?"

Hermine zögerte mit ihrer Antwort, überlegte und umfasste mit beiden Händen ihren Kopf: „Weil er die beiden kleinen Hundewelpen ertränkt hat, die Karl und ich von meinem Vater geschenkt bekommen hatten. Friederich wollte keinen haben, aber er wollte auch nicht, dass wir welche bekommen. Und dann hat er ..." Hermine vollendete den Satz nicht, aber Christine und Anke begriffen, wie grausam Friederich in Wirklichkeit war: Ralle, der Grausame. In diesem Moment konnte Christine die Tränen nicht mehr halten: Ralle, der Grausame, der Vater ihrer Tochter Martina, und diese war möglicherweise in seinen Händen ...

Norddeich – Montagmittag, 26. April

Wenige Minuten später machten sich Anke und die völlig aufgelöste Christine auf nach Halte. Aber Anke kannte Christine durch und durch und sie wusste, dass sich Christine so richtig gut am Meer entspannen und loslassen konnte. Loslassen von all dem, was sie innerlich so belastete, um dann mit neuer Kraft wieder beherzt das anpacken zu können, was anzupacken war. Und so fuhr Anke, ohne ein Wort zu sagen, in Richtung Küste an die Nordsee, wo sie beide erst einmal frei durchatmen und die weiteren Schritte bedenken konnten.

Christine war Anke unglaublich dankbar dafür, dass sie diese Entscheidung getroffen hatte. Sie selbst wäre gar nicht mehr in der Lage dazu gewesen. So saßen die beiden Frauen schließlich am Strand von Norddeich, genossen Meer und Sonne und sortierten all das, was sie zu hören bekommen hatten.

Nach einer Weile beschloss Anke, für sie beide erst einmal etwas zu trinken und zu essen zu besorgen, und sie versprach bald wieder da zu sein, aber Christine solle die Zeit am Meer einfach zum Entspannen nutzen. Was Christine dann auch tat. Das Meeresrauschen, es war gerade Flut, und die angenehm warm scheinende Sonne taten ihr unglaublich gut und sie entspannte sich tatsächlich. Ein Stoßgebet, in dem sie Gott um Hilfe bat, um Bewahrung für Martina und um sein konkretes Eingreifen, ließ sie zusätzlich ruhig werden.

Als Anke schließlich, sie hatte sich extra Zeit gelassen, weil sie wusste, dass Christine diese für sich gerade jetzt hier an der Nordsee dringend brauchte, zurückkam und sie sich die leckeren Fischbrötchen, dazu Kaffee und Mineralwasser, hatten schmecken lassen, konnten beide auch schon wieder gemeinsam lachen und sich an der wunderschönen Natur erfreuen und das Hiersein auskosten. Natürlich war gedanklich die Sorge um Martina noch vorhanden. Aber dass sowohl Anke als auch Johannes Christine darauf hingewiesen hatten, dass Martinas Verschwinden durchaus auch etwas mit ihrem journalistischen Spürsinn und ihrer damit verbundenen Betriebsamkeit zu tun haben konnte, beruhigte sie etwas, auch wenn das mütterliche Herz gegen diese These, denn etwas anderes war es ja auch nicht, ankämpfte. Dass sie gerade jetzt nach dem Essensschmaus wieder daran denken musste, ermahnte sie gleichzeitig, noch einmal all das zu reflektieren, was Karla gesagt hatte. Und plötzlich erregte eine Aussage von Karla ihre Aufmerksamkeit.

„Anke, erinnerst du dich an das, was Karla über den Anfang ihrer Ehe gesagt hat? Hör mal genau hin, ich versuche es zu zitieren: ‚… der Hermann brauchte mich nur anschauen und schon war ich wieder schwanger. In jedem Jahr nach unserer Hochzeit kam ein neuer Sohn, eins, zwei, drei. Und dann kam noch Hermine.´ Fällt dir etwas auf?"

„Nö, nicht wirklich. Was meinst du?"

„Jedes Jahr kam nach der Hochzeit, die war 1950, ein Sohn. Eins, zwei, drei ... Eins wäre Friederich, 1951 geboren, zwei war Karl, also von 1952, aber wer war Sohn Nummer drei?"

„Keine Ahnung, vielleicht eine Totgeburt oder ein früher Tod des kleinen Jungen?"

„Johann ist 1953 geboren."

„Johann? Wie kommst du denn jetzt auf Johann?"

„Was wäre, wenn Johann in Wirklichkeit Karlas Sohn ist? Überleg doch mal, wie sie Hermann beschrieben hat. Alle diese Eigenschaften trafen auch auf Johann zu und einige decken sich sicherlich auch mit Karlas, wenn sie nicht gerade so unter Strom steht, wie im Augenblick. Und denk an das große Interesse, das Karla an Johann gezeigt hat, und zwar ausschließlich *nach* dem Tod von Johanns Eltern. Sie hat ihn ab diesem Zeitpunkt immer mal wieder angerufen und die beiden haben mitunter richtig lange miteinander telefoniert."

„Meinst du nicht, dass deine Annahme ein wenig reichlich steil ist? Hatte Johann denn so gar nichts von Waltraud und Horst? Und warum und wie hätten Karla und Waltraud einfach so ein Kind tauschen können? Das wäre doch vielen aufgefallen und ihren Männern sowieso. Oder meinst du, die beiden Ehepaare hätten den Tausch gemeinsam bewerkstelligt? Aber warum hätten sie dann ein Geheimnis daraus machen sollen?"

„Das weiß ich nicht. Keine Ahnung. Es ist auch mehr so eine Idee", Christine zuckte mit den

Schultern. „Meine Schwiegereltern waren vom Typ her irgendwie völlig anders als Johann. Das hat er selbst immer wieder betont. Aber ich habe mir natürlich nie etwas dabei gedacht. Es kommt ja immer mal wieder vor, dass ein Kind ganz aus der Reihe schlägt, wie man so schön sagt, und außerdem sind Karla und Waltraud ja auch Schwestern. Vererbungstechnisch sind ja immer mehrere Ursprungsfamilien beteiligt ... Aber wo ich jetzt so darüber nachdenke, da fällt mir ein, dass Waltraud mir einmal gesagt hat, dass sie keine Kinder bekommen konnten. Als ich auf Johann verwiesen habe, kam sie erst ins Schleudern und sprach dann von früheren Fehlgeburten. Ich habe damals gedacht, es wäre ihr unangenehm, mit mir darüber zu sprechen. Die heutige Freiheit, Dinge direkt beim Namen zu nennen, kannte man früher ja noch nicht so. Aber das mit den Fehlgeburten hat sie, soweit ich mich erinnern kann, auch nur dieses einzige Mal zur Sprache gebracht. Wenn ich oder Johann das Thema wieder erwähnt haben, hat sie sofort das Thema gewechselt oder reserviert und ablehnend Gegenfragen gestellt, wie zum Beispiel, ob es denn für Johann so schlimm gewesen sei, ein Einzelkind zu sein, ob er es denn schlecht bei ihnen gehabt hätte usw. Natürlich haben wir dann nie mehr nachgefragt. Johann hat es ja auch wirklich gut bei ihnen gehabt und für uns war klar, dass Waltraud und Horst gerne weitere Kinder gehabt hätten, aber das in der damaligen Zeit einfach nicht möglich war."

„Ach, du meine Güte, in dem Fall klingt das alles ja tatsächlich gar nicht mehr so abwegig ... Dann wäre es doch total spannend, zu erfahren, wie sie das gemacht haben, und wir sollten ..."

„... sofort wieder zu Karla fahren und sie zur Rede stellen."

„Na dann, nichts wie hin."

Christine rang mit sich, schloss die Augen und schluckte: „Ja, gleich. Aber ich glaube, es ist Zeit, dir ... Ich, ich muss dir auch noch etwas anderes beichten. Etwas, was ich bislang nur mit Johann besprochen habe ... Ich musste ihm damals versprechen, darüber zu schweigen."

Christines Stimme klang regelrecht brüchig und Anke erkannte, dass es etwas Schwerwiegendes sein musste, was ihr jetzt anvertraut werden würde, und ihr wurde ganz mulmig zumute, aber sie nickte nur.

„Du kennst unsere Geschichte, Anke. Wir haben oft darüber gesprochen, wie wir uns als Studenten kennengelernt und wie Johann und ich uns ineinander verliebt haben ... Aber es war nicht die ganze Wahrheit, die wir dir erzählt haben ... Und auch nicht die ganze Wahrheit, die ich dir gestern erzählt habe. Verzeih es mir bitte! Ich wollte dich nicht belügen, aber eigentlich wollte ich das Ganze nie jemandem erzählen. Das hatten Johann und ich auch so vereinbart. Auch, um Martina zu schützen", beschämt atmete Christine tief ein, bevor sie schluchzend weitererzählte.

„Also, ich habe dir erzählt, dass ich vor Johann bereits eine Beziehung hatte ... Zu einem Mann, der sich Ralle nannte ... Mittlerweile bin ich mir ganz sicher, dass Ralle Friederich war ... Er hat mich eines Tages einfach sitzen gelassen, ist von jetzt auf gleich spurlos verschwunden und es stellte sich heraus, dass alles, was er mir erzählt hatte, erstunken und erlogen war." Leise Tränen rollten über Christines Wangen und Anke sah hilflos zu. Die Erfahrung hatte sie gelehrt, dass Christine jetzt nicht in den Arm genommen werden wollte. Noch nicht. Eine leise Ahnung stieg in Anke hoch, aber sie wartete geduldig, bis Christine die nächsten Worte fand.

„Er hatte mir einen falschen Wohnort genannt und einen falschen Namen. Er hat mich belogen und auch betrogen, wie sich später herausstellte, als ich recherchiert habe. Nichts von dem, was er mir geschildert hatte, entsprach der Wirklichkeit, war authentisch. Nichts, gar nichts ..." Christine seufzte und wischte ein paar Tränen von ihren Wangen: „Das Schlimme war - und ich habe mich sehr lange dafür furchtbar geschämt - das Leben mit Ralle war deutlich interessanter, abwechslungsreicher, spannender und spaßiger, als ich es mir mit Johann hätte vorstellen können. Johann war verlässlich, loyal, lieb ... Du kennst ihn ja. Aber ich fand ihn damals auch irgendwie einfach langweilig ... Als Ralle aus meinem Leben verschwunden ist, hat Johann, der zu meiner damaligen Clique gehörte, mich aufgefangen. Er war einfach für mich da. Hat mir zugehört, mich getröstet, mir in allem geholfen. Typisch Johann, eben. Ich hatte kurz vorher erst begriffen, dass ich schwanger war, und Ralle war abgehauen. Aber Johann war trotzdem immer noch für mich da. So trug ich Ralles Kind unter meinem Herzen und Johann hat es dann als seines ausgegeben, um mich und das Kind in meinem Bauch von Anfang an zu schützen. Und das, obwohl das Kind gar nicht von ihm sein konnte. Aber er wollte mir ersparen, dass mein Kind einen Lügner und Betrüger zum Vater hatte ... Wie sich wenig später herausstellte und schnell öffentlich bekannt wurde, hatte Ralle auch andere in Gießen böse übers Ohr gehauen ... Ach, Anke, ich war so unterbelichtet damals, so naiv, so betrunken von inhaltsloser Liebe. Und alles nur, weil ein Typ wie Ralle auf meiner Lebensorgel zur richtigen Zeit die passenden Register zog. Einfach furchtbar das Ganze ..."

Christine schluckte, trank einen Schluck Wasser und wischte sich erneut die Augen: „So wurde Martina als Johanns Kind geboren und er hat nie ein Wort darüber verloren, dass sie es nicht war. Im Gegenteil, er hat in unserer Clique, vor seinen Eltern, Freunden und Bekannten immer wieder betont, dass er der Vater von Martina sei. Johann war für mich ein Heiliger. Obwohl es in der damaligen Zeit eine Schande war, ein uneheliches Kind zu bekommen und er auch als Christ schwer unter den Vorhaltungen, auch seiner Eltern und von Freunden, zu leiden hatte, hat er dichtgehalten und geschwiegen."

Wieder wischte Christine sich Tränen aus dem Gesicht und Anke sah, wie schwer es ihr fiel, von Johann zu erzählen, den Christine wirklich unendlich geliebt hatte. Das war nicht zu übersehen gewesen und sie wusste, dass es auf Gegenseitigkeit beruht hatte. Auch Johann hatte nie einen Zweifel daran gelassen, das hatte sie selbst miterlebt.

„Als ich überlegte, das Geheimnis um die Schwangerschaft aufzulösen, weil ich nicht wollte, dass er so zu leiden hatte, hat er mich geradezu angefleht, es nicht zu tun, allein schon, um Martina zu schützen. Und letztendlich auch mich. Ich habe ihn dann gefragt, was ihn so stark mache, und er antwortete mir, dass das sein Glaube an Jesus Christus sei. Jesus würde die Wahrheit kennen und das genüge ihm. Er betonte, Jesus würde ihm helfen, alles durchzustehen. Er hätte am Kreuz schließlich viel mehr auf sich genommen als das Wenige, was er nun tragen würde … So war Johann. Ich selbst hatte damals noch nichts mit Jesus am Hut. Erst da habe ich begriffen, was echte Liebe ist. Und was für Johann echte Liebe war: zu Gott, zu Jesus, zu Martina und letztendlich auch zu mir. Da ist mir klar geworden, was allein im Leben zählt … Trotzdem hat Johann mich nicht sofort geheiratet. Er wollte, dass ich mir ganz sicher war. Er meinte, ich sollte nicht unter seiner Entscheidung leiden müssen. Er wusste, wie langweilig ich ihn vorher gefunden hatte, und er hat mir nie einen Vorwurf daraus gemacht. Ach, Anke …" Christine zitterte am ganzen Körper und die Tränen flossen nun sturzbachartig. „Du glaubst nicht, wie sehr ich Johann lieben gelernt habe ... Ich vermisse ihn auch heute noch sehr ..."

Anke fiel es schwer, etwas darauf zu sagen. Sie hatte Johann richtig gut kennengelernt. Hatte miterleben können, wie stolz Johann auf seine Frau und seine Kinder gewesen war. Selbst als Martina in der Pubertät große Schwierigkeiten gemacht hatte, hatte er liebevolle Worte für seine Tochter gefunden und ihr aus mancher Patsche herausgeholfen. Und sie hatte miterlebt, wie sehr die Familie um ihren Vater und Ehemann getrauert hatte und noch trauerte. Auch Anke war tiefbewegt. Und sie tat jetzt das, was auch Johann getan hätte, sie nahm die weinende Christine liebevoll in ihre Arme und hielt sie einfach nur fest. Auch bei Anke liefen die Tränen ...

Erst als Christine sich wieder beruhigt hatte, meinte sie: „Auch Martina hat bis jetzt nie erfahren, das Johann nicht ihr leiblicher Vater war. Johann und ich waren uns einig, dass sie das nicht wirklich wissen müsste. Von Rechts wegen ist Johann ihr Vater ... Wir haben noch kurz vor ihrer Geburt geheiratet und so sind wir als Eheleute als ihre Eltern beim Standesamt eingetragen ... Ganz ehrlich, ich hätte nicht im kühnsten Albtraum vermutet, dass ich Ralle ausgerechnet bei Johanns Verwandten finden würde. Und nun muss ich annehmen, dass Ralle entweder Johanns Cousin - was immer noch das Beste wäre - oder - schlimmer noch - Johanns Bruder ist ... Ich habe solch eine verflixte Angst, dass Friederich für Martina zur

Gefahr wird. ... Mir wurde erzählt, dass sie sich bei Karlas Geburtstagsfeier lange mit ihm unterhalten hat, und seitdem ist sie wie vom Erdboden verschwunden. Ich hatte so gehofft, dass sie mir wenigstens heute mal eine Nachricht sendet, aber mein Handy hat nicht ein einziges Mal heute geklingelt oder einen Ton von sich gegeben. Nichts, rein gar nichts." Während Christine noch sprach, hatte sie ihre Handtasche geöffnet und darin herumgekramt. Plötzlich bemerkte sie völlig verstört, dass sie ihr Handy in Halte vergessen hatte. Und sie drängte Anke zum sofortigen Aufbruch.

Unterwegs – Montagnachmittag, 26. April

Kaum saßen sie im Auto und fuhren Richtung Süden, ertönte im Radio eine Männerstimme mit den neuesten Nachrichten aus Niedersachsen. Christine hatte die Augen geschlossen und war mit ihren Gedanken bei all dem gerade Erlebten, als plötzlich ein Aufruf an die Bevölkerung kam, der sie wie elektrisiert aufhorchen ließ.

„Und jetzt bittet Sie die Kriminalpolizei Leer noch einmal um Ihre Mithilfe. Wir hatten bereits mehrfach von der an Ostern auf Borkum angeschwemmten und immer noch nicht identifizierten Frauenleiche berichtet. Jetzt ist ein anonymer Hinweis bei der Polizei eingegangen. Jemand will beobachtet haben, wie eine Frau von einer deutschen Yacht gestoßen worden sein soll, die aus dem Dollart in Richtung Niederlande gefahren sein soll. Die Yacht soll sich mit hoher

Geschwindigkeit entfernt haben. Wer sachdienliche Hinweise geben kann, der möge ..."

„Nenn mich verrückt oder was auch immer. Vielleicht spinne ich jetzt auch total und sehe überall Gespenster. Aber ob Friederich dahintersteckt?" Christine blickte Anke mit weit aufgerissenen Augen an.

„Friederich? Wie kommst du denn jetzt auf Friederich? Für alles Schmutzige kann man ihn nun sicherlich auch nicht verantwortlich machen."

„Hermine hat mir erzählt, dass Friederichs Lebensgefährtin ihn so ganz Knall auf Fall um Ostern herum verlassen hätte. Sie hatte wegen Karlas Geburtstagsplanung in der Fima angerufen, weil Friederich überhaupt nichts von sich hatte hören lassen, was ja nicht untypisch für ihn ist. Karla aber wollte endlich wissen, wie sie dran wären. Und nun kommt der Knaller. Hermine meinte, Friederichs Sekretärin hätte ziemlich konfuse Andeutungen am Telefon gemacht und sich zunächst auch widersprochen, dann schnell korrigiert, aber alles in allem sei es ein ziemliches Durcheinander gewesen, was sie gesagt hatte."

„Aber Christine ... Es soll vorkommen, dass jemand von jetzt auf gleich auszieht. Ich weiß nicht, was ..."

„Friederich besitzt eine Yacht. Also muss er vom Papenburger Hafen aus über die Ems und schließlich durch den Dollart gefahren sein, um ins offene Meer zu kommen. Oder man muss sich entweder für die ostfriesischen oder die westfriesischen Inseln entscheiden. Aber in jedem Fall ist alles in der Nähe von Borkum ..."

„Das ist der Hammer. Das könnte tatsächlich passen. Aber ..."

„Friederich ist immer mit seiner Yacht auf Tour, wenn er es irgendwie möglich machen kann. Das hat Hermine noch herausgefunden, frag mich aber nicht, von wem."

Die beiden sahen sich ernst an und beschlossen an dieser Sache dranzubleiben und Hermine erneut zu löchern. Was sie dann aber im Eifer der anderen Geschehnisse völlig vergaßen.

Auch Friederich hatte zeitgleich die Meldung gehört. So, sie hatten also einen anonymen Hinweis bekommen. Gut zu wissen, dachte er. Denjenigen knöpfe ich mir vor, wenn ich herausfinde, wer er ist. Oder ob es eine diejenige ist? Er konnte sich gut vorstellen, dass es durchaus auch Frau Schmidt gewesen sein konnte, die ihn angeschwärzt hatte. Sie wusste zwar längst nicht alles, was passiert war, aber sie war gewitzt und hatte Haare auf den Zähnen, wie man so schön sagte. Dabei hatte er geglaubt, sie fest in seiner Hand zu haben. Auf der anderen Seite hatte der anonyme Hinweisgeber ja anscheinend keine konkreteren Angaben gemacht, die ihn überführen konnten. Wieder schien das Glück ihm hold zu sein. Trotzdem, es war total hirnrissig von ihm gewesen, Frau Schmidt einzubeziehen, damals, als er kurz vor den westfriesischen Inseln einfach hatte weiterfahren müssen, nachdem er die

Leiche ins Wasser geschmissen hatte, aber eine andere Möglichkeit hatte es nicht gegeben. Wäre er direkt umgekehrt, er wäre allein schon deswegen aufgefallen. Warum hatte Astrid ihn auch so gereizt, warum ihm ständig widersprochen, warum hatte sie so einen Terz machen müssen? Er war sowieso fertig mit ihr gewesen. Aber dieses ständige Infragestellen und ihre Widerworte hatten ihn so erzürnt, dass er einfach zugeschlagen hatte. Einmal, zweimal, ..., wie oft wusste er nicht mehr. Dass sie ausgerechnet mit dem Kopf gegen die Reling geflogen war, dafür konnte er nichts. Es war das Einfachste gewesen, sie einfach ins Wasser zu werfen. Die Sauerei an Bord war natürlich mal wieder an ihm hängen geblieben, was ihn fürchterlich genervt und seine Zeit länger in Anspruch genommen hatte. Beides hatte ihn total verärgert. Immerhin hatte er enormen Dusel gehabt, dass keine anderen Boote in unmittelbarer Nähe waren. Aber ihm war sofort klar geworden, dass er Astrids Klamotten nicht nur von Bord, sondern auch aus seiner Villa und seinem Büro hatte entfernen lassen müssen, wo sie in der letzten Zeit ausgeholfen hatte. Und da war ihm Frau Schmidt eingefallen. Sie hatte sofort alle Spuren verwischen müssen.

Frau Schmidt war zu Wachs in seinen Händen geworden und er hatte das auszunutzen gewusst. Zwei Tage zuvor hatte er nach all den Jahren, die Frau Schmidt ihn mit all ihrer Heiligkeit umgeben hatte, endlich ihre Achillesferse entdeckt: ihren jüngsten Sohn. Ein

Tunichtgut war er, wie Friederich genüsslich festgestellt hatte. Frau Schmidt hatte ihn zu sich ins Büro kommen lassen, weil sie anscheinend etwas zu klären hatten. Allein das war schon ein No-Go gewesen und eigentlich von Friederich verboten. Dann hatte ihr Telefon geklingelt und das Muttersöhnchen hatte sich in Friederichs Büro, das eigentlich hätte abgeschlossen sein sollen, geschlichen und sich dort im Schreibtisch nicht nur umgesehen, sondern eifrig am Bargeld bedient. Es war ein großartiger Moment gewesen, als er ihn dabei erwischt hatte und seine Mutter dafür zur Rechenschaft hatte ziehen können, die an dem Tag sowieso irgendwie nicht sie selbst gewesen war. Und seitdem war diese so taffe, so begabte und mit einem Gedächtnis wie ein PC ausgestattete Frau ihm hörig. Wehe, wenn sie sich als anonyme Hinweisgeberin betätigt hatte. Das würde sie dann bitter bezahlen.

Martina und Tim hatten tatsächlich ein paar Stunden geschlafen. Wieder nagten Hunger und Durst an ihnen. Wie gut, dass Friederich ihnen wenigstens zwei kleine Flaschen Wasser dagelassen hatte. Martina war sehr misstrauisch geworden. Friederich hätte durchaus ja auch eine der großen Flaschen zurücklassen können, warum um alles in der Welt hatte er sie also ausgetauscht? Als sie Tim von ihren Bedenken erzählt hatte, hatte er abgewinkt. Man müsse ja auch nicht hinter allem etwas vermuten, hatte er lässig gemeint, dann aber auch zunächst nicht davon getrunken. Beide lagen mehr oder weniger matt auf den

Matratzen herum. Reden hatten sie noch nicht so viel miteinander können, die beiden Männer hielten sich, wie sie hatten hören können, hinter der nächsten Palettenreihe auf und sie waren alles andere als taub. Auch wenn die beiden nicht zu ihnen herüberklettern konnten, waren Martina und Tim sich der Gefahr bewusst, die sie bedeutete. Tim hatte ihr nur kurz flüsternd von seiner These und den Sprengungen der Geldautomaten berichtet und sich schließlich doch einen großen Schluck Wasser gegönnt. Das hochmotorige Fahrzeug, das sie an Bord hätten, spräche Bände und passe ins Bild, hatte er gemeint. So könnten die Gangster ohne aufzufallen aus der Gegend, in der sie Beute gemacht hätten, verschwinden, was sie ja anscheinend gerade live erleben würden. Wieder hatte er einen Schluck genommen und nachdem es ihm gut zu gehen schien, zögerte auch Martina nicht länger und trank ein wenig. Schon fuhr Tim fort: „Viele der Kriminellen kommen aus den Niederlanden. Deutschland ist für sie eine Oase, was die Automatenplünderungen betrifft. In anderen Ländern sind die Geldautomaten schon seit Jahren so gesichert, dass Kriminelle gar nicht erst an ihr Ziel kommen. Kein Wunder, dass sie sich hier … bei uns … herum … tummeln …" Und Martina hörte nur noch sein Schnarchen. Also doch, fuhr es ihr durch den Kopf, das Zeug ist verseucht und im gleichen Moment versuchte sie den gerade genommenen Schluck wieder auszuspucken, was ihr nur halbwegs gelang. Wenig später fiel auch sie in einen rauschhaften Schlaf.

Unmittelbar, nachdem Friederich die A2 verlassen hatte und auf die A31 gebogen war, kündigte sich ein sich bildender Stau an. Dummerweise hatten weder der WDR im Radio noch sein Navi einen solchen Stau vorhergesagt. Mit anderen Worten, aus diesem Stau kam er erst einmal nicht so schnell wieder heraus. Geschlagene fünfzig Minuten später erkannte Friederich von Weitem Polizeifahrzeuge mit eingeschaltetem Blaulicht, die LKW und Luxuskarossen auf einen Rastplatz hinauszuwinken schienen. Weitere vierzig Minuten später wurde auch Friederich wegen einer angeblich allgemeinen Verkehrskontrolle herausgewinkt und sofort drückte er einen kleinen unscheinbaren Knopf auf dem Armaturenbrett, der prompt ein Warnsignal im Laderaum ertönen ließ und auf die drohende Gefahr hinwies. Kaum stand Friederich und hatte den Motor ausgestellt, wurde er auch schon gebeten, neben den vorzuzeigenden Papieren auch die Ladebordwand seines Sattelzugs herunterzufahren. Was Friederich auch sofort tat. Nach außen war er ganz der freundliche Typ, der alles im Griff hatte. Innerlich rumorte es ein wenig in ihm: Hätte er doch nur daran gedacht, den Mund der beiden Dumpfbacken mit Klebeband zuzukleistern. Hoffentlich hatten sie getrunken ... Was, wenn nicht?

Auch die beiden Männer waren genervt von der ganzen Situation. Eigentlich sollten sie hinter der Palette gemütlich ihren wohlverdienten Schlaf genießen können. Aber jetzt saßen sie zusammengequetscht im Auto und mussten warten, bis sie endlich in

Papenburg ankommen würden. Zudem war es ungemütlich warm hier im Laderaum und sie befanden sich anscheinend mitten in einem Stau und es ging nur langsam vorwärts. Immerhin hatten sie aber genügend zu essen und zu trinken bei sich. Gerade wollten sie sich Kaffee einschenken, als der Laster plötzlich abstoppte, kurz wieder anfuhr, wieder stoppte und langsam nach rechts abdrehte und der Motor abgestellt wurde. Unmittelbar vorher ertönte ein deutliches, aber leises, kurzes Warnsignal. Sofort verstummten die beiden und schraubten die Isolierkanne wieder zu. Irgendetwas war im Busch. Was, war ihnen nicht klar. Aber frischer Kaffeeduft sollte besser niemandem entgegenströmen ...

Während einer der kontrollierenden Beamten sich den Frachtraum ansah und dazu tatsächlich eine Leiter zur Hilfe nahm, um den Raum auch von oben einsehen zu können, unterhielt Friederich sich nett mit dessen jungem Kollegen und erfuhr von ihm tatsächlich, dass sie nach Kriminellen suchten, die deutschlandweit unterwegs seien und Geldautomaten sprengten. Dazu würden sie alle hochmotorigen Luxusschlitten und ... In diesem Moment kam sein Kollege hinzu, sah ihn streng an und stoppte dadurch seinen Redeschwall. Friederich tat so, als wenn er nichts bemerkt hatte, machte ein nettes Späßchen und bedankte sich höflich, als ihm versichert wurde, dass sowohl Papiere als auch Fracht in Ordnung seien und fuhr kurz darauf in Richtung Papenburg davon. Allerdings machte er sich so seine Gedanken. Warum um alles in der Welt hatten sie in Verbindung mit den Geldautomatensprengungen Laster herausgewinkt und untersucht? Noch war alles ein weiteres Mal gutgegangen. Aber diese Verkehrskontrolle hier eben, bei der er gefilzt worden war, zeigte ihm, dass es irgendwo ein Leck in seinem System geben musste. Irgendjemand musste geplaudert haben, wusste aber anscheinend nicht genau genug Bescheid über die einzelnen Abläufe. Es war schon merkwürdig, dass es gleich zwei Hinweisgeber am selben Tag zu geben schien. Erst die Sache mit der Leiche vor Borkum und dann dieses hier. Besser, er kam zügig nach Papenburg und führte dieses Abenteuer schnellstens zu Ende.

Rhauderfehn – Montagnachmittag, 26. April

Pfarrer Solius war tatsächlich am frühen Nachmittag noch einmal bei Karla vorbeigekommen, so wie er es versprochen hatte. Er ermutigte Karla, einfach da weiterzumachen, wo sie aufgehört hatte. Und Karla ließ sich das nicht zweimal sagen. Zu groß war die Bürde, die sie so lange mit sich herumgetragen hatte und die sie jetzt endlich loswerden wollte.

„Hermann und ich waren wirklich sehr glücklich. Schon ein Jahr nach unserer Hochzeit kam Friederich zur Welt, dann Karl, der nach meinem Vater benannt worden ist. Meine Schwester Charlotte lebte mit ihrem Mann Gerd Dänekas, einem Kapitän zur See, auf Borkum und die Bollers, also Waltraud und Horst, in

Gießen. Beide Schwestern hatten nach dem Tod unseres Vaters das ihnen zustehende Geld ausbezahlt bekommen. Charlotte hat es sofort in das Elternhaus von Gerd investiert und so die ersten Umbauten ihrer künftigen Pension finanziert. Gerd war viel auf See. Mit der Pension hatte sie später nicht nur einen gesicherten Zusatzerwerb, sondern auch noch eine Lebensaufgabe. Waltraud hat ihr Geld erst einmal auf die hohe Kante gelegt, um es dann ein paar Jahre später in den geplanten Hausbau zu stecken. Auch Horst war beruflich viel im Ausland, so dass sie nicht gleich bauen wollten. Und dann kam 1948 die Währungsreform und Waltrauds Geld war weg, „null und nichtig", wie Horst zu sagen pflegte. Somit war sie die Einzige, die durch ihre eigene Entscheidung zwar, aber doch ungewollt, nichts vom Erbe unserer Eltern hatte. Das hat stark an Waltraud genagt. In ihren Erzählungen kam sie mehrfach von der Wahrheit ab und betonte häufiger mal, dass Charlotte und ich noch was vom Geld der Eltern abbekommen hätten, nur sie eben nicht. Widersprechen durften wir ihr dabei nicht. Dann wurde sie richtig böse ... In Wirklichkeit war sie neidisch und eifersüchtig auf Charlotte und mich. Auch, weil wir beide Kinder hatten und sie nicht. Bollers waren schon neun Jahre verheiratet, als unser Friederich kam, und wir gerade erst ein Jahr. Ich wurde schnell wieder schwanger mit Karl und im dritten Jahr ...", Karla machte eine kleine Pause und fuhr spürbar erregt fort: „meldete sich wieder ein Kind an."

Dann sah sie Pfarrer Solius direkt in die Augen: „Ich habe damals aus den besten Motiven eine schwere Schuld auf mich geladen ... Und wenn ich ehrlich bin, leide ich bis heute darunter ... Herr Pfarrer, ich hoffe wirklich, dass Gott mir diese vergeben wird. Es tut mir so unendlich leid, das alles ..." Wieder schwieg sie und leise liefen Tränen über ihre Wangen.

„Frau Koers, es gibt keine Schuld, auch wenn sie noch so schlimm ist, die Gott nicht bereit ist zu vergeben. Was man ehrlich und von Herzen bereut, darf man ihm im Gebet alles sagen. Wir haben einen lebenden Gott und dieser Gott hört uns zu. Mehr noch, dieser Gott erhört unsere Bitten und unser Flehen. Gott sieht unser Herz an, und er vergibt. Dafür ist Gott Mensch geworden in Jesus. Jesus ist schließlich am Kreuz gestorben, damit wir uns Gott nähern können. Das ist als Zeichen Gottes geschehen, als Zeichen seiner großen Liebe zu uns Menschen und als Zeichen, dass er uns Menschen vergeben will. Gott hat sich selbst gegeben, Frau Koers, durch Jesus. Das sollten wir nie vergessen", liebevoll lächelte Pfarrer Solius Karla an, bevor er entschlossen fortfuhr: „Gott hat Mördern vergeben, Betrügern und Lügnern. Die Bibel ist voll von solchen Tatsachen. Gott will, dass wir uns mit allem an ihn wenden, Frau Koers. Und glauben Sie mir, wenn wir offen und ehrlich bereuen, was wir getan haben: Er, Gott, vergibt."

Pfarrer Solius hatte vorsichtig Karlas linke Hand ergriffen, während er mit Karla sprach, und ihr dabei gütig in die Augen geschaut. Und Karla ließ es geschehen. Aber es war mehr als das. Sie spürte seine Wärme und empfand es so, als ob es Gott selbst wäre, der sie berührte und ihr Mut schenkte, klar Schiff zu machen. Dass Gott immer wieder durch Menschen sprach, hatte sie mehrfach im Laufe ihres Lebens erfahren. Aber das, was sie gerade erlebte, war irgendwie eine neue Erfahrung für sie. Ein tiefer innerer Friede zog in ihr Herz hinein und half ihr, ruhig zu werden. Karla schloss kurz die Augen und hatte das Gefühl, endlich all das sagen zu können, was längst hätte gesagt werden müssen. Vorher war ihr das auch ansatzweise klar gewesen, aber selbst, als sie am Sonntag für ein Gespräch mit Pfarrer Solius gekämpft hatte, war sie sich alles andere als sicher gewesen, wie tief sie in das sie so quälende Thema einsteigen wollte. Das Allgemeine, was sie Pfarrer Solius am Morgen erzählt hatte, war ihr leicht von den Lippen gegangen. Aber ihr eigenes Handeln und damit ihr Versagen oder ihre Schuld, wie Karla sie seit langem benannte, freimütig offen zu bekennen, fiel ihr dann doch nicht ganz so leicht, auch wenn es einem Pfarrer gegenüber war, der ja unter Schweigepflicht stand. Aber sie wollte endlich reinen Tisch machen. Und das nicht nur Pfarrer Solius, sondern vor allem Gott gegenüber.

„Was genau ist passiert, Frau Koers?"

„Ich war also zum dritten Mal innerhalb von drei Jahren schwanger und mir ging es gesundheitlich überhaupt nicht gut. Nach den Geburten der beiden Kinder und der vielen Arbeit auf dem Hof war ich sehr blass und dünnhäutig geworden. Und ganz ehrlich, ich wollte nicht noch ein kleines Kind. Mich hat das alles damals total überfordert." Karla schluckte: „Irgendwann kam mir die Idee, Waltraud mein ungeborenes Kind als ihr Kind anzubieten. Das kam seinerzeit ja häufiger mal vor, dass man eines seiner Kinder an Familienangehörige abgab, die keine eigenen bekommen konnten ..." Karla schwieg eine Weile, bevor sie erneut fortfuhr: „Hermann hätte dem aber niemals zugestimmt. Er liebte Kinder und hätte am liebsten eine ganze Fußballmannschaft um sich gehabt."

Ein weiteres Mal stockte Karla und Pfarrer Solius erkannte, wie schwer ihr die Bekenntnisse fielen, und dass das, was sie ihm zu erzählen hatte, ganz anders, als er ursprünglich angenommen hatte, tatsächlich in die Tiefe ging und nicht einfach nur kleine Geständnisse leichter Versäumnisse waren, wie er sie häufiger zu hören bekam. Und so schwieg er und ließ Karla einfach reden, damit diese ihr Herz erleichtern konnte.

„Ich habe das dann im Geheimen mit Waltraud besprochen und sie war total begeistert. Gemeinsam haben wir drei Schwestern schließlich überlegt, wie wir das bewerkstelligen könnten, ohne dass die Männer etwas davon mitbekommen würden. Hermann wusste, wie sehr ich die Nordsee liebte, und ich brauchte nur ein wenig davon zu schwärmen, um ihn auf die Idee zu bringen, dass ich Charlotte doch für ein paar Wochen auf Borkum besuchen könnte. Sie hatte ja Pensionszimmer genug ... Nun gut, das Ende vom Lied war, dass wir drei Schwestern gemeinsam auf

Borkum waren. Waltraud hatte mich und die Jungs nach unserem ausgetüftelten Plan in der Grafschaft Bentheim abgeholt und wir sind zu Charlotte gefahren. Wie es der Zufall so wollte, war Gerd zu dem Zeitpunkt gerade auf großer Fahrt und Horst erledigte für seine Firma in den USA einen extrem wichtigen Auftrag. Waltraud hatte uns erzählt, dass er die Rückreise erst antreten könnte, wenn sein Auftrag, er war Ingenieur, reibungslos erledigt sein würde. Und da es ziemlich große Probleme bei der Umsetzung gab, wurde schnell deutlich, dass er für mehrere Wochen, aus denen dann letztendlich mehrere Monate wurden, drüben bleiben musste. Also kam es ihm gut zu pass, dass Waltraud bei uns war, und sich nicht so allein in Gießen fühlte."

Karla mied die ganze Zeit den Augenkontakt zu Pfarrer Solius, erzählte aber mit ruhiger Stimme weiter: „Somit waren wir mit vollem Einverständnis unserer Ehemänner zu Charlotte in die Pension auf Borkum in die Ferien gefahren und wir haben es verstanden, immer wieder Gründe zur Verlängerung unseres Aufenthaltes zu finden. Ich war im sechsten Monat und Waltraud tischte ihrem Horst telefonisch die Lüge auf, dass sie ebenfalls schwanger sei und es nur nicht früher bemerkt hätte, weil sie ja ziemlich korpulent sei. Aber der Arzt auf Borkum habe gesagt, dass alles in Ordnung wäre."

Karla seufzte tief: „Zurückkommen konnte Horst nicht, was ihn sehr ärgerte und uns sehr freute. So konnten wir alles durchziehen. Charlottes zwei

Töchter waren noch zu klein, um etwas zu bemerken, ebenso auch Friederich und Karl. Die vier wurden tagsüber von zwei Kindermädchen betreut, die auch in der Pension während der Saison immer halfen. Die beiden sind von Waltraud fürstlich bezahlt und damit zum Schweigen gebracht worden ... Schließlich war es dann so weit und Johann ist mittels einer mit Charlotte befreundeten Hebamme in ihrer Pension geboren und auf Borkum als Sohn von Waltraud und Horst Boller beim Amt gemeldet worden. Das Amt unterstand damals dem Bürgermeister und der war froh über jeden echten Borkumer, zu dem Johann sich fortan zählen durfte." Wieder sah Karla den Pfarrer direkt an: „Sie sehen, ich habe Hermann nach Strich und Faden belogen und ihn um sein Kind betrogen. Und glauben Sie mir, ich habe es schon oft äußerst bitter bereut."

Pfarrer Solius nickte, strich mit der Hand über sein Kinn und fragte: „Was haben Sie Ihrem Mann erzählt über das Kind, das nicht da war?"

„Ich habe ihm erzählt, dass es eine Totgeburt war. Dass Waltraud ebenfalls schwanger war, hatte ich ihm ein paar Wochen vorher schon telefonisch mitgeteilt. Es war wirklich alles akribisch von uns Schwestern geplant worden ... und keine hat jemals darüber geredet. Wir hatten es uns geschworen, dass wir schweigen. Aber ..."

„Aber jetzt sind Sie die einzige Überlebende?"

„Ja, und ich leide seit Jahren an dem, was ich damals getan habe. Mein Betrug und meine Lüge gegenüber Hermann und auch Horst ... Ich kann es mir selbst nicht verzeihen ... Und außerdem hat es ja auch viele negative Folgen nach sich gezogen. Aus Scham Hermann gegenüber wollte ich bei Karl und Friederich alles perfekt machen und war unglaublich froh über die Geburt von Hermine, von der ich glaubte, dass dadurch alles wieder gut werden würde ... Aber es war nicht gut. Friederich ist mir von seiner Art her von Anfang an irgendwie fremd gewesen, er war schon als Kleinkind so egoistisch, fordernd, fast tyrannisch. Und zwar schon immer und wir konnten es ihm nicht abgewöhnen. Ihn habe ich dann wohl auch total falsch erzogen, so sehe ich es heute. Er konnte sich alles bei meiner Mutter und mir erlauben. Hermann hat das oft nicht verstanden, aber bei mir war es einfach das schlechte Gewissen ... Friederich war so ganz anders ... Ella, meine Enkeltochter, meinte vor ein paar Jahren, dass er krankhaft narzisstisch ist. Und das scheint auch wohl zu stimmen ... Johann hingegen, Johann war mir so total nah, auch innerlich ... Und er war wie Hermann. So höflich, liebevoll und hilfsbereit. So ... einfach das totale Gegenteil von Friederich. Wenn wir uns mit Bollers getroffen haben, wurde ich immer wieder an mein Vergehen erinnert. Irgendwann habe ich dann Gründe gesucht, damit wir uns nur noch sehr, sehr selten sahen. Und das nur, damit ich Johann nicht erlebte und den Schmerz, der wie Messerstiche durch mein Herz zog ... Erst nach dem Tod von Horst und Waltraud habe ich zu dem erwachsenen Johann wieder Kontakt aufgenommen und mir dann vorgestellt, er wäre mein Sohn ... Friederich ist ein Gauner, wie er im Buche steht. Zeit seines Lebens hat er gelogen, betrogen, war immer mal wieder gewalttätig ... Und ich bin mit schuld daran.

Noch lange redeten Karla und Pfarrer Solius über alles, vertieften, besprachen und beteten schließlich. Innerlich wie befreit spürte Karla erneut diesen tiefen Frieden, den nur Gott schenken kann. Dankbar sah Karla Pfarrer Solius an. Bevor er ging, sagte er noch: „Vergessen Sie nie, Frau Koers, wenn wir von Gott Vergebung geschenkt bekommen haben, dann schenkt er uns auch die Kraft, anderen zu vergeben. Auch darum dürfen wir ihn bitten. Wie um alles andere.

Papenburg – später Montagnachmittag, 26. April

Tatsächlich hatte es auf der restlichen Fahrt nach Papenburg keinerlei Störungen mehr gegeben. Friederich war erleichtert und steuerte seinen Sattelzug auf den firmeneigenen, dafür vorgesehenen Parkplatz. Noch war zu viel Betrieb auf dem Gelände, aber insbesondere dieser Teil, den er hatte dazukaufen können, als die ursprünglich ansässige Firma pleite gegangen war, bot durch leerstehende Gebäude und Garagen einen kompletten Sichtschutz. Trotzdem war er vorsichtig. Gewarnt durch die beiden außergewöhnlichen Ereignisse im Radio und auf der A31. Besser, er war ab jetzt auf der Hut. Friederich nahm die

Frachtpapiere an sich und ging erst einmal in sein Büro, um später Frau Schmidt auf die Probe stellen zu können. Aber zunächst wollte er Ruhe bewahren und niemanden aufscheuchen. Es musste heute alles genauso aussehen wie immer. Er musste noch ein wenig warten oder anders, sie alle mussten noch ein wenig warten ... Dass Frau Schmidt sich tatsächlich, zum ersten Mal seitdem sie bei ihm angestellt war, krank gemeldet hatte, stärkte sein ganzes Misstrauen.

Rhauderfehn – später Montagnachmittag, 26. April

Auf der Rückfahrt von Norddeich fuhren Christine und Anke erneut bei Karla vorbei. Christine wollte sich dieses Mal nicht allzu lange aufhalten. Seit sie wusste, dass sie morgens ihr Handy in Halte vergessen hatte, drängte es sie, schnellstmöglich einen Blick darauf werfen zu können, falls Martina sich gemeldet haben sollte. Und das hoffte sie von Herzen. Auf der anderen Seite graute ihr aber auch vor einer erneut möglichen großen Enttäuschung. Die letzten Stunden jedoch hatten ihren Entschluss, die Polizei noch am selben Tag zu informieren, sollte Martina sich immer noch nicht gemeldet haben, gefestigt. Dadurch, dass sie mit Anke alles hatte Revue passieren lassen, war ihr deutlich geworden, dass irgendetwas vor sich ging, was mit normalen Erklärungen nichts mehr zu tun hatte.

Kaum waren sie bei Karla eingetroffen, fasste Christine, behutsam zwar, aber doch auch sehr direkt,

Karlas irritierende Aussage vom Gespräch am Vormittag noch einmal kurz zusammen und bohrte nach: „Karla, bitte lass uns offen und ehrlich miteinander umgehen." Christine griff nach Karlas Händen, umschloss sie mit ihren eigenen und sah sie ernst, aber liebevoll an: „Bist du in Wirklichkeit Johanns Mutter und nicht Waltraud?"

Karla nickte nur und setzte dann zur Gegenfrage an: „Und wie ist es bei dir? Ist Friederich der Vater von Martina?"

Mit allem hatte Christine gerechnet, mit dieser Frage jedoch nicht. Auch ihr blieb das bestätigende „Ja" fast im Hals stecken und es kam nur leise. Dass diese alte Frau auch ihre Geschichte mehr durchschaut hatte, als sie sich auch nur im entferntesten hatte vorstellen können, erstaunte sie sehr. Gleichzeitig gab ihr diese neue Form der Offenheit und Ehrlichkeit Mut für eine gemeinsame Zukunft. Beide Frauen sahen sich traurig an und glaubten das jeweilige Leiden der anderen förmlich spüren zu können. Christine umarmte Karla schließlich innig und liebevoll. Beglückt, die Mutter von Johann im Arm halten zu können, und gleichzeitig abgrundtieftraurig, dass die Wahrheit über Friederichs Vaterschaft ans Licht gekommen war. Aber anlügen, anlügen wollte sie die alte Frau nicht. Das Lügen musste endlich ein Ende haben in ihrer gemeinsamen Familiengeschichte. Auch Martina würde diese bittere Wahrheit erfahren müssen und ihr graute davor, sie ihr sagen zu müssen.

„Wir haben einander viel zu verzeihen und zu vergeben, Karla. Lass uns daran arbeiten. Ich hoffe, auch Martina wird mir vergeben können. Ohne mich wäre sie gar nicht erst in dieses gefährliche Abenteuer hineingeraten."

„Hat Johann davon gewusst, dass er nicht Martinas leiblicher Vater war?"

„Ja, Karla. Johann hat alles gewusst. Und er hat sich unglaublich liebevoll und fürsorglich verhalten. Für ihn war Martina absolut seine Tochter. Schon während der Schwangerschaft und besonders vom ersten Augenblick an, als sie auf der Welt war."

Dankbar blickte Karla Christine direkt in die Augen und nickte. Ein großes Glücksgefühl überkam sie. Wenigstens einer ihrer Söhne hatte so bedingungslos geliebt, vertraut und gehandelt. Und sie zog ihren inneren Hut vor Johann, ihrem Sohn, der er war und der er doch irgendwie nicht gewesen war. Und es versetzte ihr einen Stich ins Herz.

Merkwürdigerweise reagierte Christine, als hätte sie das Stichwort „Herz" gehört, was ja nicht sein konnte: „Wenn wir unser Herz nicht aufräumen und von Jesus aufräumen lassen, dann wird das nichts. Wenn wir nicht bereit sind, all das Negative loszulassen, was uns fest an sich bindet, müssen wir uns nicht wundern, wenn es uns gefangen hält und sein bitteres, vernichtendes Gift immer wieder in unser Herz hineinspritzt und damit unser Denken und nicht zuletzt unser Handeln bestimmt. Und das gilt für Neid, Eifersucht und Egoismus genauso wie für Bitterkeit, Lügen und Steine, die wir anderen in den Weg gelegt haben. Und letztendlich uns selbst damit auflegen. Wir müssen loslassen lernen und erkennen wollen, dass wir echte Vergebung und damit eine nie gekannte Freiheit bekommen können, wenn Jesus sie uns schenkt. Wir brauchen ihn nur darum zu bitten."

Karla nickte: „Ja, lass uns gemeinsam von vorne anfangen. Mit Gottes Hilfe, Christine. Und als Familie. Du hast recht, wir müssen einander vergeben und nicht nach Rache streben. Möge Gott schenken, dass wir das schaffen. Allerdings fällt es mir schwer, das bei Friederich zu praktizieren."

„Ja, das verstehe ich und es geht mir ganz ähnlich. Aber auch Friederich muss sich eines Tages vor Gott verantworten, Karla. Jeder muss Gott für sich selbst um Vergebung bitten und darf die Vergebung dann für sich in Anspruch nehmen. Aber Vergebung bedeutet nicht, das Geschehene zu verharmlosen, zu verleugnen oder es einfach herunterzuschlucken und sich nicht zu wehren. Was Friederich getan hat, ist und bleibt furchtbar, es ist kriminell."

Erst jetzt erzählte Christine Karla, dass Martina spurlos verschwunden war, und dass sie vermutete, dass Friederich damit zu tun haben könnte, es aber nicht wirklich wüsste. Worauf Karla total entsetzt reagierte: „Schon wieder ist eine so junge Frau verschwunden, furchtbar. Die Leiche vor Borkum war doch auch eine junge Frau ... Oh, nein, oh nein. Nicht auch noch Martina. Nicht auch noch Martina."

Entsetzt sah sie Christine an und beide waren sich einig, dass Friederich seine Finger im Spiel haben könnte.

Papenburg – früher Montagabend, 26. April

Endlich war es so weit, er konnte seinen Sattelzug gefahrlos ausladen und den beiden Männern, die schon sehnsüchtig im Laderaum auf ihn warteten, endlich ihre Freiheit geben. Und endlich konnte er sich an der Frau rächen, die sich für seine Tochter hielt. Oder besser noch, er konnte sich an ihrer Mutter rächen und sie würde für den Rest ihres Lebens leiden müssen. Typisch Narzisst, verkehrte er die Wahrheit ins Gegenteil und dachte: Warum hatte sie ihn auch abserviert und immer wieder unter Druck gesetzt, damals, als sie noch jung waren und in Gießen wohnten. Christine hatte ständig mit ihm über alles diskutieren wollen, war oft mit ihm aneinandergestoßen, hatte sein Verhalten missbilligt und ihn immer wieder aufgefordert, nicht so egoistisch zu sein. Friederich resümierte, was er glaubte mit ihr erlebt zu haben, aber er reflektierte nicht. Seine Sichtweise stand an höchster Stelle und sie spiegelte sich deckungsgleich in seinem Verständnis von objektiver Wahrheit, die letztendlich er entwarf und kreierte. Und während er das tat, stieg sein Aggressionspotenzial von Minute zu Minute.

Als Friederich zu seinem Laster zurückkam, hatte sein Papenburger Helfer, der in einer absoluten finanziellen Notlage war und dankbar jede zusätzliche Arbeit annahm, schon die ersten Paletten ausgeladen und zunächst am Ende des Parkplatzes abgestellt. Noch war vom Audi nichts zu sehen und Friederich wollte auch nicht, dass er ihn sah. Also befahl er ihm, als er die nächste Palette abtransportierte, zuerst das bereits Ausgeladene in die vorgesehene Halle zu befördern und erst dann die restliche Ware beim Laster abzuholen. Kaum war der Mann außer Sichtweite, lud Friederich in Windeseile die restlichen Paletten aus dem Laster. Unmittelbar darauf lenkten die beiden Niederländer den Audi in eine der leerstehenden Garagen, die gut versteckt auf dem Gelände lag, und tauschten ihn gegen den Ford Focus mit niederländischem Kennzeichen, der schon bessere Tage gesehen hatte. Wenige Minuten später hatten sie auch ihre dunkle Kleidung und ihr Styling gewechselt und waren kaum wiederzuerkennen. Nachdem sie Friederich anteilig die Beute übergeben hatten, was er natürlich pedantisch überprüfte, machten sie sich erfolggekrönt auf, um zurück in die Niederlande zu fahren. Niemand, absolut niemand, würde sie mit den Verbrechen in Deutschland in Verbindung bringen, war sich Friederich sicher, sah ihnen kurz nach und steuerte den Gabelstapler in den Frachtraum des LKWs zurück. Hätte er nur eine Minute länger gewartet, wäre ihm vielleicht der unauffällige Wagen aus Deutschland aufgefallen, der den beiden Niederländern folgte und sie schließlich, noch auf deutschem Boden, zur Strecke brachte.

Triumphierend lud Friederich auch die letzten Paletten aus und sah befriedigt, dass Martina und Tim betäubt auf ihren Matratzen lagen. Er grinste in sich hinein, der Wasser-K.-o.-Tropfen-Cocktail hatte seine Wirkung getan. Wenige Minuten später landeten die beiden gut verschnürt auf der Kofferraumfläche eines älteren Passat-Kombis. Mitleidlos musterte Friederich sie und beschloss, kein Risiko einzugehen. Erbarmungslos flößte er zunächst Tim ein paar weitere K.-o.-Tropfen ein, um sich dann Martina vorzuknöpfen.

Kaltblütig und schonungslos beäugte er sie und hätte sie am liebsten geschlagen, begnügte sich aber, indem er sie ankeifte: „Du Miststück, jetzt bekommst du deine Quittung. Hast dich bei der Feier an mich herangemacht und es ging dir nur um mein Geld. Glaubst wohl, weil ich dein Erzeuger bin, kannst du dick absahnen. Nichts kriegst du. Gar nichts. Ich habe dich sowieso nie gewollt."

Während er sprach, tröpfelte er ihr eine Portion in den gewaltsam geöffneten Mund und ließ verächtlich von ihr ab, während er im nächsten Moment auch schon die Gepäckraumabdeckung zuzog und die Heckklappe wutentbrannt ins Schloss fallen ließ. Es war eine der ganz wenigen Male, in denen Friederich selbst bemerkte, dass er sich zügeln musste. Gleichzeitig war Martina froh um seine Ungezügeltheit, hatte er doch so nicht mitbekommen, dass sie schon lange nicht mehr betäubt war und nur schauspielerte. Sie hatte im Laster kaum etwas aus der kleinen Wasserflasche getrunken und erst einmal abgewartet, wie

Tim das Wasser vertragen würde. Aber schon der kleine Schluck hatte sie zunächst außer Gefecht gesetzt. Ihr war es gleich spanisch vorgekommen, dass ausgerechnet Friederich ihnen freiwillig etwas zu trinken brachte. Während Friederich sich nun in Rage geredet hatte, sammelte sie ihren Speichel und spuckte ihn mitsamt der K.-o.-Tropfen, nachdem Friederich die Heckklappe hatte zufallen lassen, in ihr Halstuch hinein.

Kurz darauf machte sich Friederich, nachdem er die Ladebordwand des Sattelzugs heruntergefahren und ihn abgeschlossen hatte, mit dem Passat auf in Richtung B70. Dass ihm dabei mit gebührendem Abstand ein Zivilfahrzeug der Polizei folgte, bemerkte er nicht.

Leer, Papenburg – Im Laufe des Montags, 26. April

Tims Freund hatte bereits am Vormittag ganze Arbeit geleistet und mit seinen Kollegen aus Leer und Papenburg nicht nur die von Tim übersendeten Daten ausgewertet, sondern auch unmittelbar, bevor Friederich mit dem Laster auf seinem Firmengelände aufgetaucht war, mit ein paar Zivilfahrzeugen unauffällig Stellung bezogen, um das Firmen- und Hafengelände zunächst zu observieren.

Zwei Stunden zuvor waren Christine, Anke und Hermine in der Polizeidienststelle in Leer aufgetaucht, um eine Vermisstenmeldung aufzugeben, und es hatte keine halbe Stunde gedauert, bis sie von Tims

Freund befragt worden waren und sie alles, was sie wussten oder vermuteten, geschildert hatten. Ein strafrechtlicher Verdacht sei zwar gegeben und begründe eine Observation durchaus, wie Tims Freund den Dreien in Leer bestätigte, aber das eigentliche Problem sei, dass es sich bei fast allem, was sie bisher an Informationen hatten, nur um Verdachtsmomente handelte und sie Friederich bislang kaum etwas würden nachweisen können. Zwar hatten die Dokumente, die Tim ihm zugeschickt hatte, einige Hinweise auf Unregelmäßigkeiten und Betrügereien erbracht, aber noch fehlte ihnen der Grund, um auch sofort eingreifen zu können. Den Tod von Karl im Jahr 2002 könne man schwerlich noch nachweisen, es sei denn, Friederich gäbe seine Täterschaft zu, hatte er Hermine erklärt, nachdem sie ihm von ihren Beobachtungen und Vermutungen erzählt hatte. Und auch den Mord, denn es war Mord, wie die Obduktion der Borkumer Leiche mittlerweile ergeben hatte, könne man Friederich nicht einfach so anhängen, die Umstände dazu müssten erst geklärt werden. Und dass Martina verschwunden sei, könne auch andere Ursachen haben. Bewiesen sei von all dem noch gar nichts. Was sie bräuchten, wäre eine konkrete Gefahrenlage. Dann könnten sie sofort handeln. Immerhin hatte er den Frauen versprochen, dass die Polizei noch am selben Tag die Firma observieren und er sich des Ganzen annehmen würde.

Dass die durchgeführte Observation dann aber tatsächlich so schnell etwas erbrachte, damit hatte keiner der Polizeibeamten gerechnet. Schon kurze Zeit, nachdem sie sich auf dem großen Gelände positioniert hatten, war Friederich mit seinem Sattelzug angefahren gekommen. Zunächst hatte alles noch völlig normal gewirkt, aber gegen Abend veränderte sich die Situation urplötzlich. Mit Erstaunen hatten sie gesehen, wie aus dem Sattelzug nicht nur der schnittige, hochmotorisierte Audi entladen und sofort wieder in einer der Garagen versteckt wurde, sondern auch, wie zwei schwarz gekleidete, niederländisch sprechende Männer mit Rucksäcken den Laster verließen. Dass Friederich zudem Geld mit den Niederländern gewechselt hatte, war als äußerst verdächtig wahrgenommen worden. Um ihre Tarnung nicht zeitnah auffliegen zu lassen, hatten Zivilfahnder die beiden Niederländer zunächst nur verfolgt und sie dann unterwegs mithilfe von Zollbeamten bei einer Fahrzeugkontrolle im Zollbezirk vor der niederländischen Grenze aus dem Verkehr gezogen. Dass laut Bundeskriminalamt zwei Drittel aller mutmaßlichen Automatensprenger aus den Niederlanden kamen und Deutschland mittlerweile als europäischer Brennpunkt bezeichnet wurde, war Fakt, bewies aber noch lange nicht ihre Täterschaft. Zum ersten Mal hatten die Beamten nun einen Erfolg verzeichnen können und per Video mitgefilmt, wie der Audi, an dem deutsche Kennzeichen aus dem Emsland angebracht waren, entladen wurde und damit zumindest hier in der Gegend überhaupt nicht weiter auffiel. Allein das war ungewöhnlich, man hatte gerade bei Razzien in Niedersachsen häufig nach

PS-starken Fahrzeugen mit niederländischen Kennzeichen gesucht.

Kaum war auch Friederich mit dem Passat weggefahren, fiel eine Horde von Polizeibeamten in Friederichs Villa und Firma ein, konfiszierte den Audi ebenso wie zahlreiche Dokumente, Computer und brisante Unterlagen. Auch einige Wertgegenstände aus der Villa fielen auf, die unzweifelhaft einer Frau mit dem Namen Astrid zuzuordnen waren, die laut Augenzeugen die verflossene Lebensgefährtin von Friederich war und die eine gewisse Ähnlichkeit mit dem Phantombild der vor Borkum angespülten Leiche aufwies. Auch auf dem Rucksack, den die Frau auf den Rücken getragen hatte, war der Name Astrid eingraviert. Zudem hatte man in Friederichs Villa ganz ähnliche Flaschen mit einer Substanz gefunden, die auch dieser besagte Rucksack enthalten hatte und von denen man inzwischen wusste, dass es sich um K.-o.-Tropfen handelte. Mehrere Helfershelfer wurden verhaftet, ebenso wie Frau Schmidt, die sie zu Hause antrafen. Ob es sich dann auch tatsächlich um Friederichs Lebensgefährtin handelte, was kaum noch jemand bezweifelte, und welche Substanzen die in Friederichs Villa gefundenen Flaschen enthielten, würde sich in den nächsten Tagen zeigen.

Dass Friederich ein weiteres Mal nach Abfahrt der Niederländer in den Laster stieg und schließlich, verstohlen um sich schauend, zweimal mit jeweils einer liegenden und offenbar betäubten Person auf dem Gabelstapler wieder auf der Bildfläche erschien, kam selbst den hartgesottenen Beamten merkwürdig vor. Auch Tims Freund war zunächst erstaunt und irritiert zugleich, erkannte aber sofort das Potenzial, um in Kürze endlich einen ultimativen Beweis sichern zu können, der Friederich auf lange Zeit aus dem Verkehr ziehen würde. Zudem hatte er Tim erkannt und er war sich sicher, dass er genau das tat, was Tim von ihm erwartet hätte, nämlich zunächst noch abwarten, was Friederich vorhatte, und erst dann zuzuschlagen. Dabei war ihm bewusst, dass diese Entscheidung ziemlich haarig war und auch für ihn Sprengpotenzial enthalten konnte. Immerhin konnten Tim und die andere Person ja auch tatsächlich dringend medizinische Hilfe benötigen. Auf der anderen Seite hätte er sich, wäre er an Tims Stelle gewesen, auch schlafend gestellt. Also war es egal, wie er sich entschied, problematisch war sowohl die eine als auch die andere Entscheidung. Also folgten seine Kollegen und er dem Passat, in der Hoffnung, dass sie Friederich unmittelbar während einer Straftat stellen konnten. Ganz im Sinne einer vorläufigen Festnahme nach § 127 StPO.

Von all dem hatte Friederich nichts bemerkt. Wieso denn auch? In seiner überheblichen Denkweise glaubte er, dass er anderen in allem weit überlegen war und sich klug, durchsetzungsstark und geschickt verhielt, während andere ihn als rücksichtslos einstuften. Hätte irgendjemand mal den Mut gehabt, Friederich einen sprichwörtlichen Spiegel vor Augen zu halten und offen und ehrlich mit ihm zu reden, er hätte es nicht verstanden und alles von sich gewiesen. Andere benahmen sich auffällig und merkwürdig, aber er natürlich nicht.

Friederich liebte es, Macht über andere zu haben. So wie er sie in diesem Moment über Martina und Tim hatte. Er war der König seines durch ihn geschaffenen, großartigen, hoch effizienten Reiches, sie die Schmarotzer, die alles zerstören wollten. Wie du mir, so ich dir, brummte er das Sprichwort vor sich hin und fühlte sich brillant dabei und drückte das Gaspedal durch, bis er Herbrum erreichte. Von hier aus waren es nur noch ein paar Minütchen zur Herbrumer Schleuse im Dortmund-Ems-Kanal und zum Herbrumer Wehr in der Ems.

Kanal und Fluss liefen an dieser Stelle parallel, um sich wenig später wieder in der Ems zu vereinen. Die Ems war der längste in Deutschland entspringende Fluss, der auch in Deutschland endete. Eine Straße führte sowohl über den Kanal als auch über die Ems und Friederich kannte die Gegend aus dem Effeff. Geschickt lenkte er seinen Wagen so, dass er der Ems direkt am Wehr in Richtung Dörpen folgen konnte. Der Wasserstand war hier, anders als auf der anderen Seite des Wehrs, ziemlich hoch. Der komplette Schiffsverkehr wurde zudem über den Dortmund-Ems-Kanal umgeleitet. Und damit war dieses Teilstück der Ems der ideale Platz für sein Vorhaben. Selbst, wenn die Leichen irgendwann einmal in Richtung Wehr abgetrieben oder schnell gefunden werden sollten, sie würden kaum Hinweise über ihre Herkunft verraten und wenn es Verletzungen geben sollte, dann nur post mortem entstandene. Er war sich sicher, so würde alles wie ein tragischer Schwimmunfall aussehen.

Ein enormer Energiestrom durchfloss Friederich, nahezu beglückt, seine Passion dem Ende entgegen führen zu können, und er stoppte den Wagen. Als Erstes entlud er Martina, die völlig willenlos in seinen Armen hing. Kurz musste er daran denken, dass er gerade seine Tochter zum ersten Mal in seinem Leben auf dem Arm hatte. Allein der Gedanke bereitete ihm Ekel und Abscheu. Zügig zerschnitt er ihre Fesseln an Händen und Füßen, bevor er sie voller Kraft und mit viel Schwung in die Ems hineinwarf. Und Tim folgte, nur Sekunden später, auf dieselbe Weise. Befriedigt sah Friederich zu den beiden hinüber, die willenlos im Wasser trieben und schon unterzugehen drohten. Ganz so wie er sich das gedacht hatte. Bis jetzt hatte ihn noch niemand gesehen. Damit das auch so blieb, legte er den Rückwärtsgang ein und wendete kurze Zeit später.

Tatsächlich hatten die Polizisten Friederich auf der B70 kurz aus den Augen verloren, als sie hinter einem Mähdrescher und einem Trecker herfahren mussten und vorerst nicht überholen konnten. So hatten sie zunächst nicht bemerkt, dass er in Herbrum eine kleine Abkürzung genommen hatte und abgefahren war. Erst, als sie an der kleinen Anliegerstraße vorbeifuhren, erkannten sie ihren Irrtum, mussten aber bis zur nächsten Straße weiterfahren, um dort umdrehen zu können. Das kostete Zeit. So hatten sie nicht sehen können, zu welcher Stelle Friederich tatsächlich gefahren war. Das Gelände war hier nicht gerade übersichtlich und bot neben der kurvigen, leicht ansteigenden Straße mehrere Erschwernisse, um weit blicken zu können. Doch endlich lokalisierte einer der Beamten Friederichs Passat durch sein Fernglas, und zwar entgegengesetzt zu ihrer gewählten Fahrtrichtung. Kaum hatten sie gedreht, beobachteten die Beamten aus der Ferne, wie Friederich etwas ins Wasser warf und es ein zweites Mal wiederholte. Verstärkt mit Blaulicht und Martinshorn rasten die Zivilfahnder in Friederichs Richtung und hätten den Passat fast noch erreicht, als der sich mit rasendem Tempo über den angrenzenden Segelflugplatz aus dem Staub machte.

Blitzschnell entschied Tims Freund aber, die Verfolgung den Kollegen, die sie sofort informierten, zu überlassen, in der Gewissheit, dass sie Friederich irgendwann schon noch schnappen würden. Aber jetzt galt es zuerst, Tim und seine Begleitung aus der Ems zu retten, und er hoffte, dass sie nicht zu spät kamen.

Rhauderfehn – Dienstagmorgen, 27. April

Hermine werkelte gerade allein in ihrer Küche herum, als Achim hereinkam. Beide waren von der ganzen Situation genauso mitgenommen wie Christine und Anke. Noch immer hatten sie keinen blassen Schimmer, was sich seit dem gestrigen Nachmittag ereignet hatte, nachdem sie Christine und Anke zum Polizeikommissariat nach Leer begleitet und dort zu hören bekommen hatten, dass alles Menschenmögliche getan werden würde, um herauszufinden, was aus Martina geworden war und ob eine Verkettung unglücklicher Umstände mit Friederich Koers gegeben sein könnte, für die mittlerweile vieles sprach. Christine und Anke hatten zurück ins *Gut Halte* gehen wollen, aber Hermine hatte sie überzeugt, dass familiäre Nähe wahrscheinlich doch die bessere Variante sei, und die beiden zu sich nach Hause eingeladen. Christine war kaum noch wiederzuerkennen. Leichenblass hatte sie schon ganz früh am Frühstückstisch gesessen und nur wenig an ihrem Brötchen genagt. Und auch Karla, Anke und Hermine hatten mehr geschwiegen als miteinander geredet. Dass immer noch, nach so vielen Stunden, nicht eine einzige klitzekleine Nachricht von der Polizei gekommen war, hatte sie total entmutigt und fertiggemacht und wurde mittlerweile als schlechtes Zeichen gewertet.

„Warum um alles in der Welt rufen die nicht an?" Irgendwann sprach Anke aus, was alle dachten. Aber es änderte sich auch dadurch nichts und so riss sie den Telefonhörer an sich und wollte gerade wählen, als sie bemerkte, dass das Freizeichen fehlte. „Das Telefon ist tot. Der Festnetz-Anschluss funktioniert gar nicht." Erschrocken starrte sie die anderen an. „Hat irgendjemand von euch einen Handyempfang? Ich habe keinen." Hektik machte sich breit.

Noch während sie rätselten, was das zu bedeuten hatte, hielt ein Taxi an der Straße und Karla, die es als

Einzige gesehen hatte, schaltete sofort und rief laut: „Martina. Es ist Martina mit ihrem jungen Mann!"

Und tatsächlich klingelte es auch schon an der Tür und Sekunden später standen Martina und Tim Hand in Hand in Groothuis' Küche. „Nanu, ist etwas Schlimmes passiert?"

Christine glaubte, nicht richtig zu hören, und konnte nicht glauben, was sie sah. Die ganze Nacht hatte sie sich herumgewälzt und die fürchterlichsten Gedanken hatten mehr und mehr Gestalt angenommen. Und nun plötzlich, wo ihre totgeglaubte Tochter vor ihr stand, noch dazu im Arm des Mannes, den sie im *Gut Halte* als Tim van Heeren kennengelernt hatte, sackte ihr der Kreislauf weg. Im nächsten Augenblick spürte sie die liebevolle Umarmung von Martina, die sie schon ewig nicht mehr in den Arm genommen hatte. „Mama, es ist alles gut. Mama ..." Zärtlich strich Martina ihr über die Wange und hielt ihre nun schluchzende Mutter einfühlsam und voller Liebe fest.

In diesem Moment löste sich auch bei den anderen die zunächst empfundene Schockstarre. Gerade noch hatten sie mit dem Schlimmsten gerechnet. Aus heiterem Himmel hatte sich von nun auf gleich alles verändert. Welch ein Segen!

Wenig später hatte auch Anke Christine in den Arm genommen und ihr dabei zugeraunt: „Gott sei Dank, und das meine ich wörtlich, sind sie wohlbehalten wieder da! Und solo ist sie wohl auch nicht mehr." Zum ersten Mal musste Christine lächeln. Und

Martina, die sehr gute Ohren hatte, sah Anke kopfschüttelnd an: „Ihr könnt es wohl nicht lassen, oder? Und ja, Tim gebe ich nicht mehr her. Niemals." Worauf alle fröhlich und von den Strapazen der letzten Tage wie befreit lachten.

Nachdem Hermine Tee gemacht und Kuchen aufgetischt hatte, erzählten Martina und Tim dann endlich abwechselnd von den Ereignissen der letzten Tage. Tiefe Betroffenheit, Fassungslosigkeit und Entsetzen lösten einander ab. Vor allem, als Martina schilderte, wie Friederich sie betäubt und schließlich in die Ems geworfen hatte, waren alle schockiert und erschüttert gleichermaßen. Eigentlich wollte Martina gerade dieses Erlebnis mit Rücksicht auf Karla und ihre Mutter nur oberflächlich erwähnen, aber ausgerechnet Karla ließ das nicht zu.

„Willst du damit sagen, dass Friederich euch mit den K.-o.-Tropfen außer Gefecht gesetzt hat, damit ihr ertrinkt und so ums Leben kommt? Rede, Martina. Ich will das genau wissen."

Besorgt sah Martina sie an, unsicher, ob sie diese haarige Situation tatsächlich genauer beschreiben sollte und der alten Frau diese Schilderungen zumuten durfte. Aber Karla ließ keinen Zweifel aufkommen: „*Ich will, ich muss und ich werde* sowieso herausbekommen, was Friederich getan hat. Ihr braucht mich nicht zu schonen."

Tim hatte sofort bemerkt, in was für einem Konflikt Martina steckte, und sprang in die Bresche:

„Friederich hatte uns schon vor der Rückfahrt im Laster mit K.-o.-Tropfen durchsetztes Wasser gegeben. Wir waren gefesselt und es war mehr oder weniger stickig an Bord. Irgendwann habe ich dann doch getrunken, obwohl ich geahnt habe, dass mit dem Wasser möglicherweise etwas nicht in Ordnung sein könnte, aber …"

„Was ja auch der Fall war", fiel Martina ein. „Zunächst sah alles ganz gut aus und ich habe auch ein paar Schlucke getrunken. Kurz darauf, es war ja stockdunkel im Laster, hörte ich Tim nur noch schnarchen."

„Ich bin erst in der Ems wieder ein wenig zu mir gekommen und hatte einen totalen Filmriss. Ich wusste weder, wo ich war, noch, warum alles so nass und kalt war … Mir war total schlecht und ich hatte die totale Panik. Wäre Martina nicht gewesen, ich wäre ertrunken …"

„Das bist du aber nicht, mein Schatz. Ich war ja da." Liebevoll lächelte Martina Tim an, bevor sie fortfuhr: „Ich war schon lange, bevor wir Papenburg erreicht hatten, wieder aufgewacht. Mir war zwar auch übel und ich hatte leichte Kopfschmerzen, aber denken konnte ich immerhin noch. Dann habe ich einfach abgewartet und immer wieder versucht, Tim zu wecken, was mir aber nicht gelang. Dabei musste ich ja leise sein, wegen der zwei Kriminellen, die auf der anderen Seite der Palette immer wieder zu hören waren. Irgendwann kamen wir dann in Papenburg an. Als Friederich schließlich den Laster leerte, habe ich mich schlafend gestellt, konnte aber aus den Augenwinkeln heraus beobachten, was ablief. Er hat uns dann in den Kofferraum eines Autos geworfen und schließlich zuerst mich und dann Tim in die Ems geworfen. Zum Glück in dieser Reihenfolge. Ach ja, vorher hatte er noch die Fesseln von unseren Armen und Beinen entfernt. Ich habe zuerst so getan, als wenn ich untergehen würde. Schwimmen und Tauchen sind total meine Hobbys. Unter Wasser habe ich dann versucht Tim Halt zu geben, damit sein Kopf über Wasser blieb. Das Wasser der Ems ist ja glücklicherweise nicht so sauber, dass man das von oben so genau hätte sehen können." Martina lachte.

„Sie hat mich gerettet. Wäre Martina nicht gewesen, mich gäbe es nicht mehr …"

„Ja, … Friederich hatte sich dankenswerterweise auch schon auf den Rückweg gemacht. Also: Ende gut, alles gut."

Dass sie beide anschließend noch mit einigen Symptomen zu tun gehabt und der herbeigerufene Rettungswagen sie ins Krankenhaus zum Durchchecken mitgenommen hatte, dass Tims Freund ebenfalls ins Wasser gesprungen war und er und sein Kollege die beiden an Land gezogen hatten, was sie alleine nie und nimmer hätte schaffen können, gerade auch, weil Tim schwerfällig wie ein Sack an ihr gehangen hatte, all das verschwieg sie lieber. Das konnte sie irgendwann später noch einmal schildern. Später, wenn sich das bleierne Gespenst des Entsetzens verzogen und der inneren Heilung Platz gemacht haben würde.

Bestürzt von der Grausamkeit und den Machenschaften ihres Sohnes schüttelte sich Karla: „Dafür wird Friederich sich verantworten müssen. Vor Gericht und vor Gott."

„Friederich ist tot, Karla", Martina sah ihr unvermittelt in die Augen. „Nachdem er uns in die Ems geworfen hatte, ist er mit hohem Tempo davongerast und wenig später in einen Mähdrescher hineingerast."

In diesem Moment klingelte es erneut an der Tür. Tims Freund und ein weiterer Kriminalbeamter standen vor der Tür, um Karla und ihrer Familie die Todesnachricht zu überbringen. Und auch, um ihnen mitzuteilen, dass Friederich tatsächlich für den Tod seiner Lebensgefährtin verantwortlich war und noch so einiges auf dem Kerbholz gehabt hatte. In diesem Zuge berichtete auch Tim von seinen Recherchen, die er bereits an seinen Freund weitergegeben hatte, und die drei schilderten die Ereignisse um Friederich und ergänzten einander immer wieder.

Friederich war der Urheber eines ausgeklügelten, heimtückischen Transport- und Verstecksystems gewesen, der seine Spedition so einzusetzen gewusst hatte, dass niederländische Kriminelle deutschlandweit sofort hatten untertauchen können, nachdem sie die Geldautomaten in die Luft gesprengt hatten. Friederichs Plan hatte grandios funktioniert. Dadurch, dass sowohl das erbeutete Geld als auch die hochmotorisierten Fahrzeuge in Deutschland selbst blieben und beides wie vom Erdboden verschwunden war, hatte man oft vergeblich nach Spuren gesucht. Friederich hatte dabei nichts dem Zufall überlassen und seine niederländischen Komplizen hatten seine Dienste bereitwillig in Anspruch genommen. Die Polizei hatte lange im Dunkeln getappt. Bis Tim, der, wie es oft so war, ganz zufällig auf Friederichs Spur gestoßen war, seinen Freund in Leer informiert und der sich sofort näher mit der Sache beschäftigt hatte. Zum Schluss berichteten die Männer noch, dass Friederich auf der Stelle tot gewesen sei, die Ermittlungen der Kriminalpolizei aber noch nicht abgeschlossen seien. Und Tim und Martina bekräftigten unisono, dass sie aus dem Ganzen gemeinsam eine mitreißende, spannungsgeladene Reportage machen wollten.

Und als ob das alles noch nicht genug gewesen wäre, ließ Martina als Nächstes einen weiteren Knaller los und erzählte, wie sie Friederich nach der Geburtstagsfeier von Karla auf das Plattbodenschiff gefolgt war und wie sie beobachtet hatte, dass ein Laster auf Friederichs Firmengelände in Windeseile entladen worden war und die Ware, was auch immer es sein mochte, in ein unterirdischen Versteck verfrachtet worden sei. Was sie verladen hatten, entzog sich ihrer Kenntnis, aber koscher sei es ihr nicht vorgekommen, berichtete sie und schilderte auch, wie ein Elektroboot am Kai der Firma festgemacht hatte, von dem ebenfalls irgendwelche kleineren Pakete mitgenommen worden waren.

Christine nickte. Das Elektroboot, das hatte sie völlig vergessen. Und nun erzählte auch sie von ihrem

Erlebnis und ihren Beobachtungen am Deich und von dem Auto, welches offenbar absichtlich ins Brückengeländer gekracht sei, wobei sie das Gefühl gehabt hatte, dass es das nur deshalb getan hätte, um von dem Elektroboot und drei ins Wasser geworfenen Paketen und Personen abzulenken.

Tims Freund sah beide erstaunt an, stellte Fragen über Fragen und die beiden Frauen schilderten ihre Erlebnisse, ohne zu sehr auf die Details einzugehen, die sie schließlich dazu geführt hatten, dass beide voller Neugierde beziehungsweise tiefer Betroffenheit überhaupt an Ort und Stelle der jeweiligen Handlungen gewesen waren.

Wenig später machten sich Tim, sein Freund, Martina, Christine und Anke auf nach Papenburg, um dort das Erlebte nicht nur live zu rekonstruieren, sondern auch, damit Martina das unterirdische Versteck zeigte. Bislang war es jedenfalls noch nicht entdeckt worden.

Mittlerweile waren auch die Kollegen aus Papenburg vor Ort und in der nächsten Stunde wurde einer der größten Kokainfunde in Niedersachsen aufgedeckt, den es bislang gegeben hatte. Wie sich später herausstellte, hatte Friederich fleißig, neben dem normalen Speditionsgut, auch in Dosen versteckte Drogen aus den Niederlanden nach Deutschland, aber auch in andere europäische Länder transportiert. Getarnt mithilfe von Waren, wie Bananen, Spachtelmasse, Kaffee- und Teelieferungen und vielem anderen mehr, hatte er diese Beutezüge durch die Seriosität seiner Firma ohne große Probleme durchziehen können und war bisher nie aufgeflogen. Erst als Friederich zu große Allmachtsfantasien entwickelt hatte und sich immer weitere und ganz unterschiedliche kriminelle Praktiken zu eigen gemacht hatte, hatte der Stern seines Erfolges zu sinken begonnen. Das normale Tagesgeschäft der Firma hatte er zwar anderen überlassen, aber die Entscheidungen, die hatte er nicht abgeben wollen und so manche Fehlentscheidung getroffen. Niemand hatte sich getraut, ihm das zu sagen. Auch Frau Schmidt nicht, nachdem er sie vollends in seiner Hand hatte. In seiner ganzen Karriere oder eigentlich schon immer hatte Friederich eine unbändige Freude daran gehabt, anderen ein Schnippchen zu schlagen, wie er es nannte, sie zu dirigieren und Macht über andere auszuüben. Sein Lebensmotto „Der Zweck heiligt die Mittel" bescheinigte ihm, dass er, der große, intellektuell überlegene Alleskönner Friederich, jegliches Recht hatte, in dieser, seiner, Weise so zu handeln. So musste nicht nur seine Lebensgefährtin sterben, weil sie ihm zu neugierig, gefährlich und daher austauschbar erschienen war, auch für Martina, Tim und letztendlich auch für Christine hatte Friederich dieses Schicksal vorgesehen. Und damit hatte er seinen eigenen Untergang heraufbeschworen und war letztendlich über seine eigene Habgier und seinen unermesslichen Narzissmus ins Straucheln geraten und darin umgekommen.

Noch Wochen später redeten Christine, Karla und Hermine in ihren Telefonaten über all das Erlebte und waren froh und dankbar, dass sie alle es so gut überstanden hatten. Von Friederich sprachen sie dabei nur wenig. Über ihn, so hatten sie das Gefühl, war genug gesagt worden.

In Friederichs Firma hingegen regierte ein Insolvenzverwalter, nachdem entdeckt worden war, dass das finanzielle Korsett völlig in sich zusammengebrochen war und die Spedition kaum noch reelle Gewinne gemacht hatte. Martina und Tim hatten eine äußerst spannende Reportage über das Erlebte und Recherchierte geschrieben und waren gerngesehene Interviewpartner. Und beruflich taten sich für die beiden plötzlich völlig neue Türen auf, die nur darauf warteten, dass sie hindurchgingen.

Eines Tages klingelte es in Rhauderfehn bei Hermine an der Tür: „Moin, Frau Groothuis. Heute gibt es einen ganzen Stapel voller Post. Für Ihre Mutter ist auch etwas dabei." Ehe Hermine sich versah, war der Postbote auch schon wieder verschwunden und sie sah erstaunt auf die vielen Briefe. Einer sah interessanter aus als der nächste. Aber kaum hatte Hermine den ersten geöffnet und gelesen, sprang sie wie von einer Tarantel gestochen hoch und lief eilig zu ihrer Mutter. „Mama, wir alle sind eingeladen. Nach Gießen. Bollers feiern Hochzeit. Und Martina und Tim würden sich sehr freuen, wenn wir alle kämen. Fährst du mit?"
„Ja, natürlich! Wenn schon endlich mal eine meiner Enkeltöchter heiratet …"

Danke

„Erbarmungslos Ahnungslos …" ist mein dritter Krimi. Mein Dank gilt all denjenigen Leserinnen und Lesern, die mich immer wieder ermutigt haben, nach *„Lügen im Sturzflug"* und *„Im Schatten des Betrügers"* weitere Kriminalromane zu schreiben. Vielen Dank für alle Rezensionen, E-Mails, Telefonate und jedes persönliche Feedback. Ich danke euch allen! Ihr seid einfach klasse!

Ein ganz besonderer Dank gilt meiner Lektorin Inka Radtke. Inka, du bist einfach SPITZE! Ganz lieben Dank dir für deine unglaublich wertvolle Unterstützung, alle Korrekturen, Hilfe und dein Mitdenken. Hätte ich einen Hut auf, ich würde ihn mehrfach vor dir ziehen 😊!

Herzlichen Dank auch meinen drei „Probeleserinnen" und Freundinnen Gunda Beckmann, Anne Peters und Heike Sommer für das Lesen meines Manuskripts und eure wertvollen Tipps. Wie schön, dass es euch gibt!

Gretchen Hilbrands
Lügen im Sturzflug
Kriminalroman

Vor den Augen seiner Tochter Meike stürzt der begeisterte Sportflieger Björn Karbach mit einem Sportflugzeug ab. Nach seinem Tod wird Meike und seiner Frau Kathrin deutlich, wie sehr Björn sie in ein Lügengebilde hineingezogen hat. Erst allmählich bauen die beiden sich ein neues Leben auf. Dann überschlagen sich die Ereignisse und die Vergangenheit des Vaters und ihres Freundes Sam verfolgt sie mehr und mehr und wird zur lebensbedrohlichen Gefahr. Der Krimi spielt in Leer (Ostfriesland), Frankfurt, Frankfurt-Hahn, der Wetterau und weiteren Schauplätzen.

Als Paperback, E-Book und Hardcover erhältlich.
Verlag: Tredition

Erhältlich auch unter: www.gretchen-hilbrands.de

Gretchen Hilbrands
Im Schatten des Betrügers
Kriminalroman

Wer ahnt schon, wie leicht es ist, von Betrügern ausgetrickst zu werden, deren einziges Ziel es ist, möglichst viel Geld aus einem herauszupressen? Dass es anderen passiert, liest man in der Zeitung oder hört es im Fernsehen. Aber dass man selbst schnell zum Opfer perfider Betrugsmaschen werden kann, ist für viele kaum vorstellbar.
Auch Bella ahnt nicht, was ihr bevorsteht.
Der abwechslungsreiche Krimi spielt auf Sylt, in Greetsiel, Pilsum, Leer, Gießen und Wetzlar.

Psychologisch, ideenreich, spannend –
mit christlichen Aspekten.
Als Paperback, E-Book und Hardcover erhältlich.
Verlag: Tredition

Erhältlich auch unter: www.gretchen-hilbrands.de

Gretchen Hilbrands
Loben leicht gemacht
Ratgeber

Loben will gelernt sein. Loben will verstanden werden. Loben will gelebt werden. Vielseitig, unmissverständlich, praktisch und zielgerichtet. Wer (richtig) lobt, schenkt dem Gelobten weitaus mehr als nur ein paar liebevolle, gut gemeinte Worte. Wer loben lernt, ermutigt, honoriert und zeigt seine ehrlich empfundene Wertschätzung. So können Menschen ihren Wert erkennen und fröhlicher durchs Leben gehen …

Das Buch *Loben leicht gemacht* gibt dazu viele Tipps und Hilfen und zeigt die Zusammenhänge auf. Auch für Kreative sind ein paar Ideen enthalten, wie *Loben* praktisch umgesetzt werden kann.

Als Paperback und E-Book (Buchhandel, Online-Handel) erhältlich.
Brunnenverlag Gießen
ISBN 978-3-7655-4318-0

Gretchen Hilbrands
Schluss mit dem Gedankenkarussell – *Wie Sie innerlich zur Ruhe kommen*
Ratgeber

Gedanken haben Macht und sie machen etwas mit uns. Gedanken bekommen Macht über unsere Gefühle, unser Denken und Handeln. Und manche Gedanken mutieren zu Sorgen, führen zum Grübeln, verändern unsere Sichtweisen und lassen uns nicht schlafen. *Schluss mit dem Gedankenkarussell* zeigt viele Zusammenhänge auf, die deutlich machen, warum et-was so ist, wie es ist und es bietet zahlreiche Hilfen und Tipps zur praktischen Anwendung.

Als Paperback (Buchhandel, Online-Handel) erhältlich.

Brunnenverlag Gießen
ISBN 978-3-7655-4343-2
Weitere Infos zu allen Büchern:
www.gretchen-hilbrands.de